长篇报告文学

百年蝶变

黄亚洲 著

浙江文艺出版社
Zhejiang Literature & Art Publishing House

图书在版编目（CIP）数据

百年蝶变 / 黄亚洲著 . —杭州：浙江文艺出版社，
2024.5
ISBN 978-7-5339-7631-6

Ⅰ.①百… Ⅱ.①黄… Ⅲ.①报告文学—中
国—当代 Ⅳ.①I25

中国国家版本馆 CIP 数据核字（2024）第 103017 号

责任编辑　金荣良　於国娟　陈　园
责任校对　陈　玲
责任印制　吴春娟
封面设计　奇文雲海［qwyh.com］
营销编辑　汪心怡
数字编辑　姜梦冉　诸婧琦

百年蝶变

黄亚洲　著

出版发行　浙江文艺出版社
地　　址　杭州市环城北路 177 号
邮　　编　310006
电　　话　0571-85176953（总编办）
　　　　　0571-85152727（市场部）
制　　版　杭州天一图文制作有限公司
印　　刷　浙江新华印刷技术有限公司
开　　本　710 毫米×1000 毫米　1/16
字　　数　230 千字
印　　张　19.25
插　　页　1
版　　次　2024 年 5 月第 1 版
印　　次　2024 年 5 月第 1 次印刷
书　　号　ISBN 978-7-5339-7631-6
定　　价　72.00 元

第八章　嘉兴的幸福果实，就是南湖的那条画舫载来的

说几句开头话

谢谢你们给我一点时间，让我有机会，在此描述一座秀水泱泱的江南城市。

让我有机会，以自己的视角，向你描述这个城市的一百年。

为什么我要把我描述的起点，定在百年前的1921年？

对，你猜到了，正是在这个年头的盛夏，一个当今世界最大的马克思主义执政党在这里"登陆"；当时走出船舱的十余名党代表，也不知道百年后他们的同志会发展到将近一亿人，那一刻，他们只代表58个已经参加了共产党早期组织的中国人开会组党。

他们走出船舱，上岸。

他们"登陆"的这个小城，是一个极为有趣的城市。这个城市的百姓曾经为一只吃谷粒胀死的小鸟做了一个墓，这也是中国唯一的"雀墓"——他们在做这件富有想象力的事情时，向往的，是当地永远的秀水泱泱与永远的富足。

这也是一个伟大的城市。在这个城市"登陆"的政党，为国家的进步发挥了无穷的想象力和执行力。参加这个政党的人们，在百折不挠的奋斗中，所向往的，也是中国永远的繁荣与富足。

　　在这个城市的一百年里，我有幸成为其中二十年的亲历者。我这二十年，指的是1970年至1990年。我将我这二十年的青年、中年岁月，都放置在了这个芳草萋萋的水乡之城。我是被一股称作"知青上山下乡"的洪流卷出杭州城的，此后便一直在嘉兴地区各县沉浮于命运，同时也目睹了嘉兴在改革开放前后的蝶变，二十年的心潮为之澎湃。

　　嘉兴百年另外的八十年，我当然没有也不可能亲眼见证，但是通过阅读记载的文字、倾听老者的诉说、翻看历史的黑白照片，城市的百年表情亦日渐清晰，生动如人，使我有提笔描摹其容貌之冲动。

　　但愿嘉兴城的这一百年，能在读者的阅读之中，渐次展开笑容，其貌动人，深受读者喜欢，甚至爱慕。

　　现在我就听见了一些脚步声，那么我就从这些脚步声说起吧。

　　这些脚步声是十几个人发出的，也可以说是整个嘉兴城发出的。这些足音，是我此番叙述的原点。

百年蝶变

第一章

20世纪20年代，人们怎样感知嘉兴？

从走向那条画舫的十几个党代表说起

那是特殊年代里故意放得轻轻的一阵脚步声。那群人走动着，有穿皮鞋的，也有穿布鞋的，一共十几位。

他们一边走动，一边用好奇甚至是警惕的眼光扫视着四周。

那是1921年7月底8月初的一日。天气炎热，天空中有一朵朵浮云。那些云朵的下端很容易泛出一些青黑色，也容易洒下一些细细的雨丝；而那天的下午，据回忆，果然也有一阵细细的雨飘过湖面，然而云朵很快又泛白了，依旧在阳光里呈现鱼鳞般的银白色。总的来说，那一天是晴热的。

毕竟是盛夏，湖畔的蝉鸣声很响。

就是那几日，中国共产党第一次全国代表大会13位党代表中的11位，分两批，乘坐火车，哐当哐当沿着两年前恢复通车的沪杭铁路，一路摇着扇子，从上海赶至嘉兴。他们计划在南湖的一条画舫上继续他们意义深远的会议。这次会议关系到中国无产阶级在政治上的崛起以及全体中国人民的福祉。

他们的这个会议计划显然是仓促制订的，他们本来没想过要到这个城市来继续他们的会议，但是上海法租界巡捕房巡长与巡捕们怀疑的目光，迫使他们仓促地订购了离开上海的火车票。幸亏，命运多舛的沪杭铁路在两年前恢复通车了。

这11位代表，除了上海代表李达之外，几乎都没有来过嘉兴这个拥有七千年历史的地方。他们步行去城南的南湖，在一个叫作"狮子汇"的渡口上船。张家弄高高低低飘扬的店招，以及沿途那些濒河的黑瓦白墙，并没有引起这些秘密会议出席者的特别留意，但来自湖南、湖北、山东的代表，还是注意到了这座江南小城特有的闲适品质。看上去，这小城的青石路面铺得还算平整。这就让他们有了些许的感叹：这片在中国不可多得的河网交错的杭嘉湖水乡，相比经常闹水旱灾荒的中原、西北、西南地区，算得上是一方得天独厚的沃土了。

董必武是会议代表中的年长者，曾是前清秀才，满腹诗书，他甚至可能知道，一向水草丰美的嘉兴有一个"雀墓"的有趣记载。这个小故事应该发生在唐代，主角是一只白雀，说的是由于当时嘉禾屯的稻谷太多，引得白雀栖于其上，最终饱食腹胀而死，农人怜之，为其筑墓，名曰雀墓。

为这个有趣的雀墓，一位唐代诗人还作了一首颇为幽默的小诗："雀墓桥头白雀眠，先民情重鸟堪怜。禾丰请得飞翔客，听唱啁啾好种田。"

可见唐代屯田之时，这个名动四方的嘉禾屯有多充实。

嘉兴曾称禾兴、嘉禾，禾就是水稻。看见"嘉兴"二字，不难联想到稻米的香味。

《全唐文》中，有李翰的一篇《苏州嘉兴屯田纪绩颂并序》，更是把嘉禾屯夸到了高产粮区的历史丰碑上："浙西有三屯，嘉禾为大，乃以大理评事朱自勉主之。且扬州在九州之地最广，全吴在扬州之域最大，嘉禾在全吴之壤最腴。故嘉禾一穰，江淮为之康；嘉禾一歉，江淮为之俭。"

据记载，当时，嘉禾屯交纳国库的皇粮，为浙西六州之总和。李翰所谓"嘉禾一穰，江淮为之康；嘉禾一歉，江淮为之俭"这一断语，真不是随便说说的，这话证明了嘉兴当仁不让的"天下粮仓"的地位。

来自湖北的董必武与来自湖南的何叔衡，前清时都中过秀才，身为饱学之士，他们都知道嘉兴水草丰美，在1921年7月底是否继续开会的议论中，他们应该是很赞成李达的新婚夫人王会悟所提出的在嘉兴续会的建议的。他们知道王会悟就是嘉兴人，出生于桐乡县乌镇，更准确地说，出生于当时的青镇，跟中国早期的党员沈雁冰，也就是后来的文豪茅盾，有着亲戚关系。于是，他们很神往王会悟所叙述的那个波光粼粼的嘉兴南湖，以及在湖面来回游弋的画舫，所以他们一致举手赞成，去嘉兴南湖把会议开完开好。他们认为那里清冽的水波与咿呀的橹声，能给秘密会议提供一个安全的环境。

在我后来写的长篇小说《红船》里，我甚至还提及董必武当时有这样的情状："董必武也听得高兴，说这嘉兴啊，我早已向往喽，嘉兴乃水乡泽国，吴越人聚居之地，有'泰伯辞让之遗风'，真可以去得，而且，嘉兴南湖有个烟雨楼，我是一直很想登登楼的。王会悟笑着说，乾隆皇帝六次下江南，船经南湖烟雨楼，先后八次登楼玩呢。董必武听着更乐，说皇帝老儿去得，我们当然也去得。"

所以，去南湖续会，这些党代表是没有异议的，除了上海的李汉俊要留守被租界巡捕房冲击了一次的住处，以及广东的陈公博因为携有新婚妻子李励庄而不方便续会之外，13位党代表中的11位，都随着火车的哐当哐当声，谨慎而又有兴味地踏上了去往嘉兴之途。

我不知道董必武或者何叔衡有没有在火车上跟同伴们讲嘉兴的雀墓故事，但我可以猜想，当他们走过这个城市铺有整齐青石板的街道，看着城南大片大片已经黄熟、急待收割的稻穗，一定都会对嘉兴的这个河网交错的水乡小城，留下一个与别处完全不同的印象。

这11位党代表后来都到了嘉兴南湖以及湖心岛上的烟雨楼，并且在那艘游弋于南湖的画舫里，完成了一个政党的正式组建工作。他们通过了党的第一个纲领与决议，选出了党的领导机构——中央局，小声并激情地呼喊了革命口号。最后，在傍晚的余晖里，他们从画舫鱼贯而出，再次由狮子汇渡口登陆。

他们在嘉兴道路上与湖上画舫中的脚印，就此，被嘉兴深刻地收藏了；同时，嘉兴这个精致的江南小城，也被这些党代表深刻地记着了，以至于后来，他们中的许多人都在各自的回忆录里谈到嘉兴，谈到嘉兴城南那个连通着京杭运河的南湖。

总之，我想，这11位党代表乘坐火车从上海哐当哐当地赶到嘉兴，又乘火车从嘉兴哐当哐当地离开，这嘉兴之旅，在他们的人生履历中，是不会磨灭的。在这里，他们或许交流了对这个城市的某些观感，讨论了亲眼所见的城市景观与印象中的是否吻合，甚至，他们中熟读经书的代表，会提及典籍里的嘉兴历史。

典籍里的嘉兴历史，绵长而厚实，飘满稻香。

这是可能的。

七千年前的156粒稻谷，说明了什么

若议论嘉兴，那么议论唐代的嘉兴，应该是最合适的。就稻禾飘香的意义上讲，嘉兴在唐代便已名动天下，所以讲嘉兴必得从唐代的"嘉禾屯"起头。

我前面提到过，唐代之嘉禾屯，上缴国库的皇粮已达浙西六州之总和，"嘉禾一穰，江淮为之康；嘉禾一歉，江淮为之俭"就是那个时期的说法。所以说，嘉兴走在大唐版图上，已经是脚步噔噔大响而各州为之注目了。

其实，要说嘉兴屯田的历史，那比唐要更早些，三国之初就堪称轰轰烈烈了。屯田，也就是利用军队和农民从事屯垦，修筑圩岸，兴建水利，围湖造田，变沼泽与烂泥塘为朝廷的结结实实的粮仓。说起来，汉文帝开始民屯，至汉武帝时军队在西域屯田之后，屯田这一以军队为主角的农业集体耕作制度便开始在各地实施。屯田的特点是很明显的：组织性强、耕地面积大、劳动生产率高。到了三国时期，杭嘉湖平原的屯田便迎来了高潮。

当时，东吴有个名将叫陆逊，他在攻城略地方面的军事才干还没有被孙权发掘出来之前，在"火烧连营三百里"的赫赫战功还不曾造就之前，首先干的便是屯田，官封"屯田都尉"。二十一岁的陆逊受孙权之命，于水草丰美的杭嘉湖平原组织屯田，设法使沼泽干化成为良田，并大力开挖沟渠，形成灌区，固定每年的丰收。这位年轻的将领做到了以每年丰实而稳定的收成来夯实东吴的军事根基，干得很出色，孙权对之相当满意。

也可以说，陆逊的屯田，第一次让嘉兴的经济有了起飞的姿态。至东晋，嘉兴已赫然成为富庶之乡。《宋书》对这一带的简洁评价是："江南之为国，盛矣。"

屯田举措到了唐代，更凸显了其战略意义上的举足轻重。尤其是安史之乱以后，全国经济凋敝，民不聊生，为解决军粮之需，也为解决天下苍生的饱腹问题，屯田这种大规模耕作模式便更受朝廷重视。

唐大历三年到六年，也就是公元768年到公元771年，嘉兴的屯田采用了军民合作的耕作形式，以军队为主，征用部分农民劳动力，共同开荒耕种；但对参与的农民，也一律实行军事化管理。那一时期，嘉兴的良田显著增多，"嘉禾土田二十七屯，广轮曲折千有余里"。

朝廷在嘉兴大规模屯田的同时，也将另一个具有战略意义的决策提上了议事日程，那就是兴建海塘以抵制潮患，不要叫破坏力极大的钱塘怒潮坏了屯田大事。因为随着海岸线的不断变化，钱塘潮的汹涌之态越来越无拘束，岸上良田受到极大威胁。嘉兴屯遭威胁，也就是朝廷的财富收入遭威胁，两者是相互关联的。因此，有效抵御钱塘大潮、防止海岸坍塌，就成为朝廷的头等大事。朝廷必须直接从国库拨付银两，动员民众筑塘遏水。筑海塘就是筑海堤。东汉的《说文解字》说得清楚："塘，堤也。"必须遏水以保农事，已是举国共识。唐代以及后来的吴越国，都在筑海塘御海水方面下足了功夫，努力与喜怒无常的大海争夺嘉兴这座举足轻重的天下粮仓。

自汉唐起步的海塘修筑，以及后来各朝各代对海塘持续的重修与加固，效果是明显的。尤其是从宋代开始，钱塘江沿岸容易损坏的土塘与部分竹笼石塘、薪土柴塘，改筑成了由块石垒砌的石塘，这就显著提高了抗潮能力。宋孝宗还下令，将塘堰有无损坏列入对地方官的考核内容。明清时期，朝廷对海塘的修复与整治则更为重视。自明代起，淘汰薪土柴塘之类，全部改为石头垒筑。因为其时，浙北与苏南已是全国经济的重心，苏州、松江、常州、镇江、杭州、湖州、嘉兴七府，面积虽为全国的百分之一，人口却是全国的百分之十五，而税收则常年占全国的四成到五成。倘若钱塘大潮在这一地区与朝廷夺粮，那全国的经济就会崩溃。故此，明代不惜投入高额成本，全部改以石块垒塘，并且在多次"试错"以后，终于由浙江水利佥事黄光昇改进前人纵横叠砌之法，首筑"鱼鳞石塘"，一举解决了石塘塘体的稳固问题。继明之后，清代也持续地提防着海塘风险。乾隆六下江南的关注重点，就是涉及"大清财赋之区"的海塘加固。乾隆曾亲自下旨，安排海盐、海宁一带的"鱼鳞大石塘"重建，见整齐坚固的石塘整修完毕之后，还兴致勃勃赋诗一首："鱼鳞诚赖此重堤，堤里人家屋脊齐。土备却称守重障，一行遥见柳烟低。"乾隆的诗多且臭，但就这一首，依我看，"屋脊齐""柳烟低"之用词，还算可以。

由于历朝历代重视对水患的提防与控制，嘉兴的治水营田事务称得上可圈可点。宋时，嘉兴的稻禾生产已可一年两熟，且粮桑并茂，水稻生产与蚕桑事业已经到了可以相互促进的程度。至明清，杭嘉湖水乡的粮、蚕、畜、鱼产业已进入良性循环。"湖秀之产倍于他郡"，已成天下共识。嘉兴水稻亩产量达到了260公斤，丰年甚至可达340公斤。每年都有数十万石的稻谷通过运河，运往京师。蚕桑事业也红火，按当时记载，村坊已是"桑林遍野"，集镇则"蚕丝成市"，城乡皆"机轴之声不绝"，放眼望去一片兴旺。当时，嘉兴府的蚕丝产量稳居全国各府之冠，独步天下。"鱼米之乡""丝绸之府"之名大噪，闻名全国。

嘉兴以禾而兴，历代都是浙江稻米的生产与集散中心。清末，嘉兴米店竟多达四百多家，买卖盛况空前。清代"浙西词派"创始人朱彝尊，就写了这样一首诗来描写嘉兴米市的盛况："父老禾兴旧馆前，香粳熟后话丰年。楼头沽酒楼外泊，半是江淮贩米船。"

而且，嘉兴的米市是以产销一体为特色的，这与浙江的其他五大米市硖石、湖墅、临浦、兰溪、永嘉不一样，这五大米市只以集散为特色。

实际上，说到嘉兴稻作文化的历史，远不止明清，也远不止唐宋乃至三国，可以追溯到更早。六十多年前在嘉兴马家浜赫然见天日的马家浜遗址，就实证了嘉兴与稻米不可分割的天然联系。

马家浜文化相当震撼，你一定听说过。

这一文化，以发掘地嘉兴市南湖乡马家浜村（现更名为天带桥村）而定名。

我们过去常说，中华民族的源头是在黄河流域，因为在我国其他地区并未有系统的史前文化遗址发现；但是马家浜遗址的出现，就使得我们要对本民族的历史用一次修正液了：以嘉兴马家浜遗址为中心的太湖地区马家浜文化，证明长江流域与黄河流域一样，都是中华民族文化的摇篮。

这是1977年10月在南京召开的长江下游新石器时代文化学术讨论会之定论。嘉兴当然有理由自豪，嘉兴对中华文化做出了巨大的贡献。

马家浜文化距今约七千年。

马家浜遗址（嘉兴市档案馆提供）

马家浜遗址所出土的兽骨锥、骨针、骨管、红陶、石纺轮，以及在嘉兴市桐乡市石门镇罗家角遗址发现的水稻种子，皆令人大为惊喜。罗家角遗址是新石器时代马家浜文化类型中年代最早的遗址，其第三文化层与第四文化层出土的156颗炭化谷粒，经严格的科学鉴定后，让专家们得出了重要结论：这是人工栽培的籼稻和粳稻；其中籼稻101颗，粳稻55颗。

一粒粒，皆如黑玛瑙般晶莹。

上面这行字，只是诗人的形容；其实，这156颗炭化谷粒，看上去，就是一小撮黑不溜秋的很不起眼的谷子。

但就是这100多粒黑乎乎的谷粒，却让长江流域在中华历史上的作用，有了质的改变。

确实令人吃惊，七千年前最早的一批"嘉兴人"，就在这块难得的平原上进行插秧与收割了，且栽种得考究，选用不同的稻米品种：籼稻和粳稻。

马家浜人如此讲究口味，讲究生活质量。

事实就是如此：当北京平谷上宅的原始人在约七千年前品尝小米的美味时，千里之外的马家浜人已经开始熬煮香甜的大米粥了。

事实就是如此：嘉兴水乡，是人类最早栽培水稻的地区之一。

1984年11月，太湖流域古动物古人类古文化学术座谈会在嘉兴举行，全国的考古学家都对马家浜文化的发现给予了高度评价。会议之后，日本的农耕史代表团、东亚文化考察团先后到嘉兴考察，一致赞扬马家浜文化的发现给亚洲农耕史研究提供了实物证据，证实嘉兴是世界水稻起源的主要地区之一。

当然，从目前的遗址发掘成果来看，比七千年前的马家浜遗址更早的距今约一万年的浙江浦江上山遗址，也发掘出了一粒令人惊叹的炭化了的"万年米"，说明对野生水稻的驯化，从一万年前生活在钱塘江流域的古人就开始了。中国作为世界三大作物之一水稻的起源地的结论，再次得以实证。

这当然很有趣，万年前的上山文化，与七千年前的马家浜文化，均在钱塘江流域。两者之同源，几乎可以确证。这就能断定，那粒炭化的出现于浦江的"万年米"，与嘉兴桐乡罗家角出土的156粒炭化谷粒之间，自有着明确无误的承继关系。

这说明什么呢？说明嘉兴这地方，自古就是名副其实的"禾城"。

地理位置的独特，实在不可多得

盛产稻米，与嘉兴独特的地理位置有关。

嘉兴的地理位置，有多独特多优越呢，真值得一说。

如今这一届的嘉兴市作家协会主席叫杨自强。杨主席在他撰写的《嘉兴赋》里，便如此形象地描述了嘉兴地理："其地也，负海控江，当钱江东海之会，自古风云际会；左杭右苏，揽江河湖海之胜，素称鱼米之乡。造化独享，天应斗牛之分；气宇不凡，地接吴根越角。境无高山大川，邑环平畴沃壤。水道纵横，为港为荡为河为塘；土壤膏肥，宜桑宜稻宜果宜蔬。史书有言：扬州在九州之地最广，全吴在扬州之域最大，嘉禾在全吴之壤最腴。"

说得简洁而精彩。

所以，稻禾与嘉兴，是一种天然的同盟。

三国时的东吴大帝孙权，便是对此惊奇拍案的一位。他有一天上朝，听得奏闻，称"由拳"这个地方"野稻自生"，顿时展颜大喜，以为祥瑞，于是立马下旨，令将县名"由拳"改为"禾兴"。

"由拳"县治乃是秦置，属会稽郡。由拳之前，春秋时期，嘉兴这地方还叫过长水、槜李，是古战场，吴越两国为争霸在此经年斯杀，光是槜李大战就打了三场。在孙权大帝看来，"野稻自生"之县，改叫"禾兴"，那就对了，就切题了，比秦始皇所定的"由拳"好听百倍，且新名与强军强国有关，吉祥得很。

"野稻自生"是一种国运啊，说明上天的眷顾啊。

后来，又因避时为太子的孙和名讳，再次斟酌改名。"和""禾"同音，"禾"须舍去。

那么，改啥？想来想去，改"嘉兴"。

嘉兴，听起来，更加祥和。

于是，嘉兴之名，便一直叫到今天。当然，嘉兴简称为"禾城"，渊源也在于这一番改名。

"野稻"之所以选择嘉兴，缘由应该是很清晰的。嘉兴这地方的天时地利，实在太优越，老天太过眷顾。

我们可以看一看嘉兴的地理位置。

嘉兴位于水草丰美的长江三角洲中心地带，处亚热带湿润地区，典型的季风气候，年平均气温约17摄氏度，年平均日照时数约1800小时，年平均降水量约1200毫米，四季分明，水热同步，光热同季，大地平缓，土质肥沃，九成以上的土壤为优质土壤，非常适合人类居住与发展经济。

可以说，提及中国江南，就是提及太湖流域，就是提及扬州、苏州以及嘉兴、湖州等。从地理上讲，就是这样。

从历史上讲，江南古属扬州，春秋战国之时属于吴、越，秦汉至南北朝之时名三吴，唐宋以降称为江南。

从文化上看，江南是一个令人联想到桃红柳绿的诗意指称。白居易的《忆江南》如此描绘那种诗意时空："江南好，风景旧曾谙。日出江花红胜火，春来江水绿如蓝。能不忆江南？"

探究江南文化的源头，应该说，就是吴越文化。吴越文化以太湖流域为中心，范围包括苏南、浙江、皖南、赣东北，当然也包括现在的上海。

江南的一个重大特点，就是雨水充沛，河道密集，水网交错。江南的禾草丰沛与桃红柳绿，自然跟水多密切相关。唐末诗人杜荀鹤这样描写江南景象："人家尽枕河""水港小桥多"。

嘉兴自然也是水多。

嘉兴的水多到什么程度呢？几乎可以这样形容：嘉兴是一个浮在

水上的城市。

嘉兴的河道特别密集，有海盐塘、长水塘、杭州塘、新塍塘、苏州塘、平湖塘、嘉善塘、长纤塘八大水系，河道总长度达到14700公里，其沟通的大大小小的湖荡，有100多个。嘉兴的河湖面积，几乎占全市总面积的一成。

可以说，嘉兴是一个被水牵着的城市，或者说，是一个被水托着的城市。

嘉兴人喜水，爱水，亲水，傍水而居，人亦如水，"士美民秀"。

无论城镇还是乡村，只要推开窗，大多可见河道里的波浪与行船，可见嘉兴平原上金色的油菜花与碧绿的桑树林，亦可听见插秧女的田歌与采菱女的欢笑，端的是人间天上。

元代的大诗人萨都剌描写嘉兴，词句里就都是水。他那首诗的题目里就有嘉兴这个地名，叫作《过嘉兴》。诗句这样描述："三山云海几千里，十幅蒲帆挂烟水。吴中过客莫思家，江南画船如屋里。芦芽短短穿碧沙，船头鲤鱼吹浪花。吴姬荡桨入城去，细雨小寒生绿纱。我歌《水调》无人续，江上月凉吹紫竹。春风一曲《鹧鸪》吟，花落莺啼满城绿。"

你看，几乎每一行都有水。诗行竟是波浪。

嘉兴水多，除了地势平坦低洼容易聚水，还有一个重要的原因，就是人工运河入了嘉兴。

说起来，环嘉兴城的江南运河，已有两千五百年的历史，很是悠久。据说春秋时期的吴国，就以都城姑苏为中心，开凿了多条人工运河，其中一条向北通向长江，一条向南通向钱塘江。这两条南北走向的人工水道，就是最早的江南运河。

那么，嘉兴所存之运河，显然比隋炀帝开凿的隋唐大运河要早得多。《越绝书·吴地传》就有记载，说有一条"百尺渎"，乃吴越争霸之时由吴王下令开凿，为输送军粮之用。此运河通浙水，浙水也就是现在的钱塘江。"百尺渎，奏江，吴以达粮"，文字就是如此记载的。于是有研究者说，这条河便是人工开挖的最早的江南运河南段，起自姑苏，出嘉兴，抵海宁境内盐官镇之西南，之后直通钱塘江，船可由此入越。

如果此说是真，修这段运河当然就是有战略眼光。太湖流域与钱塘江流域在春秋时期便得以直接沟通，战略意义不可谓不大。

吴王同时开凿了最早的江南运河的北段，姑苏的大船直接通了长江，这又赢得了战略主动。应该说，吴王还是很有眼光的。

至于秦灭楚后所开挖的"陵水道"，亦即嘉兴通往钱塘江的水路，也是为畅通杭州与嘉兴的漕运，是古运河的一种"再加工"。同时，这条俗称为"秦河"的"陵水道"，在镇江接通了古吴水。

之后，隋炀帝于大业六年，亦即公元610年，敕令开凿全长约400公里的江南运河，贯通镇江至杭州："敕穿江南河，自京口至余杭，八百余里，广十余丈，使可通龙舟……欲东巡会稽。"

其实，具有战略意义的早期江南运河，在两汉、三国、两晋、南北朝时期，都进行过不同程度的修筑与整治，至隋炀帝大张旗鼓宣布开筑江南运河时，只不过是在"陵水道"多次整治的基础上，再度疏浚而已。但隋炀帝的这番举措，战略意义是十分明显的，南北大运河就此沟通，舟船连绵，漕运繁忙，赫然而为当时的"水上高速公路"。嘉兴，自然也便成了南北交通干线的一个重要节点。

人工运河的重要性，说得再多都不过分。对于一个国家来说，尤其是对于一个大一统的国家来说，有运河就好比体内有了一条血气充盈的主动脉，哪怕将其称为国家的命脉也不为过。因为就交通而言，无论中国的南方还是北方，水路都比陆路实惠。尤其是中国南方，河湖密集，若采取陆运方式，成本就高，因此水运便成了首选，也因此，历代统治者都不惜投入大量的人力物力，非挖出一条动脉般的运河不可。

总之，历代运河的开凿，大大增加了嘉兴的水"运"。嘉兴不仅仅是水多了，水密了，更因了人工河流的舟楫之便、交通之利，奠定了自己经济中心的地位。

具体说，运河的嘉兴段，由江苏的平望，经由嘉兴的王江泾，进入嘉兴市区，过三塘湾之后，西折去石门，过石门再南折，入崇福，经海宁长安、杭州临平，循上塘河抵达杭州市区；元代以后，运河经崇福之后，改为西折，经塘栖抵达杭州。

显然，运河的全线拉通，对嘉兴而言是重大利好。运河嘉兴段成了杭嘉湖平原水系的干河，也成了沟通太湖与钱塘江两大水系的主动脉，这就彻底打破了嘉兴长期偏居江南一隅的封闭状态，确立了嘉兴"左杭右苏""南北通衢"的运河古城地位。

中国的历朝历代都特别重视大运河的漕运。漕运便是血运，让江南富庶地区的财富源源不断地北运，以使整个中国气色转好；当然，北方的能源物资与特产同时也随运河滚滚南下，强健了南方的骨骼。每天，舟楫的来往穿梭都让中国的南北结成一个整体，刺激百业发展。大运河沿线的城镇与码头，一片兴旺。

故此，嘉兴发达得早。隋唐时，嘉兴就已确立了自己"运河抱城"的通达地位。那时，繁忙的江南运河已被形容成"弘舸巨舰，千舳万艘，交贸往还，昧旦永日"，商贸景象十分壮观。据记载，当时的嘉兴长安闸，可让漕船12艘、驳船20余艘同时通过，实可谓"黄金水道"。

至宋，运河嘉兴段由于各处破堰而分外畅通，漕运更显繁忙，舟楫日夜不停。至明，南北运河的通航所带来的低成本运输，更为国家所看好。《明史》这样说："时漕运，军民相半。军船给之官，民则僦舟，加以杂耗，率三石致一石。""率三石致一石"，应该说，运输效率相当理想了。这是由于河道畅通，沿途较少受到盘剥与干扰。其实，哪怕"率四石致一石"，运输效率也算是可观的了，正如黄宗羲在《明儒学案》中所言："凡本色至京，率四石而致一石。"

由于南宋时海盐的澉浦港成为对外贸易的重要港口，于是嘉兴成了大运河与"海上丝绸之路"的交汇点，效率倍增的"海河联运"再次提升了嘉兴的城市地位。

运河不仅利于物资与人员的往来，也带来了灌溉的极大便利。

嘉兴很得运河的灌溉之福。运河给嘉兴织就的，其实是一张硕大的水网，大血管带动无数的小血管乃至毛细血管，血脉畅通，庄稼由此盎然，桑事日渐葱茏。往早里说，远在唐代，运河的灌溉之利便造福了这方土地，直叫绿禾翻滚，金秋谷丰，晚稻的品种就有红莲稻、霜稻、黄稻等多种，米质优良。白居易的诗作里对水乡的稻禾情状就有"平河七百里，沃壤二三州"之惊喜描述。五代时期的吴越王钱镠也特别重视杭嘉湖平原的农桑与水利，号令普建堰闸，以便农田的适时蓄泄，防止旱涝。这位重视农桑的吴越王，甚至还在水乡地区编列了专事水利建设的"撩水军"建制，共设四部，人数多达八千，此军的主要任务便是筑造堤坝、疏浚河浦。由于杭嘉湖水乡得到经年的水利之用，稻米连年丰收，国库得以充盈。至宋，嘉兴的河湖沟渠更加精细，嘉兴农人的耕作也随之精细，稻麦轮作的"一年两熟"已十分普遍。北宋真宗大力推广由中南半岛传来的"占城稻"，此品种耐寒、早熟，生长期只有短短的五十几天，因而与晚稻相配合成为双季稻，使得谷物产量显著提高。至明代，嘉兴由于经年谷物丰产，已成为国家赋税的主要承担区域；明末清初学者顾炎武在《天下郡国利病书》中，于此有言："盖全浙之税莫重于嘉郡，而嘉郡之税莫重于嘉善。"

税赋之重，恰反映稻禾之丰。

运河之水对嘉兴谷物丰产的重要性，是怎么估计也不过分的。嘉兴禾兴，运河厥功至伟。

而且，运河给嘉兴带来的繁密的水网系统，也孕育了众多的繁华古镇。这些古镇沿各路河道和湖荡错落分布，遥相呼应，舟船相通，人文相亲。人一推窗，便是河湖，甚至是可以下船的河埠头；水中之鲈、鲢、鲫、鳝、蟹、虾、蚌、螺，仿佛触手可及，更不消说闻名遐迩的湖荡"水八仙"了：菱角、莼菜、水芹、莲藕、茭白、荸荠、慈姑、芡实，那都是傍水人家的日常佳肴。

由此可见，大运河的嘉兴段，虽然总长度只有110公里，但对嘉兴的稻禾生产、民生以及人文发展，有立竿见影之效。

大运河之功效不仅在于"水"，更在于"运"。大运河把北方的先进农业技术与肥沃的水乡田亩结合在一起，大大提升了嘉兴农业生产的效率；而北方的纺织技术与江南蚕桑生产结合之后，也很快催生出了像嘉兴王江泾、桐乡濮院这样"日出万匹"的丝绸生产中心。

大运河给嘉兴"运"来的，还有源源不断的全国人文资源。这种

京杭大运河嘉兴段（嘉兴市档案馆提供）

资源，也是催生嘉兴经济文化繁荣的一笔极为重要的财富。

南宋初期，大量北方人口沿着运河来到嘉兴，且沿路上岸，顺着各码头择地定居。嘉兴藏书家祝廷锡在《知非楼杂缀》中写道："赵宋南渡，宗室巨宦随之而至，沿漕渠而东，散处秀州各地。"史籍上也到处有"散处秀州各地"的记载：如嘉兴的新丰镇之所以叫"新丰"，便是因河南洛阳与汴梁一带的人口随宋室南渡在此大批上岸定居；项氏望族也从汴梁迁居到了嘉兴，明代当过刑部尚书与兵部尚书的项忠、中国书画史上著名的私人鉴藏家项元汴、明末清初画家项圣谟，都是这一支的后人；曾写下"中原乱，簪缨散，几时收"的宋代著名词人朱敦儒也从洛阳南渡，晚年居于嘉兴西南湖南端的放鹤洲，他很满意自己在嘉兴这个荷香、竹翠、石瘦、溪幽的栖居地，曾写《好事近》词以记之，其中一首云："失却故山云，索手指空为客。莼菜鲈鱼留我，住鸳鸯湖侧。偶然添酒旧壶卢，小醉度朝夕。吹笛月波楼下，有何人相识？"以至于南宋诗人陆游年轻时也慕名而来，从杭州舟行两天两夜来到放鹤洲，与朱敦儒拱手相会，切磋诗艺。

当时来自北方的移民，据学者考证多达五百万人。涌入杭州的，有近十七万户。紧挨着杭州的嘉兴，新增北方人口之多，就不难想见了。

这些从北方来的定居于嘉兴水乡的世家大族，带来的是中原厚实的文化基因。显然，"衣冠南渡"对嘉兴后来的经济文化发展，推动极为显著。

可以说，宋时之"秀州"，几与"临安"并肩，已可毫无愧色地排入全国文化的第一方阵。

说到那时的嘉兴城，完全可用"繁华"二字形容。商肆林立，店招飘拂，车马喧闹，行人如织。此番盛景，有当时诗词为证："城角巍栏见海涯，春风帘幕暖飘花。云烟断处沧江阔，一簇楼台十万家""曲栏高枕子城涯，云雾披开眼界花。几处桥横流水巷，朱楼画阁几人家"。这两首诗都是宋代诗人写的，他们毫不犹豫地把嘉兴定位为拥有朱楼、画阁、曲栏的"十万家"大城。号称"张三影"的宋代大词人张先，在他那首作于嘉兴子城内花月亭的《天仙子》中，也把嘉兴描绘得极为美丽："沙上并禽池上暝，云破月来花弄影。重重帘幕密遮灯，风不定，人初静，明日落红应满径。"

嘉兴商市繁华，烟火气足，更不消说还拥有如此之多令文人骚客流连忘返的风景名胜：烟雨楼、月波楼、熙春楼、西施梳妆台、湖天海月阁、葵向阁、千佛阁、落帆亭、槜李亭、花月亭、赏心亭、清风亭、金风亭、嘉禾亭、朝宗亭、金陀园、会景园、放鹤洲、三塔寺、觉海寺、茶禅寺、精严寺、楞严寺、净相寺、石佛寺、太平寺、漏泽寺、东塔寺、金明教寺、壕股塔、真如塔。

可见嘉兴当时的风流倜傥。

"无运不成商""无运不成镇"，显而易见，稻桑与商埠城镇之一切繁华，都拜大运河经年的助推所赐。

嘉兴人民也深得大运河的文化滋养。数不胜数的嘉兴民俗文化活动都与大运河相关。

大运河带来桑蚕兴盛，嘉兴蚕农对于蚕花娘娘的祭祀，是虔诚而热烈的。这种祭祀，实际上也是对自身劳动的肯定与期许。每至农历三月十六蚕花娘娘生日，喜气洋洋的蚕农们都要集中到蚕神庙祭拜蚕神，祈祷当年蚕茧丰收，并举行盛大的蚕市庙会。庙会通常是请戏班来唱戏三日，唱的都是好听好看的祥瑞戏，以讨个口彩。而在海宁的皇岗、海宁斜桥的划船漾，以及桐乡与余杭、德清三县交界处的含山，清明节前后三天，则盛行人挤人的闹猛非凡的"轧蚕花"风俗。这种风俗据说唐代就有了，蚕娘们一方面为祈求蚕神保佑当年蚕花大熟，另一方面则借神嬉春，来一次难得的民间狂欢。我们以海宁斜桥的划船漾为例，这闹腾的三天是这么度过的：先是由四面八方赶来的蚕娘们将自携的蚕种在"王坟"上摊一摊。这"王坟"相传就是康王赵构之妹乘船南逃之时，在划船漾听见钱塘潮声，误以为追兵杀来，惊得投水自尽而起的坟墓；这位自尽的娘娘也被当地蚕农奉为"蚕花娘娘"，所以他们要将自己的蚕种摊在坟上以求取娘娘福佑，赐蚕茧丰收。然后，头戴蚕花的蚕娘们就要去人多的镇街尽兴地挤一番，哪里越是人挤人，她们越是要往哪里挤。男男女女对于在人挤人中的动手动脚亦全然不忌，甚至要取"越轧越发，养蚕大发"之口彩。清明正是蚕前季节，镇街上竹、木、铁各类蚕具应市而设，于是轧完蚕花的蚕娘们，纷纷选购自需的蚕具，嘻嘻哈哈尽兴而归。"轧蚕花"的蚕娘们散了一批又聚一批，自早至晚汹涌不绝，再加上从各地赶来凑热闹的男人们，清明前后这三天的闹猛可想而知。

除了与运河、水网相关的蚕桑风俗之外，嘉兴的三塔、血印寺一带，还常年举行"踏白船"竞赛。踏白船，又名"摇快船"，是杭嘉湖水乡特有的船文化活动。赛时，数十条踏白船在宽阔的河面上奋力竞渡，一支大橹与十二支划桨拼命击水，船上分别插有代表自家村庄或庙宇的大旗，有的踏白船还配备海螺号、大关刀、锣鼓，雄壮得很。来自苏浙沪各地以及嘉兴近郊各县乡的看客则成千上万，运河两岸人头攒动，甚是壮观。至于农历六月廿四的荷花生日，嘉兴民众也必于运河与南湖大放荷花灯。荷花灯均以纸扎成，下系木片，中燃红烛，民众观其漂流，祈祝生活和谐美满。而每逢清明、中秋，嘉兴段的大运河则更加热闹，来自苏浙沪皖各地的成千上万的丝网船都向王江泾镇莲泗荡的刘王庙汇集，浩荡十余里，共同祭祀历史上为民灭蝗的猛将军刘承忠。此种集船万艘、聚人十数万的水上盛会，其气派，远远超过传统的陆上庙会。两岸热闹非凡的舞龙、舞狮、霸王鞭、挑花篮、荡湖船、调马灯、扎肉提香、宝卷说唱、神歌、抬轿、腰鼓、高跷、杂耍、社戏表演，令人眼花缭乱，叹为观止，仿佛人间的热闹、生活的真髓，全然在此了。

运河的水及其精神，对嘉兴人的影响，极其深刻。

可以说，运河之运，就是嘉兴之"运"。

至今，我们对大运河的万般恩情，都怀着表达不完的感激之情。

踏白船（李剑铭摄，嘉兴市档案馆提供）

研究大运河的年轻专家张环宙，用这样精辟的话来论述大运河对于国家与人民之重："保障生态安全的重要基础设施，凝聚文化认同的宝贵人类遗产，统筹区域均衡的经济发展主线，衔接国家战略的巨型廊道载体，开展国民教育的生动活态剧本。"

所言极是。

反过来说，由于运河带上了嘉兴及其周边地区，这条国家大动脉的律动也更加强劲了。

大运河与嘉兴，完全是有机的一体。嘉兴托着大运河，大运河也托着嘉兴。流经嘉兴的水波潋滟的大运河，以及这片流域上密如蛛网般的河道、沟渠、湖泊、水塘，使嘉兴整个儿浮了起来，水灵灵的一片。

说得再夸张一点，嘉兴就是水，就是波浪与涟漪，就是大片大片花草绽放的肥沃湿地。终年，嘉兴被清冽的水与水汽，紧拥于怀间。

显而易见，就"天时、地利、人和"而言，嘉兴的"天时"与"地利"实在是太优越了；而说到"人和"，怎么说呢，嘉兴近代的"人和"却是有问题的，不仅看不到"人和"，且满眼都是"人患"。

嘉兴这地方，只要满足了"人和"条件，也就是生产力与生产关系相匹配，其水草丰沛与稻禾飘香，就是非常自然的事情了。

但老实说，这竟然是难度极大的事情。

他们来到嘉兴寻一条船，
就是为了寻找解决"人和"问题的方案

应该说，1921年7月底8月初来到嘉兴的那11个党代表，无论是走入商铺林立店招飘扬的张家弄，还是走过稻穗饱满的农田直至狮子汇渡口，都会对嘉兴这个江南小城的优越地理环境留下深刻印象，甚至，历代诗词中关于嘉兴丰饶景象的诗句，也会被精通中国文学的那几位党代表屡屡提及，会被生于斯长于斯的李达之妻王会悟眉飞色舞地介绍。

事实也是如此，因为独到的地理条件与温润的气候，嘉兴有了"野稻自生"的传奇与"雀墓"的传说，在历朝历代都享有美誉。"嘉禾之区"是汉代的称谓，"江东一大都会"是唐代的赞誉，"畿辅之区""龙兴之地"是南宋的美称，"国家财赋之区"是明清的共识。而且，不光是嘉兴的农业，与稻禾丰盛相匹配的嘉兴的纺织业、碾米业、食品业、服装制造业，历朝历代也呈兴旺景象。明万历年间的

《崇德县志》，就有对当地榨油业热闹景象的记载："远方就市者众，亦称一熟。商人从北路夏镇、淮、扬、楚、湘等处，贩油豆来此作油作饼，又或待贩于南路。"明代中期，嘉兴的王店、桐乡的濮院这样的集镇，专营耷米的耷坊就达十多家。尤其是嘉兴自20世纪初起步的现代工商业，以地利之便，受开埠后的大上海之辐射，更是走在浙江前列，几与杭州并驱。其时的上海，已号称远东第一大都市，人口多达两百多万，华洋杂处，工商活跃。头脑机敏的嘉兴人在那个时候，就将眼睛紧盯住上海不放了。

　　然而，动乱不绝的中国历史也是无情的，嘉兴这块富庶之地所萌动的极其活跃的生产力，却反反复复地被充斥着炮火与硝烟的战乱所破坏，被落后的生产关系所桎梏。阶级矛盾尖锐，西方列强的渗透无孔不入，民族资本被打压，呻吟中的赤贫阶层日益扩大，这些上升到政治层面的严重社会问题，都扭曲着包括嘉兴在内的整个中国。

　　政治的问题，当然须由政治的手段解决。

　　这些问题，匆匆行走于嘉兴张家弄青石板路上的中共一大代表心里，都是十分清楚的。其时的中国，由于西方列强的掠夺与经年不断的军阀混战，没有一块土地不处于落后的状态，没有一块土地能够避免像青岛那样，经历由一个强权移交到另一个强权手里的危险，哪怕是历来丰饶的杭嘉湖水乡，哪怕是嘉兴这座接壤十里洋场上海的精致小城。

　　这些秘密会议出席者的推断，没有错。

　　其时，这些人中的一部分，曾被安排在嘉兴张家弄的鸳湖旅馆歇脚。这些教师打扮的人，在与旅馆老板、管账先生摇着扇子闲聊之时，或许就会得知，普通嘉兴人的生活在当时已是相当拮据，甚至艰困。四年前，由于北洋军阀的军队开入，这个江南小城的市场就开始萧条，商号大量倒闭，商人叫苦连天，就连典当业，每天的营业时间也仅两个钟头。嘉兴的米商，因为资金无法接续而停止了收购。嘉兴的学校更惨，一百多所学校皆面临经费无着的窘境。

更糟糕的是，在经济凋敝的情况下，嘉兴城内盗贼蜂起，一会儿"森泰米行"被抢劫，一会儿"春源碗店"被抢劫，一会儿连"天宝银楼"也在大白天遭洗掠。而城外农村，也连续发生盗贼抢劫杀人案，有的地方甚至连民船也被抢走。市面上的大米价格疯涨，每石米由原来的5元多猛涨至8元多。当时，嘉兴普通市民的生活情状已经可以用"胆战心惊、度日如年"来形容。

嘉兴百姓的怨声载道，这些肩负着人民解放与民族复兴重任的中共一大代表，估计皆能耳闻。

所以，他们从嘉兴南湖的狮子汇渡口上了渡船，登上湖心岛之后，又走进了那艘等待起航的红船，其步履是非常坚定的。

他们听见了脚下土地的呻吟，虽然这片土地是那么肥沃，曾经花草繁茂，甚至曾经有一只白雀由于饱食而死，被人做了一个小小的雅致的墓。

第二章

嘉兴在军阀统治时期的挣扎沉浮，令人扼腕

嘉兴近代民族工业的起步，
虽有雄心，却步履踉跄、厄运连连

　　紧邻上海，自然是嘉兴民族资本发展的一大利好。嘉兴承接大上海的辐射，是自然而然的事情。

　　上海自1843年开埠以来，虽有西方列强的渗透与掠夺，但中国民族资本在夹缝中求生存的本领也不弱，棉布业、机械加工业、航运业、金融业都有较大发展。嘉兴作为浙江最靠近上海的地方，借鉴上海的发展理念与实践，自然是最方便的，加之嘉兴有交通之利，沪杭铁路与京杭大运河几乎呈十字交叉，交通也着实便捷。当然，嘉兴人素有的勤勉、和善、聪明、肯干，也是关键，构成生产力的重要成分之一就是劳动力。

　　在出席中共一大的那些党代表踏上嘉兴的土地之前，嘉兴的一些有远见的实业家已经创建了一批工商实业，虽然规模不大，但其电厂、纸厂、丝厂、布厂、袜厂等一批企业，均已机声隆隆。哪怕1910年建立的那个叫永明电灯公司的电厂，仅有一部柴油机，发电断断续

1919年嘉兴永明电灯公司厂房（嘉兴市档案馆提供）

续，上气不接下气，晚上能够点亮的电灯泡也若明若暗，比一支蜡烛强不了多少，嘉兴人戏称之为"鬼火"，但毕竟能发电了，所发的电力不仅能够供嘉兴一百来户用电人家的照明，还能带动一大批厂家机器的运转。譬如嘉禾布厂，尽管纺织机大多是靠人工来拉动的，但毕竟也有一部分电动的纺织机。纺织机通了电，生产便大有效率。

比较成规模一些的工厂，是杭州的纬成公司兴致勃勃来嘉兴设立的裕嘉分厂。起初，工厂的计划很大，设绢纺部、缫丝部、织造部，偏是时运不济，1921年8月1日下午，在嘉兴南湖刮起的一场为时4个钟头的令天昏地暗的怪风，不仅让南湖里的3艘船倾翻，淹死了三四个人，还让裕嘉分厂刚刚筑好的12座车间倒塌了10座。这场突然而起的威力巨大的怪风过后两天，南湖游船才恢复营运，湖里才热闹起来，而出席中共一大的代表也在这几天按计划从上海赶来嘉兴，坐入画舫秘密开会，完成了建党伟业。

自然，被怪风吹倒大部分车间的纬成公司裕嘉分厂元气大伤，很长时间难有起色。

嘉兴街市上商家的不断开张，也颇有一点风起云涌的意思，做丝绸棉布生意的，做南货生意的，各路口味的饮食业……高高低低的店招已密密麻麻。出席中共一大的代表去鸳湖旅馆歇脚时所走过的张家弄，店铺也已重重叠叠，弄内那家颇有名气的"五芳斋"甜食铺，也就在这一年的夏天，在叫卖桂花圆子、赤豆糖粥、莲心羹、冰雪酥、玫瑰糕等甜食小吃的同时，隆重推出了五芳斋粽子，声名鹊起，一时生意兴隆。我20世纪90年代初写作的电影剧本《开天辟地》里，也曾描述过一大代表董必武与何叔衡当时手捧热气腾腾的嘉兴五芳斋粽子的情景。当然这只是细节上的艺术构思，史籍并无记载，但应该说，当时嘉兴市面的生机，给这一艺术的虚构提供了合理的基础。

本来，有绿禾翻滚的农桑业

20世纪20年代的五芳斋

的支撑，加之上海工商业的直接辐射，辛亥革命之后嘉兴的实业发展，是可以有所期许的。起码，在辛亥革命前就担任了嘉兴府商会总理的嘉兴实业家褚辅成，便是这么想的。

褚辅成，这位在日本留学时就参加了同盟会，并且与秋瑾在嘉兴南湖畔密谋过起义的实业家，曾经满怀希望地设想过嘉兴乃至浙江的实业，能在民主革命胜利后蓬勃发展，他自己在嘉兴南门开办的协源丝行也能兴旺发达。哪知风云突变，袁世凯公然窃取辛亥革命成果，接踵而来的是北洋军阀政府对于经济的巧取豪夺，使得包括褚辅成在内的所有嘉兴实业家大受刺激，也大失所望。褚辅成本人由于积极反袁而受到迫害，坐了一次大牢，袁世凯死后才得以出狱。这位忠诚于资产阶级民主革命的嘉兴实业家随即追随高举"护法"大旗的孙中山去了广州，后被广州的国会选为众议院副议长。当然，褚辅成在广州一边勤勉工作，一边也忧心忡忡地注视着嘉兴乃至浙江的民族经济不断遭受摧残的困境。他自然也只能干着急，无力回天。

北洋军阀政府对于嘉兴的统治是铁腕式的，北京政府直接指派北洋军人接管浙江，迅即也接管了嘉兴，甚至在嘉兴成立了戒严司令部。凡嘉兴各界团体人员有集会、结社、游行抗议者，着令就地逮捕。嘉兴各处轮埠、车站、民船、旅馆，也日夜有士兵搜查。其时，嘉兴百业都受到不同程度的打击，市面萧条，人心惶惶。

更有甚者，若有乡民因天灾赴县，要求减免租赋，戒严司令部亦罔顾民意，一律弹压驱散，对请愿代表则抓捕关押。

军阀统治的这种严酷性，极大地摧残了本应蓬勃发展的生产力，民族资本与市民一齐受到了严重打击。当然，乱中发财的也有，发财的就是北洋军阀本身。嘉兴地区的军阀势力竟然趁饥荒之年米价飞涨之际，派出成群的采购人员长期在嘉兴、嘉善、平湖、海盐等县收购大米，同时勾结日本的"大有公司""大正公司"，将嘉兴的大米从上海走私到日本，以及日本占领的西伯利亚地区，数量达到一百万石之多，直赚得盆满钵满，数钱数到手抽筋。

我相信，那些年，以褚辅成为首的曾经为民主革命出过大力的嘉兴实业家们，是流了不少眼泪的。他们没想到，辛亥革命胜利后的国家，还会如此开历史的倒车。

嘉兴那些年遭逢的厄运，不仅在于北洋军阀政府在经济上的无度搜刮，更有连年战火对这块土地的无情烧灼。

就在11位中共一大代表结束南湖会议离开嘉兴的三年后，一场突如其来的战火，又凶猛地烧着了嘉兴。

说起来，嘉兴在两千五百年前曾是吴越争霸的战场，槜李大战中，吴王与越王亲率军队在这里拼杀，野禾遍生的水乡血流遍地；而一场"民国现代版"的"吴越"之战，又选择了嘉兴作为角斗场，鱼米之乡一时间黑烟冲天，弹片横飞。

那是直系军阀与皖系军阀在1924年爆发的一场恶战。

属于皖系军阀的浙江督军卢永祥以"浙沪联军总司令"的名义，激烈通电讨伐直系军阀曹锟、吴佩孚、齐燮元。直系与皖系这两大北洋军阀势力就在这稻米飘香之地为争夺地盘大打出手，两军的主力部队于吴兴、嘉兴一线反复交锋，战火起处，一片惨象。嘉兴至上海的第一座铁路桥当时被炸毁，铁路交通断绝；攻入嘉兴的直系军阀孙传芳部队到处拉夫抓壮丁，为其拖船，人们纷纷逃跑，避之唯恐不及；而驻在嘉善的部分军队发生"哗变"，某日在城内狂欢般地通宵抢劫，48家商铺被洗劫一空。

　　嘉兴的市场行情在枪炮声中应声下跌，丝市被关闭，丝价跌至每斤3角钱，以至于丝行每一家当年都亏损数万元。孙传芳部队伸手向嘉兴的商家要钱，也是毫不手软的，年底那一次就狮子大开口，一下子勒索了商家两万余元，嘉兴商贾一个个面色惨白。

　　这一年的战事刚告平息，第二年又烽火重起，盘踞浙江的孙传芳又宣布与驻江苏的奉军开战，并将自己的战争大本营设于嘉兴，嘉兴一带顿时战云密布，人们避之唯恐不及。在这种凶险的背景下，嘉兴经济的遭祸是不言而喻的，商家动不动就遭到军队的勒索，光是民船就有三四百艘被征为军用。孙传芳部队不仅勒索钱财，还强征壮丁，嘉兴青壮劳动力有400余人被迫随军出战，全体被驱入弹片横飞的沙场。

　　一块稻浪翻滚的水乡平原，数年间，竟会如此频繁地被互殴的北洋军阀绑上战车，真是令人扼腕。但见田陌上狼烟处处，绿禾间鲜血飞溅。

　　面对北洋军阀随意点燃的熊熊战火，一心求生存求发展的嘉兴民众叫苦不迭。嘉兴各县，家破人亡、穷愁潦倒者遍地都是。

　　历史叹着气告诉我们，对于鱼米之乡嘉兴，这实在是一个连年遭劫、乏善可陈的年代。

国民党蒋介石政府的统治，
给嘉兴带来的，基本上也是一连串的噩梦

　　嘉兴工商实业遭受的北洋军阀最后一次洗劫，是那些慌忙逃窜的北洋败军所为。

这些溃败之军一路惨叫着说难以抵抗北伐军，朝北节节败退，但退却途中，对掠夺与抢劫民众偏是内行得很，嘉兴的商民由此又惨遭一轮损失。

北伐军是在 1927 年 2 月 17 日占领杭州的，孙传芳的部队一触即溃，溃军数千人东逃，蝗虫一样漫过海宁的城关镇硖石。这些狼狈而又凶狠的溃军用枪逼着商家，开口索要的银圆竟以万计，海宁的商家们在乌黑的枪口前只得给钱。次日北伐军抵达海宁之时，这些溃军又慌忙逃向崇福，一到崇福又故技重演，大小枪口对准县商会，勒索了一大笔，接着又洗劫了嘉兴的王店镇，而路过桐乡乌镇的时候又挥枪向商家勒索巨款。孙传芳部队溃军所到之处，嘉兴各县商家都在枪口下成千上万地掏钱，元气大伤。真可谓兵灾如蝗灾，溃军过后"落了片白茫茫大地真干净"。

也因此，嘉兴各界人民对于北伐军，自然是像盼救星一样盼着。都说国民革命军是国民自己的部队，嘉兴民众夹道欢迎自不消说，还在北伐军东路总指挥何应钦入驻嘉兴时，在嘉兴城内中山厅广场举办了盛大的"庆祝北伐胜利军民联欢大会"。一时间纸旗飞舞，口号震天；当夜还举办了提灯游行，各街巷都流淌着璀璨的灯河，男女老少欢欣鼓舞，嘉兴几成不夜城。

在那样的灯火之夜，嘉兴各界民众自然都兴奋得难以入睡，即便后半夜睡熟之后，做的也都是色彩斑斓的好梦，以为自己所居的"鱼米之乡""丝绸之府"，在热烈昂扬的"打倒列强，打倒列强，除军阀，除军阀……国民革命成功，国民革命成功，齐欢唱，齐欢唱"的《国民革命歌》歌声之中，会迎来渴盼已久的蒸蒸日上之局面。

观察时局，也确乎有点生机盎然的样子，社会的一切似乎都走上了正轨。国民革命军的军旗所指之处，嘉兴地区各县①立即重建了国民党的县党部；嘉兴的商会也进行了重建，成立了"商人统一委员会"，所有的委员都由国民党省党部委派；各县的工会也相继建立，同时还建立了农会、教育会、妇女会、渔会。当然，县里所有这些组织都由官办，由国民党县党部统一操纵。

起初，嘉兴水乡的社会发展态势还是颇为鼓舞人心的，各行各业都有所发展。两年之后，嘉兴县由于自身经济的较快发展，一跃而为浙江省重点县。作为浙江省重点县的县长，便有权参加"全国内政会议"，有一定的发言权。这么一来，嘉兴的地位便颇为显赫。嘉兴的工商实业界对于经济发展的希望也与日俱增，他们乐观地认为，嘉兴在国民政府的领导与重点扶持下，欣欣向荣指日可待。

说到当时嘉兴各方面的起色，几年间还真能见着不少：嘉兴县增建了银行，在各主要集镇均设立了银行的办事处。嘉兴地区各县在1928年均先后设立蚕业指导所，区乡一级则设置蚕业指导员，任务是帮助蚕农改良蚕种，推行新法养蚕，于是嘉兴的桑蚕业也有了一个小小的飞跃，仅嘉兴一县1929年的鲜茧产量就达到了175200担。大田农业也有了起色，开始推广品种优良的"纯系稻"。海宁县的斜桥镇还专门设立了"千亩纯系稻改良场"，规模很大，连当时的浙江省政府主席黄绍竑也专程从杭州跑来参观，在田里走来走去直竖大拇指。嘉兴的畜牧业也有了长进，养殖户显著增多，当时在崇德县的大操场

---

① 嘉兴市的行政区划在历史上曾多次变动。明宣德五年（1430年）设嘉兴府，下辖七县，称一府七县。民国初废府存县，改称嘉禾县，后复称嘉兴县。新中国成立后也曾经历数次变更。为行文方便，本书对该区域称"嘉兴地区各县""嘉兴各县""嘉兴各地""嘉兴全境""整个嘉兴"等，下文不另注。

上还举办过一场颇见声势的"杭嘉湖地区羊种展览会"，直叫各县的畜牧养殖户大开眼界。嘉兴的市政建设也开始起步，1928年春，城内的天星湖畔建起了"中山公园"，这是嘉兴境内建造的第一个公园；嘉兴境内的第一家新式电影院也热热闹闹开张了，这就是"银星电影院"，当时名头很大；嘉兴各县的"民众教育馆"也陆续设立，启发民智的工作也提上了日程。

这是一个浅显的道理，只要政治少折腾，战火少摧残，嘉兴这个"野稻自生"的丰美水乡，就自会蒸蒸日上，勤俭的嘉兴民众自会把自己的生活之路铺设得越来越宽。

但是，真的是好景不长。

使嘉兴各界民众愕然并且跌足的是，嘉兴经济发展的向好势头越来越迟滞，出现在嘉兴城乡民众脸上的笑容也很快凝固了。民众越来越沮丧地看清了一个不容置疑的现实：国民党政府在这段时间整顿财经、建立规章制度以及采取一些发展农蚕畜牧的举措，都是为了集中财源。当局很快就明目张胆地与各界民众公开争夺这些财富，各种国债、省债以及苛捐杂税接踵而来，一重又一重压在嘉兴民众的头上。

不过两年，嘉兴的工商实业界与民众便有喘不过气的感觉，大家惊愕地发现，就经济负担而言，嘉兴要承受的，并不比北洋军阀统治时期轻，很多方面反而更加吃重。1928年浙江省发行整理土地公债，嘉兴要认购30万元；没几个月，省里开始发行公路公债，嘉兴再被勒募30万元；过了新年，省里又说要募集建设公债，嘉兴的分配额又是35万元。当时嘉兴每年的田赋银拢共才104万元，这两年被勒购的省债，便分别占到了年田赋的一半以上与三分之一。

雪上加霜的是，税负方面，还有各种军事方面的加派，比如军队编遣经费之类，一开口就是十几万元。当时，嘉兴地方财政迅速吃紧，相应地，各种生产设施也开始废弛，没人再管。由于承受的横征暴敛明显加剧，百业便开始委顿，市面行情一跌再跌，"鱼米之乡""丝绸之府"顿失容颜。

其中，丝绸业的跌势最为明显。由于生产无法提振以及国际上发生的经济危机，嘉兴丝绸出口锐减，国内销售也无起色，丝茧价格一落千丈。据20世纪30年代初的统计，嘉兴的蚕茧产量跌到了前几年的三分之一乃至四分之一，大批茧行停市歇业，丝绸厂机声稀落，蚕农收入锐减一半。

金融业也迅速受到波及。嘉兴聚源等钱庄，一家接一家倒闭；嘉兴商业储蓄银行因存户挤提存款无法支付，无奈之下宣布停市；开业长达二十余年的高锦华绸庄，也因资金周转困难含泪宣告停业，20余万元债务无法清理；另一家走投无路的厂子，便是曾经遭受无情风灾的杭州纬成公司裕嘉分厂。该厂也因银根紧张而无法继续经营，交由职工成立的维持会维持过渡，数年后，因实在难以维持，终以低价出卖。

一度声名显赫的嘉禾布厂，也因销路滞涩，只能宣告清理，招盘出售，致使大批工人失业，生活无着。

这一时期，"屋漏偏逢连夜雨"，嘉兴又先后遭受了严重的水灾与旱灾，重创接连而至。

天灾的发生虽为偶然，但由于国民政府一向忽视乃至无视防旱防涝基础设施的建设，嘉兴对于水旱天灾根本无力防御，水太多了遭殃，水太少了也遭殃，虽为"鱼米之乡"，却不堪一击，鱼与米都经不起折腾。

先说特大水灾。

20世纪30年代纬成公司裕嘉分厂（嘉兴市档案馆提供）

1933年，钱塘江大潮也不知怎的，来得特别凶猛。呼啸而至的潮水使得海盐、海宁一带的海塘大面积崩塌，海水倒灌，塌陷的滩地达3万余亩，禾苗尽被冲毁。不仅庄稼颗粒无收，而且湖塘水井的水皆成咸水，百姓一时无水可饮，哀号之声遍野。

于是这年夏天，恐怖的饥荒现象便大面积涌现于嘉兴各地，大片蚕区断粮，农村骚乱不安。海宁2000余名妇女儿童向米商索米救饥，政府出动军警弹压，打伤多名农妇；桐乡与崇德一带，接连发生民众向米行"强行借米"事件，均遭政府武装弹压，以至于1933年7月19日的《大公报》上有如此无奈的记载："浙西农民，今年蚕汛失败，无以自活……海宁、乌镇、濮院、海盐等地饥民纷纷聚众抢米。"

紧接特大水灾而来的，是一场特大旱灾。嘉兴的老人们但凡提起

1934年的那次大旱，如今仍面现惊惧之色。

那年的夏天，嘉兴全境毒日当头整整三月有余，大地未见滴雨，不要说运河断流，水井干涸，田里庄稼焦黑，连城外那个曾经画舫穿梭的南湖也露出了全部的湖底淤泥，一片龟裂纹。即便如此，这南湖也是饥渴难耐的嘉兴人唯一的救命之源，人们争先恐后地匍匐在南湖的淤泥中，挖一道又一道的浅沟，让这道道浅沟经过一夜的渗透，略见泥水，然后再在黎明时分跑去，用小匙舀出些许浑浊的泥水，用以解渴续命。

面对嘉兴这场百日大旱，国民党政府束手无策，无力救灾也无心救灾，面对一批又一批手持枯稻前来政府请愿的灾民，不仅不抱同情心，反而拉开枪栓，以刺刀对待。粗暴的弹压造成了请愿农民的死伤，报章舆论哗然。

在早稻与中稻颗粒无收的情况下，大批饥民为了活命，只能强行向米行索米。据当时报纸刊载，7月22日与23日，海盐灾民2000人到嘉兴王店镇抢米；7月24日，海宁硖石镇300余人到米市抢米，8月5日又有数百人抢米；紧接着，桐乡屠甸镇也发生饥民抢米事件，市面一片混乱。

当时的上海《申报》曾先后三次发出了令人读之心悸的新闻稿，第一条是"嘉兴农村饥民有吃树皮、观音土充饥者，逃荒者不计其数，因秋收无望，无食自尽者多起"，第二条是"农民扶老携幼，各处求乞，不愿行乞者竟至饿毙"，第三条是"嘉兴七星桥有饥民数十，横卧铁轨求死"。

饥荒局面糟糕如此，国民党各级政府仍置民众死活于不顾，漠视赈灾，只知镇压，甚至以"勾结共产党，指使农民抢米"之罪名，将嘉兴开明人士陆行素以及小学校长蔡伯威逮捕，解送杭州陆军监狱关押，试图收杀鸡吓猴、杀一儆百之效。消息一出，饥肠辘辘的嘉兴民众瞠目结舌。

写到这里，我不禁热泪涟涟。一个水灵灵的物华天宝之地，古代建有"雀墓"的丰饶之乡，由于北洋军阀的连年混战，以及后来国民政府的腐败统治，竟至于出现百姓哀号、饿殍遍地、饥民"横卧铁轨求死"之情状，简直匪夷所思。

也因此，嘉兴水乡百姓在这个令人震惊的年代所发出的呻吟、哀号、呐喊与怒吼，由一个亲眼看见而百般愤慨的嘉兴籍作家，凝结成了子弹般的文字，以一篇篇小说的样式，发表于上海的各家报刊，引起中国社会各阶层极大的关注。

众多的社会目光，透过文学的凸透镜，集聚到了杭嘉湖水乡。

千千万万的中国读者，注意到了一块连年灾变的土地。

水乡百姓的痛苦、绝望与反抗，在茅盾的笔下一幕幕呈现

这位将万千读者的目光引聚到嘉兴的作家，便是1896年出生于桐乡乌镇的茅盾，本名沈德鸿，字雁冰。

茅盾对社会底层农民生存挣扎的关注，自然是跟他的政治立场分不开的。他是共产党人，而且是中国最早的共产党人之一，虽说他在1927年曾与党组织失去联系，但也是出于无奈：他从武汉匆匆赶去南昌，准备参加由周恩来、贺龙、叶挺等人领导的南昌起义，投入武装

反抗国民党的战斗行列，然因水陆交通遇阻，他不仅没能及时赶到南昌聚义，也与党组织失去了联系。

他赶往南昌参加起义前的身份，是武汉《民国日报》的主编；任主编的前几个月，是国民党中央军事政治学校武汉分校的教官；再之前的几个月，他在广州担任国民党中央宣传部的秘书。我在电视剧剧本《中流击水》里，描写过他在广州时，与该部代理部长毛泽东共同奋斗的一段史迹。我当时就为他革命的坚定性以及文采的出众而感动。说句实在话，这位看起来身形羸弱的嘉兴籍青年，在血与火的斗争第一线，完全称得上钢打铁铸。

其实，更早的时候，1920年的秋天，他就在上海参加了由陈独秀发起组织的共产党早期组织，介绍人是李汉俊。他是第一批中国共产党党员之一。这是他早年的觉悟与光荣，也是他这辈子的革命底色。

他出生于桐乡乌镇观前街的一栋二层木结构楼屋，自小因家境宽裕而不愁吃穿，但由于目睹了中国社会深刻的阶级矛盾，以及受到社会新思潮的感召，他少年时便有了自己的感悟与抱负。十二岁那年，他在小学的会考作文中，载明了自己的鲲鹏之志："大丈夫当以天下为己任。"不光是这篇作文，他在小学所写下的多篇文章，都令老师惊诧、赞赏。有一次老师对他的一篇作文写下了这样的评语："好笔力，好见地，读史有眼，立论有识，小子可造，其竭力用功，勉成大器。"而对他的另一篇题为《秦始皇汉高祖隋文帝论》的作文，击节叹赏的老师如此评点："目光如炬，笔锐似剑，洋洋千言，宛若水银泻地，无孔不入。国文至此，亦可告无罪矣。"

茅盾离开乌镇，为的是去中学读书。他是踩着坚定的步伐离开那个有运河静静流淌的小镇，离开他那个遍栽棕榈、天竺、冬青、扁柏的家居小庭园的。他先就读于湖州，后转学到嘉兴。那时的他已经有了基本的政治自觉，而他最终被嘉兴中学开除，也是他猛烈冲击旧思想所带来的直接结果。那些年，他一直站在自己"大丈夫当以天下为己任"思想的延长线上。那年是辛亥年，武昌起义已经爆发，中学生茅盾意气风发地在学校自修室里高声朗诵一篇题为《十不如》的新潮文章："……北军不如民军，八旗不如白旗，怕死不如敢死，逃命不如革命，宣统不如总统，君主不如民主！"这个晚上，由于茅盾的引领，自修室里的同学们纷纷大谈各地的"光复"新闻，思想灿烂起来。然而禁锢马上就来临了，一个名叫陈凤章的学监闯了进来，将茅盾刚才朗读过的那份《申报》一撕两半，并且对群起抗议的学生说：学校自修室不准谈笑！你们不服监管，我有权处分你们！

这学监也真够横的，第二天学校的布告牌上果然就出现了对几个学生的"记过"处分决定，被处分者中就有茅盾。

茅盾自然针锋相对，他所采取的应对方式是：用一方红纸，包了一只死老鼠，做成一只"礼包"，悄悄放在学监陈凤章的办公桌上。茅盾当时这样想：帝制都已经被推翻了，你一个学校的学监竟还如此专制，这算得上什么自由民主！

这么一来，对茅盾的"记过"

少年茅盾（桐乡市档案馆提供）

就演变成了"开除"：一个很自然的逻辑。

茅盾年少时在嘉兴的这番斗争，陶铸了他日后的风骨。这种风骨伴随着他完成在杭州安定中学以及北京大学的学业，并自觉投身无产阶级革命，成为共产主义政党的一员。

也正因了他的反抗精神和无产阶级立场，哪怕一时与党组织失了联系，他目光的焦点也是被压迫人民的生活境遇：他关注着，仔细观察着，并且为此发声。他在文学领域发出的声音是厚实的，也是有爆发力的，带有火山岩浆从地底喷发出来时的那种隆隆声。

这里，也要附带说一下他的弟弟。他弟弟沈泽民，也是像他一样敢于对旧社会吼出黄钟大吕般声音的人。沈泽民主要不是在文学上发声，而是在无产阶级政党的重要宣传岗位上发声。沈泽民在1921年春天由茅盾介绍入党，是中国共产党早期的58个党员之一。1931年，沈泽民担任中共中央宣传部部长，精心组织一个政党的发声。他是英年早逝的，就在1933年，任鄂豫皖省委书记的他于异常艰苦的革命环境里，被疟疾夺走了生命。

沈泽民与张琴秋在上海（嘉兴市档案馆提供）

他的夫人张琴秋也是一位革命家，是经历过长征考验的著名红军将领，担任过红四方面军总政治部主任，新中国成立后，还担任过纺织工业部党组副书记、副部长等职。

茅盾就在那个阶级矛盾深重的1932年的7月，发表了《林家铺子》，又在11月发表了《春蚕》，并于1933年，先后发表了《秋收》与《残冬》。

这几部直面中国社会矛盾的文学作品，在当时的中国知识界与文化界，引起了热烈的反响。

《林家铺子》讲述的是杭嘉湖水乡一家小店铺的主人林老板的生活挣扎，他面对时局的种种动荡、经济的日益萧条、国民党官僚势力的重重逼迫，虽苦寻良策以图生存，但实在无力回天，终于破产。这个令人唏嘘的故事，生动反映了当时嘉兴一个满怀希望的工商业者一步步走向破败的人生历程。

这自然是出于茅盾当时回到家乡的亲眼观察。他的写作尖锐而悲愤。接着，他的《春蚕》、《秋收》与《残冬》这"农村三部曲"又先后问世。在这三个短篇小说里，他的聚焦点是一个苦苦挣扎的农民家庭。他对贫苦农民命运的描绘与对小镇店铺老板命运的描绘，是同样尖锐而悲愤。我想象得到一支笔当时在他手中簌簌抖颤的情状，而"农村三部曲"的主人公老通宝确实也以同样的频率，在中国社会的底层簌簌颤抖。

《春蚕》发表于1932年11月出刊的《现代》杂志第2卷第1期。作品主人公老通宝在清明节后的一个月时间里，经过"大紧张，大决心，大奋斗，同时又是大希望"，终获蚕茧丰收，然而结果很可悲，卖的茧却还"不够偿还买青叶所借的债"，气成大病。《秋收》则是在

5个月后发表的，发表于《申报月刊》第2卷的第4期与第5期，他的作品主人公又开始咬牙挣扎，"春蚕时期的幻想，现在又在老通宝的倔强的头脑里蓬勃发长"，于是这位辛苦的农民又设法赊来豆饼施肥，全家老少没日没夜地车水灌溉。可是辛苦到秋天，迎来稻子的好收成，结局又不好，市面萧条，米价一落再落，老通宝又背了一身债。《残冬》是在1933年7月发表的，发表于《文学》第1卷第1号。这一回，茅盾写的是老通宝的儿子多多头。多多头是一位头脑清醒的农民，明白靠苦干来改善农民的处境只能是幻想，明白在那个社会里"规规矩矩做人就活不了命"，于是这位有反叛精神的年轻农民就联合了其他的伙伴，在一个夜晚，摸进反动武装保卫团"三甲联合队"驻地，缴了他们的枪，走上了武装反抗黑暗统治的革命道路。

　　茅盾将自己的马克思主义立场，通过中国农民的"逼上梁山"之路，生动细致地加以表达，引起了当时文坛相当大的震动。

茅盾日记手稿（桐乡市档案馆提供）

这期间，茅盾完成的力作还有中篇小说《路》与《三人行》，以及长篇小说《子夜》。嘉兴籍作家茅盾为第二次国内革命战争时期的旧中国，留下了恢宏而深刻的历史画幅。他抒写的不仅是嘉兴水乡，以及嘉兴的近邻上海，他写的更是中国革命的历史逻辑，表达的是对一个崭新时代的期盼。所以，美籍华人学者夏志清后来在他所撰写的《中国现代小说史》中，郑重评价说："茅盾无疑仍是现代中国最伟大的共产作家，与同期任何名家相比，毫不逊色。"

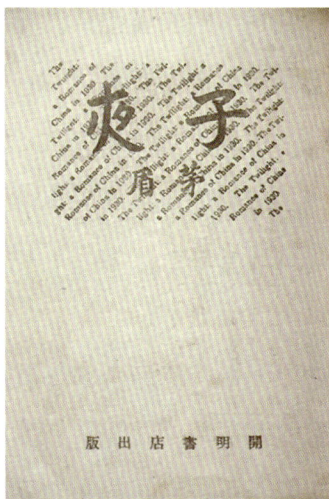

上海开明书店 1933 年 4 月初版《子夜》，唐弢藏本，现藏于中国现代文学馆

茅盾自有嘉兴人的典型性格。经年的吴越政治博弈与吴越文化交融，造成了嘉兴人"内剑外箫"的品性。茅盾就是这种品性的典型代表，他儒雅，也刚烈。

儒雅的是外表，刚烈的是内心。

他是典型的嘉兴籍革命者。

新中国成立后，茅盾担任了首任文化部部长以及中华全国文学工作者协会（现中国作家协会）主席等职务。他携着他文学里的嘉兴土地与中国土地，以及滚动在这些土地上的所有历史风云，度过了自己无愧的一生。中国的作家们始终记得茅盾去世前对当代中国文学的一份饱含真挚情感的馈赠，那是他的一笔稿费，整整 25 万元。茅盾在他的遗书中是这样写的："为了繁荣长篇小说的创作，我将我的稿费 25 万元捐献给作协，作为设立一个长篇小说文艺奖金的基金，以奖励每年最优秀的长篇小说。我自知病将不起，我衷心地祝愿我国社会主义文学事业繁荣昌盛!"

在20世纪80年代，25万元，显然应视之为巨款。茅盾对于中国当代文学事业倾注的深情，当然使我们深为感动。嘉兴桐乡乌镇，从第五届"茅盾文学奖"开始，便成为这个负有盛名的中国文学奖项的永久颁奖地。

记得我从嘉兴调往浙江省作家协会工作的初期，也担任过浙江省作协"茅盾文学院"的常务副院长，作为这个事业单位的法人代表，主持了一段时间的文学院工作。我一直为自己与茅盾这个名字的这一点关联而倍感自豪；当然，另一件事也让我特别开心，那就是在我主持浙江省作家协会工作期间，省作协的常务副主席王旭烽以她的小说《茶人三部曲》第一部《南方有嘉木》、第二部《不夜之侯》，荣获了第五届"茅盾文学奖"。

我曾多次造访桐乡乌镇的茅盾故居。每次走上那架咯吱咯吱作响的木楼梯的时候，我都仿佛能清晰地听到茅盾先生笔尖的沙沙声。我实在觉得，那就是嘉兴的土地与中国的土地发出的声音，就是中国的文学与中国的精神发出的声音，这声音细腻而深刻。

可以听听老夏头一家的呻吟

老夏头是居于嘉兴水乡一个小镇上的贫苦农民，官名夏阿橹，祖上三代都是"船佬儿"，以摇船装货、载人为生。俗话说，"世上三种苦，摇船、打铁、磨豆腐"，所以他从小吃苦。后来，他因为讨老婆做人家而上了岸，在市梢头搭了三间草棚，租了四亩田，以务农为生，几个儿子相帮着"做田畈"。

我在这里所描述的夏阿橹，并不一定实有其人，他是从20世纪20年代几户嘉兴贫苦人家中杂取的人物，算是乡村农民的一个典型；我们现在可以从他以及他一家的遭遇中，一窥当年普通嘉兴人的人生境况。

那是1924年9月初一个闷热的日子。

对夏阿橹而言，这个初秋之日实在非比寻常，远处不时传来枪炮声，而他那由茅草与泥墙构筑起来的家，一日间竟遭了两次兵祸。

其实早上起来他的心情就不好，身穿灰布长衫的东家一早就出现在他家的门口，在门柱上敲敲水烟袋的烟锅，笑嘻嘻说："今年庄稼长势不错，老夏头你还是交个预租吧，不要积到年底才交。人家做长年的都交预租了。我心善，一向不讲究预租，但是今年兵荒马乱，我家也前吃后空了。他李保长说我装穷，两次都往我头上摊派子弹税，这叫人怎么活啊！老夏头你帮帮忙，就交个预租，两石米，不多的。"

老夏头一听就慌，说："行行好吧，东家！你向来心善我是晓得的，但是今年年初我家老三叫李保长给抓上壮丁了，李保长亲自点的，说你老夏头的小儿子夏三富年满十八，必得当兵，早上刚说的，晌午就拉走了，现在归卢永祥司令管了。家里就剩我跟老二下田，老二又是跷脚，做勿动生活，老大是困床佬，毛病重，一困就七八年。屋里早两日就烟囱勿冒烟了，连撮药的铜钿也没有，哪里还有余钱。东家你无论如何就宽限我到年底，年底我卖血也交租。"

就这样好说歹说，也没把东家给支走，东家的脸越来越黑。老夏头正愁苦着，却不料门外一阵乱糟糟，呼啦啦冲进来一群兵，二话不说，就拆他家的大门板，说对面河里的木桥前天炸掉了，今天要架浮桥，村里家家的门板都得拆去。这一番叫嚷，却把东家给吓走了。

老夏头护着门板不让拆，说我大儿子有毛病，屋子没了门会进风，却被一名军官一把推倒在地。夏家老二急了，瘸着脚上前论理，却不料连人也要抓走，说正好帮着架桥。老夏头慌忙从地上爬起来拦着求情，说我家老二跷脚，做勿动生活的。官长说瘸怕啥，快扛起门板走，你再拦着把你也带走。老夏头的婆娘赶出来，拼命把自家的老倌往灶间拉。

老夏头等到下午，也没见二儿子被放回来，家中也实在生不起灶了，镬子里只剩两个很小的红薯。老夏头的家婆说："我再去湖塘里摸摸，兴许还有菱角，昨日常婶家就摸来了小半篮。"老夏头连连摇手说："外面打仗，半边天都红了，湖塘又远，千万勿要冒险。"

他家婆执意要去，说："不去摸，吃啥？饭镬子里一颗米都没得了，你没见老大病成了僵尸，一落床就跌倒？再不吃点，明朝都活不到夜了！"

他家婆见他不说话，就说："我呀，我还是走趟南湖。南湖里的菱，说是采完了，兴许桩头下面多摸摸，还能摸出几颗来。南湖菱不长菱角，说是天上仙女捧的金馄饨掉来凡间的，乾隆皇帝都说过，南湖菱吃了补人，我去采几颗来喂老大，多好。我这就去常婶家借采菱桶。"

老夏头做梦也没想到，他家婆竟会死在当天。他的二儿子是在天刚发黑的时候，一瘸一瘸回到家里的。人还没进门，就有邻居先扑进院子喊叫："你家二富回来啦！是背着他姆妈回来的，湖塘边落炮弹啦，弹片炸中他姆妈啦！"老夏头心里一炸，刚冲出家门，就见他血肉模糊的家婆正由二儿子背着往家来了，二儿子一边跷着脚，一边朝天哭喊着姆妈。

还没把人放到床上，老夏头就发现自己的家婆已经气绝，衣裳口袋里摸出七八只南湖菱，都是带血的。

老夏头倒没哭出声，他的二儿子却号得差点气绝。大儿子大富一边喊姆妈一边爬下病床，还没挪两步，就软得栽倒在地。

老夏头落着眼泪说，门板都给拆走了，不然还好做口薄皮棺材，现在只能用芦席捆一捆了。说到这里，只见门外又走来那个提着水烟袋的东家，东家一见这阵势，也不敢再开口说交预租的事了。

老夏头说："东家你行行好，赊给我一口棺材的钱吧！还是我家婆把我从船里弄上岸的，还帮我盖了草棚，在岸上落了脚，拜堂三十年还不到就这么走了，一身的血，命苦哇！"

东家叹口气说："前世作孽，前世作孽，我哪有钱借你买棺材啊。好了好了，放一马，你老夏头的年租，就到年底交吧。"

东家的这句叹气之语，是老夏头在这天听到的唯一一句叫人宽慰的话。

老夏头和二儿子在第二天一早埋了亲人，就埋在自家屋后的小池塘边上，一边哭一边埋，一边各自啃着一只冰冷的红薯。

夏家的大儿子还是没有气力下床出屋送自己的母亲，他母亲从南湖里刨来的几只带血的菱，他哭着咽进了肚里，骷髅般的脸上似乎有了一丝生气。

夏家那年的情况就介绍到这里，但夏家风雨飘摇的日子远远没有结束。一场更大的由火焰、弹片、铁蹄、鲜血与尸体构成的惨祸，还在前方张大虎口，等待着包括夏家在内的全体嘉兴百姓，等着吞噬嘉兴这座历史悠久的江南名城。

当然，我下面即将说到的，就是日寇对嘉兴的整整八年的侵略、蹂躏与压榨。

这是一段读来特别让人揪心的文字。

百年蝶变

第三章

日寇给嘉兴带来的炸弹、枷锁与八年梦魇

令人难以置信的大轰炸，嘉兴一片火海

在日本帝国主义侵华战争所带来的惨祸中，嘉兴所遭遇的，首先就是从天而降的炸弹，那些不计其数的引起尖叫、血海与大火的炸弹。上了年纪的嘉兴人都说，那时间，嘉兴城里几乎所有的黑瓦白墙上都溅上了血的颜色，留下了皮肉的痕迹，有的墙面甚至还嵌进了残肢，可怖至极。

嘉兴城沦陷于日寇，是在1937年的11月9日，而在沦陷之前所承受的日军飞机的轰炸，可称饱和，足见惨烈。

1937年的"八一三"事变刚发生，8月15日至11月初，前来嘉兴轰炸的日本飞机达250余架次，几乎每天无间断。尖厉的防空警报声日日响彻嘉兴城。嘉兴是1936年7月正式开通的苏嘉铁路之重要节点，而面向上海的苏嘉铁路本来就是国民政府应国防战备需要而突击修建的，日寇当然要把嘉兴城列为重点投弹对象。

8月16日，日军首先轰炸嘉兴西南郊的国界桥飞机场，17日轰炸嘉兴火车站，19日的轰炸则更见厉害，20余架日本飞机在嘉兴上空轮

流穿梭，对嘉兴全城进行无差别轰炸，城内四处起火，嘉兴市民在奔跑与惨叫声中大批倒于血泊。9月3日，从上海方向开来的一列火车在临近嘉兴时也被炸中，死300余人，伤500余人。

之后，日本飞机的空袭一直持续。嘉兴几乎天天拉响空袭警报，有一天曾先后发警报20次，嘉兴全城从早到晚蹿起黑烟与大火。

现在的嘉兴老人，还有会唱当年民谣的："到了1937年，东洋鬼子掼炸弹，一掼掼到嘉兴滩，家家户户全遭难！"

一边天上扔炸弹，一边海滩上就登陆了。11月5日拂晓，日军分两路从几乎没有设防的杭州湾金山卫登陆，4个小时就打垮了驻守的国民党军队，并向嘉兴、平望一带推进。此时，日本飞机对嘉兴的轰炸就更加疯狂，每隔10分钟就有一小队飞机直扑嘉兴，从黎明至天黑轰炸不止，将嘉兴全城化为火海。

嘉兴的此番遭祸，可说是惨绝人寰。嘉兴最繁华的商业区北大街（也就是现在的建国路）、塘湾街（也就是现在的北京路），完全成为废墟，商铺与民房无一幸免，满眼都是瓦砾与焦木。当时嘉兴最高的建筑物"正春和""永瑞兴"两家绸布店，只剩下水泥空壳架子；甚至连天主教堂所办的仁爱堂、育婴堂所在的那栋钢筋水泥楼，也被彻底炸翻，一百多个婴儿埋于瓦砾之下，其状惨不忍睹，仓皇奔逃的嘉兴市民跑过燃烧着的断墙残壁时，还能听见未死婴儿的惨啼声。一位嘉兴老人说，他小时候亲眼看见新宫桥挨日本人的炸，那个惨啊，遇害者的手脚都炸飞了，一条条的，就粘在白墙上。

那几天，不仅嘉兴被炸成火海，嘉兴周遭的城镇均挨轰炸，黑烟冲天。著名散文家、漫画家丰子恺先生在《告缘缘堂在天之灵》一文中就记叙了11月6日他亲眼看见的桐乡县石门镇的挨炸情况，他说的都是细节："东市烧了房屋，死了十余人，中市毁了凉棚，也死了十余人。你（缘缘堂）的后门口数丈之外，躺着五个我们的邻人。有的脑浆迸出，早已殒命。有的吟呻叫喊，伸起手来向旁人说：'救救我呀！'公安局统计，这一天当时死三十二人，相继而死者共有一百余人。残生的石门湾人疾首蹙额地互相告曰：'一定是乍浦登陆了，明天还要来呢，我们逃避吧！'是日傍晚，全镇逃避一空。"

石门湾人的估计是不错的，其实就在前一天，11月5日，在上海金山至嘉兴平湖白沙湾一线，日军第十八师团六个联队万余人已经登陆了。之后数天，登陆的十万余日军，气势汹汹向嘉兴各地分头推进，铁蹄所至，烧杀抢掠，无恶不作。

11月8日，日军扑向嘉善。这天一清早，大队的日本飞机就对嘉善县城进行了丧心病狂的狂轰滥炸，投弹竟然超过200多枚。有嘉善老人这样回忆当年的情况："我姆妈到东墙门去晒衣服，忽然听到头顶有呼呼呼的响声，抬头一看，有架飞机近地面贴着飞了过去，她叫了一声：飞机怎么飞得这么低？"当然，接着，便是全城的震动与全城的大火，居民死伤无数，全城一片哭喊。

同时，一路杀向嘉兴的日军将金丝娘桥、白沙湾、全公亭一带的房屋尽数烧毁，烧掉的有3000多栋，被屠杀的民众则多至500余人，大量妇女被蹂躏后用刺刀活活刺死。尤其是白沙湾附近的大头浜村村民，50余人遭到集体屠杀，屠杀的情状是这样的：老弱病残被绑在一起，用刺刀捅死；孩子则都吊到树上，用刺刀刺死。日本鬼子在行凶时，竟哈哈作乐，极其残酷地将嘉兴人当作刺杀活靶子。

接着就是令人发指的屠城与毁城。

嘉兴于1937年11月9日被残暴的日军从沪杭路、苏嘉路、平嘉路三路攻陷之后，便开始经受炼狱之苦了。

攻入嘉兴城的日军首先是到处放火，用硫黄枪弹射击那些尚未倒塌的房屋，致使整个嘉兴城大火蔓延，数日不熄，处处是焦黑的废墟。据当时逃难在数十里外的南汇镇的嘉兴市民说，他们晚上站在南汇镇的长桥上往南观望，远远只看见嘉兴城中"火光烛天，浓烟弥漫，三夜不弱"。嘉兴城内的目击者，也发出了如此的悲叹："大街小巷，无一完整之屋。"

嘉兴南门的杨柳湾一带，是太平天国运动之后仅存的世家大宅居住区。那里的数百家住宅全被焚毁，仅剩两户。

日寇在进入嘉兴城之后，不仅放火，还肆意杀人，甚至不问青红皂白，逢人便杀，步枪与机枪随意开火。当时未曾逃难而留居城中的病残老幼，多遭无情杀戮。据当时被日军分派负责掩埋尸体的一个姓项的嘉兴人说，他在不到一个月的时间里，所埋的无主尸体就有3500余具，这数字当然只是局部的，并不包括大批被亲人掩埋的死者与当场就粉身碎骨的冤魂。

日军不但在嘉兴城内纵火与杀戮，在侵占各地城乡时，也犯下了未有任何克制的兽行：11月5日，攻占新仓镇，残杀民众200余人；11日冲入西塘镇时杀居民56人；15日进入新塍镇，将被俘的嘉兴县政府人员13人以截肢、剖腹、挖心等残酷手段杀害；16日闯入王江泾镇，焚屋1300多间并杀人20余名；18日攻占新埭镇，一路用机关枪扫射开道，杀民众80余人；同日，进入平湖野字圩地方，在盘踞的三天中，杀害该地300余人中的60余人，其中妇女遭强暴之后，被关入一个房间，被刺刀插入阴部而死；19日在新丰镇焚掠全镇，并将妇女强奸后杀死焚尸；23日攻入崇德县城，用火焰枪射击民房，致使52家商铺化为焦土，尚未及时逃走的居民被抓后一律遭屠杀，有的被刀劈去半个脑袋，有的手掌被斩下来悬挂于树上，以此营造恐怖与威慑的氛围；也是在这一天，进占桐乡县石门湾的日军在全镇放火，焚烧房屋1000余间，丰子恺先生的住所缘缘堂、著名红军女将领张琴秋的母校振华女校均被烧毁。石门湾民众尸横全镇，无人收拾，被大群野狗噬食。志书记载"事后多天，野狗仍狂吠追人"。

显然，这群噬尸的野狗，就是日寇在中国土地上投下的身影。

此时逃难在江西萍乡的丰子恺先生在获知家乡石门湾的缘缘堂被毁之后，在《还我缘缘堂》一文中写下这样的愤慨之言："缘缘堂已被毁了。倘是我军抗战的炮火所毁，我很甘心！堂倘有知，一定也很甘心，料想它被毁时必然毫无恐怖之色和凄惨之声，应是蓦地参天，蓦地成空，让我神圣的抗战军安然通过，向前反攻的。倘是暴敌侵略的炮火所毁，那我很不甘心，堂倘有知，一定更不甘心。料想它被焚时，一定发出暗呜叱咤之声：'我这里是圣迹所在，麟凤所居。尔等狗彘豺狼胆敢肆行焚毁！亵渎之罪，不容于诛！应着尔等赶速重建，还我旧观，再来伏法！'"

这是嘉兴人痛彻心扉的控诉！

缘缘堂的焦黑废墟与丰子恺的"护生"理念

丰子恺先生不骂人，他从不骂人，他身上所体现的平和、善良、勤勉、智慧，正是嘉兴人性格的典型体现；然而他在《还我缘缘堂》一文中骂人了，他痛骂的是"狗彘豺狼"，我想他当时写下这四个字的时候，应是愤怒到双手打战的程度。

事关缘缘堂，事关炸弹与血火，他不能不爆发。

缘缘堂，一处坐落于江南小镇的体现安居与艺术创造的文人书屋，平白无故被外族炸弹夷平，便是杭嘉湖水乡在那个不幸时代的真实写照。

一个再平和的人，面对那样的摧残，也无法不怒发冲冠。

丰子恺是极喜爱缘缘堂的。

建于石门湾的这座结构精巧的建筑，从设计到整个建造过程，都花了丰子恺很多心血。缘缘堂青砖黑瓦，朱栏粉墙，面积超过500平方米，由三楼三底的楼房、楼前小院、后院组成。楼前小院的花坛里，芭蕉碧绿，牵牛花妖媚，蝶飞蜂舞。这座建筑，据丰子恺自己的说法，"构造用中国式，取其坚固坦白。形式用近世风，取其单纯明快。一切因袭，奢侈，烦琐，无谓的布置与装饰，一概不入。全体正直，高大，轩敞，明爽，具有深沉朴素之美"（《辞缘缘堂》）。

丰子恺好不容易才在自己的老家石门湾木场桥堍的梅纱弄，修筑起这栋心爱的书屋，这还是他20世纪30年代初在上海声名鹊起，并且出版了二十多本书，积攒了足够建房的稿费数千大洋之后才动的手。

建一座可心的书屋，并在其中对艺术做辛勤的探索，应是每一个艺术家的平生所愿。丰子恺算是做到了。他当时那种梦想实现的满心喜悦，相信所有的读者都能体会到。

丰子恺一直确信，环境能支配文化。他认为缘缘堂这样"光明正大"的环境很适合自己的胸怀，同时，也可以培养孩子好真、乐善、爱美的天性。你看，春天到来的时候，他笔下的缘缘堂竟如此美丽：

"门内朱楼映着粉墙，蔷薇衬着绿叶。院中秋千亭亭地立着，檐下铁马丁东地响着。堂前燕子呢喃，窗内有'小语春风弄剪刀'的声音。"（《辞缘缘堂》）

很自然地，丰子恺把新落成的缘缘堂视作自己最理想的安息之所。他亲笔题写了"欣及旧栖"四字，雕嵌于大门的门楣。他甚至说："倘秦始皇要拿阿房宫来同我交换，石季伦愿把金谷园来和我对调，我决不同意。"

这栋令丰子恺十分满意的新居之所以取名"缘缘堂"，是因为这两个"缘"字的叠加有一番有趣的来历，这与李叔同先生有关。李叔同大家都知道，就是那位于1918年遁入佛门的弘一法师。李叔同当年出家时，把自己所有的画具都留给了那时在浙江省立一师做学生的丰子恺，他深信这位丰姓学生的美术天赋。师生心有灵犀。

丰子恺对自己读师范时期的音乐、图画老师李叔同，也始终怀有崇敬之情。李叔同是中国第一个男扮女装、在日本演话剧《茶花女遗事》的人，也是把西方油画艺术、钢琴音乐介绍到中国来的新文艺先驱者。丰子恺曾对其有过这样一段精妙的评价："少年时做公子，像个翩翩公子；中年时做名士，像个风流名士；做话剧，像个演员；学油画，像个美术家；学钢琴，像个音乐家；办报刊，像个编者；当教员，像个老师；做和尚，像个高僧。"

所以，这位李老师当年教导学生丰子恺"士先器识而后文艺"，亦即"读书人要首重道德，次重文艺"，丰子恺始终铭记在心。

更何况，丰子恺对李叔同还抱有一种天然的乡谊之情。丰子恺是位于嘉兴以西的桐乡石门镇人，而出生于津门的李叔同的祖籍，则是位于嘉兴南面的平湖乍浦镇。李叔同曾有一方闲章，谓"家在萧山潘水间"。其"萧山"，便是乍浦镇南门外的萧山街，"潘水"则是乍浦附近的一条小河，当地称潘巷港，亦称潘水。在萧山与潘水之间，有"李家垛"之地名，亦可知李叔同的这方闲章，就是冲着这个他一直念兹在兹的地方刻的。所以，论及乡谊，丰子恺自然对李叔同有一种精气神天然贯通的亲近，两人交往密切，也就不足为怪了。

1926年，弘一法师住在丰子恺位于上海北郊江湾镇永义里9号的立达学园校舍的家中。丰子恺向弘一法师提出请求，请其为自己在上海永义里的寓所取个宅名。弘一法师欣然答应，但经一番思索之后，忽说："请佛祖来择名，如何？"

这个提议很是新鲜。

1926年，弘一法师在立达学园校舍丰子恺家（平湖市档案馆提供）

择名的方法，亦颇为有趣：丰子恺在弘一法师嘱咐之下，拿出裁纸刀，将一张白纸裁成了好几张小方纸，然后在每张小方纸上写下自己喜爱的字，再将小方纸搓成一个个小纸球，均匀地撒于释迦牟尼画像前的供桌上。

弘一法师双手合十念念有词之后，说："此刻你便可以取了，想取哪个纸球就取哪个纸球。"

取一个，展开，是个

"缘"字。

依旧搓成小纸球，依旧将所有的小纸球混在一起，依旧再均匀撒一遍，依旧由弘一法师双手合十念念有词，第二次再取一个，展开，依旧是那个"缘"字。

真个是有缘，太有缘了！

于是，弘一法师高声宣布丰子恺的寓所为"缘缘堂"，又高声宣称，这是佛祖赐名。

喜不自胜的丰子恺立即请弘一法师写了一幅"缘缘堂"的横额，装裱后，高挂永义里寓所。此后，这一幅"缘缘堂"于1930年随丰子恺迁至嘉兴，又于1932年迁至上海市内。它一直随着堂主丰子恺的散文与画作，乃至走到丰子恺的一册随笔集的封面上。

这是顺理成章的事情：丰子恺出版的第一本随笔集，取了《缘缘堂随笔》的书名。

丰子恺实在是太喜欢"缘缘堂"这个名字了，所以他后来续出的几本随笔集，书名皆有"缘缘堂"：《缘缘堂再笔》《缘缘堂新笔》《缘缘堂续笔》。

"缘缘堂"跟着丰子恺一路迁徙，算是一种精神式、游动式的存在；直至1933年春，丰子恺在桐乡县石门湾自家老屋的后面，将之郑重落地，正式饰以砖木与花草，赋予文化与精神。

当时，因弘一法师写的匾额太小，故丰子恺又请马一浮先生重题"缘缘堂"三字，高悬正堂。

此后数年，丰子恺就一直在这座自己最喜爱的缘缘堂里居住与写作。在虚岁三十岁那年，他追随老师的足迹，毅然皈依了佛门，而且之后不久，两人还极其兴奋地达成了一个艺术合作的意向，那就是共

丰子恺在缘缘堂二楼书房

同创作《护生画集》，倡导"爱生敬养"思想。具体做法是，由擅长漫画创作的丰子恺绘画，由精通佛法的弘一法师配诗，一画一诗互为映照，相映成趣；第一批先绘50幅护生画，然后由弘一法师分别题50首诗，合成《护生画集》第一册出版；接着就每十年作一册，不断推出。按弘一法师的想法，"此画集为通俗之艺术品，应以优美柔和之情调，令阅者生起凄凉悲悯之感想，乃可不失艺术之价值"。

这种想法，丰子恺自然是极为同意的。

他画的护生画源源不断，陆续出版。弘一法师在世的时候，丰子恺将《护生画集》看作送给弘一法师的寿礼；在弘一法师圆寂后，丰子恺又将出版的《护生画集》视为对弘一法师的深切怀念。

护生，是爱护生灵与心灵的呼吁，是善的凝聚与结晶，是最和谐的人际关系的表达，是中国人对护佑生命前行的一种永恒的期许。

《护生画集》里面的所有作品，至今看来仍然那么生动，充满爱意，惹人喜欢，被普遍张挂、复制、传阅与互赠。可以说，其生命力的旺盛，超越了时代。朱自清就曾对丰子恺的漫画有过既深刻又生动的评价："一幅幅的漫画，就如一首首的小诗——带核儿的小诗……就像吃橄榄似的，老觉着那味儿。"

所以护生画所表达的，不光是童趣，不光是稚气，不光是简单的人际关系，而是一种思想，是有实实在在的"核儿"的。

令人震愕的是，这个不断推出护生画的极为雅致的所在，这座明爽高大的庇佑了丰子恺五个寒暑的小楼，却于1938年1月被侵华日军用一把野蛮的火尽数烧毁，小楼唯一留存的，是两扇烧得焦黑的门板。

那两扇烧得焦黑的门板，我亲手摸过。那是20世纪80年代后期，我带领一批嘉兴的作家、诗人去桐乡石门镇采风。那天，丰子恺先生的女儿丰一吟亲自出面接待，记得这位脸庞圆圆的女士用很激愤的声音指着焦黑的木门说：看，看，就剩这两扇了！

那天，我们所有的参观者都用手摸了摸那

缘缘堂当年留存的焦门（桐乡市档案馆提供）

种焦黑色的粗粝，联想民族危亡之时的那场战火，联想温文尔雅的丰老先生当年的拍案怒骂，心中都不免有些酸楚。说起来，我们去石门镇参观那年，与丰子恺老先生的去世也不过才相隔十个年岁多一点，我们也为丰先生只差两年没能亲眼看到"四人帮"覆灭而感到惋惜。

说实话，当年，丰子恺为逃难而离开他心爱的缘缘堂之时，还是心存侥幸的。他总以为，他这栋建筑得如此精巧的小楼，也有可能不为战火所毁；尽管1937年11月6日，日寇的两架飞机飞到石门湾上空，接连投弹12枚，其中两枚很危险地迫近了缘缘堂，爆炸在缘缘堂后门口的五六丈处，惊得小楼都晃动了一下。

也就在当天傍晚，丰子恺一家老幼十人，辞别缘缘堂，登上丰子恺的妹夫从南沈浜摇来的一只木船，避往乡间；接着，又拖家带口，一路往西逃难。

两个月之后，逃难在江西萍乡的丰子恺便获悉了缘缘堂被一把野蛮之火彻底焚毁的噩耗，一时间竟然不相信自己的耳朵，整个人都愣了：难道敌寇真能如此憎恨这栋小楼？接着，极其悲愤之下，他就不能不在即刻写下的《还我缘缘堂》一文中狠狠骂人了。这位慈悲为怀的佛家居士在那一刻，竟会如此敞大喉咙，咬牙切齿大骂一声"狗彘豺狼"！

这不像是嘉兴人的秉性，但这偏偏正是嘉兴人的秉性。只要到一定的火候，嘉兴人就这秉性！

我一直以为丰先生此骂，骂得精准，骂得及时，骂得解气。确实，这世间，也只有"狗彘豺狼"，才会将如此凶恶的邪火烧向缘缘堂，烧向稻禾飘香的嘉兴与重农崇耕的中国。

丰子恺曾经这样精准概括："我以为人的生活，可以分作三层：

一是物质生活，二是精神生活，三是灵魂生活。"（《我与弘一法师》）我以为丰子恺自己，全然是过着灵魂生活的，他保持着一颗博大的同情心，总是在天下人看不见光明的时候，给人温情与希望；他总是以一颗童心并一颗佛心对待人世，将惜物与护生视为人生使命，以去除残忍心、长养慈悲心待人处事；但他这一次的骂人，他的愤懑，他的怒火，确乎也是真切地燃爆在他灵魂深处的。他的三种"生活"，在那一刻，都被一把蛮横的野火给彻底点着了，发出了刺眼的光。

丰子恺对于侵略之火烧毁家园的愤怒，不仅体现在他的这一篇文章里，同时也体现在他的画作里。他随即创作了一幅题为《轰炸·嘉兴所见》的令人阅之震惊的漫画，画的是一位正在哺育婴儿的妇女，突然头颅不见了，只见颈子鲜血喷涌，而背景正是两枚由日本飞机投下的炸弹。画作的题词是一曲《望江南》："空袭也，炸弹向谁投？怀里娇儿犹索乳，眼前慈母已无头。血乳相和流！"

炸弹向谁投？

那八年，稻禾飘香的嘉兴，被捺入了火坑。

不仅是缘缘堂在燃烧，整个嘉兴都在燃烧。

那实在是令人发指的八年！

日寇靠野蛮的刺刀与火焰，维系着对嘉兴的残酷统治

被日军占领后的嘉兴，钻心的伤痛长期持续，无法缓解。

日本侵略者在嘉兴建立起了严酷的殖民地式的统治，由军部、宪

兵队、"宣抚班"主宰一切，严防嘉兴民众的反抗。

日寇对于嘉兴民众的统治与镇压，当然是全天候与全方位的。爱国志士与无辜民众动辄被逮捕，施以吊打、灌凉水、上老虎凳、放狼狗咬等酷刑。日寇规定，凡嘉兴百姓上街行过日军岗哨必须鞠躬，稍有不合，轻则挨打罚跪，重则被关押甚至枪毙。避乱嘉兴的知名山水画家郁文哉因为不服从检查，当即就挨了一粒子弹，被杀死在地。日军闯入人家劫掠财物，强暴妇女，杀害无辜，更是家常便饭。

平湖县当年有位姓冯的文人，写过一篇《当湖蒙难录》，记录了在日寇占领下平湖同胞的日常屈辱："我邑四城门均有日人，向日人行脱帽鞠躬礼，方可放行。乡人有脱帽不鞠躬者，有鞠躬不脱帽者，并有昂首径行不脱帽亦不鞠躬者，日人或劈其颊，或使之跪。一乡妇自南门入，以不鞠躬故，覆诸大缸之下，幸某泥匠，取一砖垫缸口，历十余分钟放出，已气息奄奄，半晌始苏。东乡某农偕一老妪入东城，既脱帽亦鞠躬，然未进城遂戴其帽，日人将其拖至河岸，投入河中。"

为进一步强化对嘉兴的占领，日军虎视眈眈，凡认定为隐患之地，即加以"清乡"与"扫荡"，派兵突击镇压，大开杀戒，实行杀光、烧光、抢光的"三光"政策。

说到这里，必须再提一些惨不忍睹的数字与事实：日寇1938年1月侵入海宁斜桥，放火烧毁民生丝厂，用机枪射杀农民24人；同月，放火焚毁丁桥镇，并于2月再到丁桥、赵家场、新市桥等地，残杀农民数十人，并将一名十六岁少年剖腹挖心；3月，在海盐通元，放火焚毁了半个镇子，并杀居民20余人；同月，在嘉兴徐步桥杀人放火，奸淫妇女，数十人受害；同月底，又用火焰喷射器将桐乡灵安镇附近

1000余座民房烧成灰烬，同时又烧毁海宁袁花镇，并大肆屠杀镇民；4月，窜犯桐乡炉头，焚毁包括基督教堂在内的房屋数百间；同月，烧毁平湖城关镇西门外房屋数百栋；同月，又将嘉兴余贤埭镇全部焚毁；同月，再烧毁嘉兴新丰全镇3000余间房屋，致使新丰三里长街尽化灰烬，数千居民无家可归；也是在这个4月，日军在嘉兴东栅搜检"支那兵"，见鱼行老板俞阿泉和茶馆职工沈阿四手上有老茧，认定为"支那兵"，即用煤油燃起烈火，将这两人投入火中活活烧死；5月，在海盐东门外抓捕老人10余名，无端在金山庙前杀死，接着又残酷地将福业寺和尚12名，悉数用铁丝穿过锁骨押至救海庙前，一个个轮流刺死，抛入大海；也是在这个5月，又对嘉兴王店区张保村进行血洗，全村14户人家来不及逃走的19人，包括六岁的女孩，全被枪杀；同月，侵入嘉善天凝镇烧杀抢掠，民房2000余间皆被烧毁；也是在这个月，日军又在海宁城东烧杀抢掠，凡遇男女，一律射杀，遭杀害的达100多人，连怀抱的婴儿亦未能幸免；6月，日寇更见疯狂，在嘉善县张泾汇镇烧毁民房1000余间，在海宁丁桥集中刀劈平民70余人，在嘉兴新塍镇纵火焚烧民房1000余间，梁代古刹能仁寺也在这把恶火中化为灰烬；7月，驻守海宁的日军又到黄山、尖山一带实行"三光"政策，烧毁房屋900余间，枪杀农民25人；8月，驻海盐的日军又在一座茶馆内外搜捕平民40余人，均残酷杀死；9月，又在桐乡一带放火，将大片河岸村庄的房屋、树木全部烧光，造成"沿塘三里白"的惨状；到了这一年的年底，日军又在嘉善大云镇放火烧房，毁屋200余间。

　　我这里举的，仅仅是1938年这一年的日寇暴行，以后数年的"清乡"与"扫荡"亦是同样残暴，"三光"政策施行得毫不留情，对此我不再枚举，只举其中几个惨无人道的例子说一说：日寇在平湖衙前镇，将沿途所抓的平民140余名全部刺死或活埋，造成"衙前百人坑惨案"；在平湖林家埭，将平民数十人驱入一间屋内，然后放烟幕弹将他们全体熏死；在嘉兴南湖边上的南湖村，放火烧毁民房100余间，将抓到的女人直接投入火中活活烧死；在嘉善大云镇朱家浜，抓捕平民70余人，全体杀死，其中33人被当场活埋。

写下这些文字的时候，我的心在流血，我相信读者的心也在流血，流很多的血。

什么叫惨无人道，什么叫狼心狗肺，什么叫罄竹难书?！这就是。

当然，对于日寇的残暴，嘉兴人民的反抗也是没有止歇的。除了丰子恺以文字痛骂"狗彘豺狼"之外，嘉兴的沦陷区里也接连不断地浮现出一块一块的游击区，反抗者直接用枪弹以及手里抓得到的各种武器，回击疯狂的侵略者。其中，有国民党部分正规部队的渗入、袭扰；有嘉兴乡民的群起协同作战，比如在端午时节，家家多煮粽子挂在桑树枝杈上，供抗日队伍沿途取食；有对海盐、桐乡等县城的反复争夺战，造成敌伪军的重大伤亡；有破坏铁路公路、阻塞河道、制裁汉奸、策反伪军的行动，造成日寇伤亡不断，损失惨重；中共浙江省委也先后派员进入积极抵抗日伪的朱希部队，在其中建立中共支部，团结抵抗力量，在桐乡乌镇一带积极发起进攻，打击日伪军，赢取了一个又一个的局部胜利。

日本历史学家菊池一隆在他所著的《中国抗日军事史（1937—1945）》一书中，有专门的章节提及："在浙江省，也有几个县在设县后成为游击区，活动的范围是杭州、嘉兴、平湖之间的三角地带，此地已建立起相当巩固的游击根据地。沪杭铁路和京沪公路不断遭到破坏，一般居民从日本占领的城内转移到农村。在这种情况下，自卫部队在质和量两方面自然得到加强，遂由守势转为攻势。他们除配合正规部队发起攻击外，有时还独自采取行动，并取得了一定战果。比如海宁自卫队就收复了周围日军占领的地区。"

应该说，这位日本历史学家的记叙是符合事实的，海宁与平湖一带的抗日斗争对敌寇的打击确实十分沉重，这里还可以举几个例子。

1938年的8月29日，地方抗日武装获悉驻杭州的日军少将、师团长佐藤奉命回国，将在平湖乍浦港上船，并且打算在上船前到海盐沈荡视察一下日军部队，于是立即决定埋雷于海盐百步至沈荡的这一路——既在公路上埋设地雷，也在水路上埋设水雷。结果，行动成功，公路上的汽车与水上的汽艇均中雷爆炸，佐藤以及随从日军当场毙命，停候在乍浦港上的日军轮船只好将佐藤与随行官员的尸体接回东京。

第二年，也就是1939年，又一次铁路上的埋雷爆炸，让日本裕仁天皇派遣的特使近藤良让一命归西。这个天皇特使是在杭州视察完日军特高课机关长土肥原部后，10月7日于杭州乘专列回上海的，结果在沪杭铁路的海宁许村车站外5公里处遭逢了爆炸，他与随行保镖、翻译、侍卫、宪兵近百人全被歼灭。

1944年的11月3日，海宁的抗日军民获得情报，上海外滩有一艘意大利的万吨巨轮"康梯而凡"号经过日军修竣，满载军用物资，生火待发，于是想尽办法，将这份重要情报及时传了出去，结果由美军的第十三航空队将这艘轮船炸沉，日军遭受了重大损失。

一向勤善和美、擅于使用锄和镰的嘉兴人，面对外寇的入侵，也能熟练地使用枪和雷，乃至获取情报，提供后勤支持，明白无误地表现出了自己的铁骨铮铮。

老夏头一家的继续挣扎

1938年的老夏头已年过六旬，准确地说，已是六十四岁。屋脚后头池塘边，他家婆坟上的茅草绿了又红，红了又绿，也已清理过十四年。但他万万没想到，这一天，他家婆坟旁又会竖起三个小坟头，也都是没棺材的"软埋"，家里三口草席一卷，入了黄土。

其实他也料到生活会很悲惨，鬼子来了，百姓生活一定是苦上加苦，但确也没料到，自家的生活会凄惨到如此地步。

半个月前，村子已经烧了一遍，城里鬼子下来"扫荡"，一把火烧了大半个村子，连他东家的瓦房都烧了一半。东家的家婆和东家的妹子都被日本人拉去嘉兴城里，关在梅湾街旁边的一座房里，专门供鬼子"慰安"。村头的豆腐阿三与摇船的阿根师傅，都被吊在村口石桥边的那棵槐树上，当众开的膛，肚肠流出来的时候两人还在喊叫，是维持会会长向鬼子告的密，报告说就是他们两个偷偷放跑的游击队。

烧村子之前老夏头逃得及时，连他那个跛脚的二儿子也跑得如野兔子一般快，扯着他就跳进了湖荡边的那条破舢板，靠芦苇藏身。只是他家老大走得慢，这也怪不得大富。说起来，夏大富的痨病四五年前才略见好转，总算在三十多岁的时候讨了一个哑巴家婆——一个外乡的逃难老汉把自己的哑巴女儿放在了他家里，次年还生了儿子。这孩子身子骨弱，出过痧子生过大病但没夭折，到这一年也两岁了。这一家三口逃得太不利索，当然走得慢的主要原因还在大富身上。他佝偻着腰，一路靠家婆扶着。他家婆手里还抱着个孩子。一家刚出村口，跑在鬼子"扫荡"队前面的狼狗就出现了，先就扑了上来。夏大富拼命推家婆，要家婆抱儿子逃，由他来对付狼狗和鬼子，连声说"我命不值钱，小人要紧"，可是他的哑巴家婆就是舍他不得，拼命从狼狗嘴里夺自己的丈夫，结果一家三口都被逮住。

两岁的头大脖子细的孩子是被鬼子举起来活活摔死的，鬼子开始把孩子举起来的时候，还说只要夫妻俩说出昨晚经过的游击队往哪跑了，就不往下摔。夏大富哪里说得出，而他的哑巴家婆更不会开口，结果孩子叭地一摔死，大富的哑巴家婆就疯了，见谁朝谁扑，一下子就被好几个鬼子揪住，按在旁边田埂上，衣服都扒光了。夏大富再也顾不上什么，一边咳着血一边扑上去拼命。结果夫妻都被刺刀捅了，满身窟窿，半条田埂都红了。哑巴女人身上的肉，还被一块块割了下来，先剜上面的，再剜下面的。

跷脚的夏二富一边做坟一边对父亲说："我阿哥这份仇，我是一定要报的。"老夏头没有接话，整个黄昏都没有说一句话，只是呆着，就像十四年前他家婆在摸菱的时候被弹片夺了命一样。

坟做好的时候，老夏头对二儿子说："二富，啥辰光你也找个女人成个家，哪怕'二婚头'带小人的也好，我们夏家总要有个后啊。"

夏二富说："阿爸，夏家会有后的，我当兵的三阿弟，听说已经拉了一帮人投靠朱希部队了，还参加了共产党，在部队当了个教导员，正打鬼子呢！夏家你不要靠我，靠他吧。"

这时候老夏头的眼泪才落下来，他一下子扑在二儿子肩头，抽泣着说："我是活不了多久了，我求求观音菩萨，我活着的时候，不要再有人对我报丧啦，我们夏家没多少人好糟蹋啦。他们狼心狗肺的东洋人，啥辰光才滚蛋啊！"

无止境的经济掠夺，抽干了鱼米之乡的膏血

日寇占据嘉兴的这八年中，与"扫荡""清乡""三光"政策并行的，便是对嘉兴无止境的经济掠夺，极其疯狂地抽取鱼米之乡的膏血。毫无疑问，这种掠夺与抽取，正是侵略战争的本质。

嘉兴擅于滋生"野稻"的得天独厚的农业环境，以及由嘉兴人的勤勉聪慧所不断创造的工商业产值，日寇自然格外垂涎。

入侵者在经济上卡嘉兴脖子的腕力，从不松软。

嘉兴在被侵占的日子里，境内所有经济活动，除了征粮、收税通过伪组织进行外，均由日本人直接主宰。日本通过经济侵略组织"华中株式会社"大肆侵吞嘉兴的社会财富，在经济活动方面无所顾忌地规定，一律由日本商人垄断市场、掠夺原料、倾销货物。

农业方面，日军划定嘉兴、平湖、嘉善三个县为粮食采购区，并出台法令，规定生产者所有米粮除自用之外，须全部出售，充作日军的军粮。所谓向日军出售，实际上价格低于市价的一半，掠夺得如此明目张胆，而且就这一半售价，也往往被直接吞没，分文不见，也不给任何说法，要见就见刺刀。此外，日军在每年的"清乡"中，还直接以武力抢粮，这就更不给任何说法，我要你的东西就是说法。据统计，光是嘉善县的路北一地，1943年就被抢去稻米6万余石。

交通方面也实行全面控制，铁路归日军"华中铁道株式会社"管理，嘉兴境内各车站的站长、职员甚至检票员，全是日本人。从事公路运输的苏嘉湖汽车公司，则归"华中株式会社"直接管理。水路的

经营，也全由日军在嘉兴北门外设立的"华中汽船株式会社嘉兴出张所"垄断。

侵略军对嘉兴企业的控制，也是铁腕。嘉兴几家较大的工厂全被日军夺取。纬成丝厂、福兴丝厂等均归日本的"华中公司蚕丝会社"所有。这个蚕丝会社胃口很大，来势汹汹，在嘉兴城郊侵占大批土地，扩大蚕种制造、垄断蚕种发放，这就使得嘉兴原有的民间蚕种厂纷纷倒闭，农户全面破产，农民敢怒却不敢言。

对于竺梅先、金润庠经营的既生产黄纸板、花式纸板，又生产卷烟纸的嘉兴民丰造纸厂，日本侵略者当然也不放过，这一口他们是一定要咬下去的，尤其是得知竺经理已为这家厂先后投资300万元，厂子已小有资产，更是垂涎三尺。强势出面的是日本王子制纸株式会社，日商通过德商天利洋行，要求与"民丰""合作"。"民丰"的经理竺梅先自然知道"合作"是什么意思，先是婉拒，然后是咬牙坚拒，再然后，便是在言语威胁与子弹威胁下被迫逃离嘉兴。他从嘉兴逃到上海后也难以隐蔽，继续遭到威胁，只得逃离上海，避居宁波。见厂主逃避，日本王子制纸株式会社便立即通过日本占领军军部明目张胆地霸占民丰造纸厂，1942年后改为强租，利用"民丰"设备生产一批又一批的"太阳"牌卷烟纸，行销各地，从中谋取暴利。

侵略者在控制嘉兴金融方面，更是手段凌厉。日军在嘉兴设立"台湾银行分行"，统制了嘉兴全境的金融，继而又强硬排斥中国法币，强令全社会使用"军用票"和伪钞购买物品。这些"军用票"和伪钞均无兑换价值，不能在中国其他地方使用，而日军用压低的比价，强迫民众用手中法币兑换这些"军用票"，这便是赤裸裸的掠夺。日军套取法币之后，使用法币套购中国后方的物资，以套购的物资继续压榨百姓。

日伪为搜刮更多的社会财富，又绞尽脑汁出台各种税赋。嘉兴当年的税赋之重，令人咋舌。除田赋、营业税、所得税之外，侵略者连续增设了屠宰牙行税、消费税、盐务统制税、蚕丝改进费、干茧特捐、竹木捐、硝磺捐、烟灯捐、烟酒税、印花税、香烛捐、饴糖捐、鱼菜捐、住屋捐、宅基捐、粮食统制费、船舶登记费、财产捐、酒席捐、皮毛特税、百货进出税、居住证手续费、旅行证手续费、门牌捐、卫生防疫捐、垃圾捐、粪捐。

众多的税赋重压之下，嘉兴民众的困苦生活可想而知。

在物资掠夺方面，侵略者的手段也可谓五花八门。譬如日军为了扩大自己的兵工生产而大肆搜刮民间的钢铁，不仅指令汉奸到处搜罗，还强迫民众交出家中铁器。嘉善县的伪政权就成立过一个"献铁委员会"，规定嘉善每户必须交出金属2斤。据嘉善的魏塘镇与西塘镇两镇的统计，各类钢铁物品就被搜刮12000多斤，连嘉善火车站的铁质天桥也被强行拆解。到了1944年，捉襟见肘的日军连苏嘉铁路的铁轨也要了，悍然将铁路拆除，铁轨北运。

太平洋战争的爆发，使日军的危机加深，侵略者对嘉兴城乡经济的掠夺也更是疯狂。嘉兴市面上凡是与军需或工业有关的农副产品，如棉花、蚕茧、生丝、麻类、油料、羊毛、皮革、食盐、薪柴、烟叶之类，甚至连稻草，日军都全部加以统制，公然掠取。由日本特务机关所控制的"日华面粉配给统制会""日华棉花收购统制会""日华棉纱棉布配给统制会""日华蜡烛配给统制会""日华烟叶收购委员会""日华木炭配给统制会"，在各个层面持续而凶猛地吸吮嘉兴城乡百姓的血汗。老百姓的生活困境自是不消说的，自用物资已被紧缩到最小限度，当局允许民众移动的自用物资，规定只有大米4斤、小麦10斤、面粉10斤、棉布4英尺[①]、食油1斤、火柴6盒、蜡烛6支、肥皂6块、砂糖5斤；随着日军战事的吃紧，民众可移动自用物资又减为棉布3英尺、火柴5盒、砂糖1斤；此外，严禁棉花、大麦、麻、皮革、毛皮的自由移动。

日寇统治嘉兴八年，给嘉兴民众带来的苦难是极其深重的，社会物质财富被掠夺，人民生命被戕害，房屋家园被焚毁，整个嘉兴"清乡区"成为一座大牢笼，人们失去人身自由和行动自由，生产和商品交流被强行停止，市面一片混乱与萧条。男丁动辄被杀害，被吊打，被强征，有的被押送到日本做苦工。妇女则更遭难，许多女子被迫进入嘉兴各地"慰安所"供日军蹂躏摧残。至今在桐乡梧桐街道花园弄、崇福镇太平弄附近，都还有日军"慰安所"遗址，视之令人毛发直竖。

日寇占领嘉兴期间，对中华文化的钳制，自然也是毫不留情的。1938年初，日军驻海宁宪兵队和汉奸侦缉队霸占了干河街的徐志摩故居，并对全县的学校教师进行奴化思想测验，发放测验试卷，发现亲日的，便留用乃至重用。一批爱国教师发现试卷内容皆是"和平救国""中日亲善"之类的言论和题目，便愤然拒考，当场被免职辞退。一位韩姓老校长，由于当场痛斥侵略军和汉奸，便被押往学校操场，当着数百名学生以及十几位教师的面，被残暴枪杀，血流一地。另有一例，1938年的3月9日，海宁硖石镇中心小学一位叫李兴初的老师，在教室里用老式风琴教唱抗日歌曲《流亡三部曲》，被校外的日军与

[①] 1英尺约为0.3米。

汉奸听见，他们当即冲进学校抓走这位老师，抓到海宁维持会后强令其"认罪"，须承诺以后教学生唱日本歌曲《桃太郎东征》。这位李老师不屈不挠，痛斥汉奸，即被折磨暴打，次日便被押往海宁东山活埋。日寇活埋李老师之前还让他自己挖坑；埋到脖子，人快咽气之时，还用皮靴猛踢其脑袋。

当然，被侵略军野蛮占领的这八年中，嘉兴城里也存在某种畸形的市面繁荣，表现之一，就是嘉兴街头妓院与鸦片馆的连片开张。嘉兴的老人在回忆时痛心疾首地说：算啥繁荣啊，这种繁荣就是社会遭殃，就是百姓遭罪！说实话，我们嘉兴人在日本鬼子手里的八年中，被强按头皮过日脚，真叫度日如年，哪里是人过的日子！

朱生豪的文化抗争

1943年，有一个人耳听着日军巡逻队行走于嘉兴街巷的皮靴声，同时也听着越来越寒冷的秋风摇撼着木格窗哗哗作响的声音，但手中的一支笔始终在稿纸上密密麻麻地写着，没有片刻停下的意思；就在这笔与纸摩擦的沙沙声中，似乎与周遭环境很不协调的是，竟掺杂着哈姆雷特咬牙切齿的呼喊、李尔王声嘶力竭的悲鸣、罗密欧与朱丽叶感天动地的唱和。

这支笔，属于三十一岁的嘉兴籍翻译家朱生豪。他当时不知道，他将在第二年的年底离开这个世界；而且他当时也不知道，他肺部的难受其实是肺结核造成的。他没有贵重的药，也缺乏鱼肉的营养，只在清淡的青菜萝卜的滋养里，坚持翻译着丰富厚重的莎士比亚。他那位历经十年苦恋后刚刚嫁给他的夫人宋清如，则不停地为他拨亮着桌上的小油灯。宋清如知道她的丈夫是在抗争，不仅抗争着自己的肺病，更是抗争着日本人在文化上对中国的侵占，因为宋清如接到过他从上海给她寄来的信，信中这样说："你崇拜不崇拜民族英雄？舍弟说我将成为一个民族英雄，如果把Shakespeare（莎士比亚）译成功以后。因为某国人曾经说中国是无文化的国家，连老莎的译本都没有。"

朱生豪说的某国，正是已悍然侵占了中国大片国土的日本。

所以，实际上，朱生豪的翻译，就是一种文化上的抗日；他的稿纸，就是没有硝烟的沙场。他认定自己的苦战，是一番"民族英雄"的事业。

哈姆雷特、李尔王、罗密欧与朱丽叶大段大段的台词，都是这位战士连续击发的子弹。

也因此，他的恋人从大后方的四川赶来上海之后，逐渐明白了他的战斗意义，下决心与他完婚。她知道他正拖着羸弱的身躯，吃力地驰走在对敌斗争的沙场上。最后，她义无反顾地随他回到他的故乡嘉兴定居，悄悄住进嘉兴老南门一条巷子里。那条巷子叫"东米棚下"，算得上隐蔽。

嘉兴老南门的街路上，不时有日军巡逻队的皮靴声，以及汉奸们狐假虎威的吆喝声，但是这一切都没有干扰到朱生豪。朱生豪知道自己的身躯已经很弱了，但是他要与命运赛跑。他知道自己肩负着文化抗日的使命。他的战壕是"一桌、一椅、一床、一盏油灯、一本莎翁全集、两册中英词典"。他下定决心，此生必译完约200万字的《莎士比亚戏剧全集》。

他有一个精细的翻译编排方式，也就是，为方便中国读者阅读，他要打破英国牛津版《莎士比亚全集》按写作年代编排的次序，将莎翁的戏剧分为喜剧、悲剧、史剧、杂剧四类编排，自成一个体系。每天，他都强打起精神工作。他对自己说，这一次，我绝不能失败。

在这之前，其实，他已经两次在战火中失去译稿，损失很大。第一次的重大损失，缘于1937年的上海"八一三"事变。他在日寇的炮火中逃出了上海，随身只带有牛津版《莎士比亚全集》和少部分译稿；由于世界书局被日寇占为军营，他交付给世界书局的全部译稿均被焚毁。第二次的重大损失，则是在他重返上海之后发生的。他那时居于租界，做了《中美日报》的编辑，他做编辑自然也是为了更直接地秉笔诛伐法西斯侵略者。他为这家报纸所写的1000多篇时政短论"小言"，是我国抗战文学史上极为浓墨重彩的一笔，体现了他性格中"金刚怒目"的另一面。在当《中美日报》编辑的同时，朱生豪继续发奋翻译莎剧，毫不懈怠。然而无情的1941年12月来临了，太平洋战争爆发，日军肆无忌惮地冲进上海租界。那天，这位报社编辑被紧急叫醒后，情急生智，混在排字工人中间，在一步步上楼的日寇刺刀的寒光里，徒手逃出了报社。令人心痛的是，他这两年从头开始翻译的莎士比亚戏剧，译稿再次丢失。

两次损失翻译稿，对于朱生豪而言，固然是一种钻心般的疼痛，但他还是顽强地站立了起来。准确地说，他不是站立起来，是端端正正坐了下来，先是坐在常熟岳母家的桌前，半年后是坐在自己嘉兴老宅的油灯下。

每天每天，他坐下，他的"坐下"就是进入战壕；他取出莎翁的剧作，坚持翻译，他的翻译就是扣动扳机。

他是典型的嘉兴人，勤勉、聪慧、宽厚；同时，脊梁也是挺拔

朱生豪与宋清如（嘉兴市档案馆提供）

的，铁骨铮铮。他骨头里有嘉兴人精神上那种典型的"钙质"。

因他生活过得困难，也时常有朋友跑来，悄悄劝说他出去工作一阵子，以便挣些薪水，譬如说，告诉他有位校友在某地当了教育局局长，完全可以去找校友求个谋生的工作。此类劝说，他不屑一顾，根本不愿意听，他郑重地说他手头的工作重要，相当重要，他是在战斗，他没有一天可以退却。

只有他的妻子宋清如最深切地理解他。宋清如自己淡出文坛，每日操持家务，只为一个冲锋陷阵的战士担负起所有的后勤。其实，宋清如作为他当年之江大学的同学，早就步入了文坛，常在《现代》杂志以及其他文学刊物上发表诗作，声名鹊起，《现代》的主编施蛰存对她甚至有"不下于冰心女士之才能"的评语。但宋清如此时完全明白自己的岗位职责，她明白自己此时的柴米油盐工作的重要性，明白自己每天的家务就是一场神圣战斗的组成部分，知道自己丈夫每天的冲锋都不会停息，她必须尽自己的军需之责。甚至，她在回常熟娘家之前，由于不放心而精心地为这位伏案冲锋的战士准备了整整七天的饭菜，这几乎可以认定是"阵前伙食"。

朱生豪是在1944年的12月走的。他被迫抛下了年轻的妻子和刚满周岁的儿子。那一年，他三十二岁。在他走之前的半年，肺结核已经很严重了，但他此时已经成功地译出了莎剧31部半，只剩下5部半的历史剧还没来得及译完。

他曾经颤抖着握住妻子的手说：早知一病不起，就是拼着命，也要把它译完。

他是一直坚持着的，虽然他没能等到嘉兴的光复。他所居住的朱家老宅大门外的碎石街面上，依旧有日军巡逻队的皮靴阴沉沉地敲过，他光听着这些足音就咬牙切齿。但是，他应该还是欣慰的，显然，他生命中全部的愤怒与不屈，已经借着莎剧中人物之口，以密密麻麻的子弹般的汉字，从嘉兴痛快淋漓地射击出去了。

他辞世之前就知道，他已经凭着自己的努力，击碎了那个"中国是无文化的国家，连老莎的译本都没有"的妄言。一个文化上的日本军国主义形象，在他的准星里，倒了下去。

宋清如回忆说，他在这一年的12月26日午后，辞世的前一刻，先是断断续续念了几句英文，那当然是莎士比亚戏剧中的台词，然后，便以最后的逐渐黯淡的目光，看定妻子说："小清清，我要去了……"

他的话里，有怆然，有不舍，有无奈，有遗憾；但显然，更多的，是不屈，是意志。

宋清如在丈夫西去的两周年，深情而悲痛地写下了这样的文字：

"你的死亡，带走了我的快乐，也带走了我的悲哀。人间哪有比眼睁睁看着自己最亲爱的人由病痛而致绝命时那样更惨痛的事！"

令人敬佩的是，心情悲怆的宋清如在精神上并没倒下，不仅没倒下，而且以一个继任战士的姿态跳进战壕，扣动了丈夫留下的武器的扳机。1946年，宋清如完成了丈夫180万字遗稿的全部整理校勘工作，并且写了译者介绍，交由世界书局出版。从1955年到1958年，她又在朱生豪之弟朱文振的协助下，翻译完了朱生豪生前尚未译完的5部半莎剧。她脑海里，始终响着丈夫生前的那句战士般的嘱托：把没有做完的事情做完！

20世纪80年代，宋清如将朱生豪翻译莎士比亚戏剧的全部手稿，无偿捐献给了嘉兴市人民政府，由嘉兴市图书馆珍藏。那一时期，我

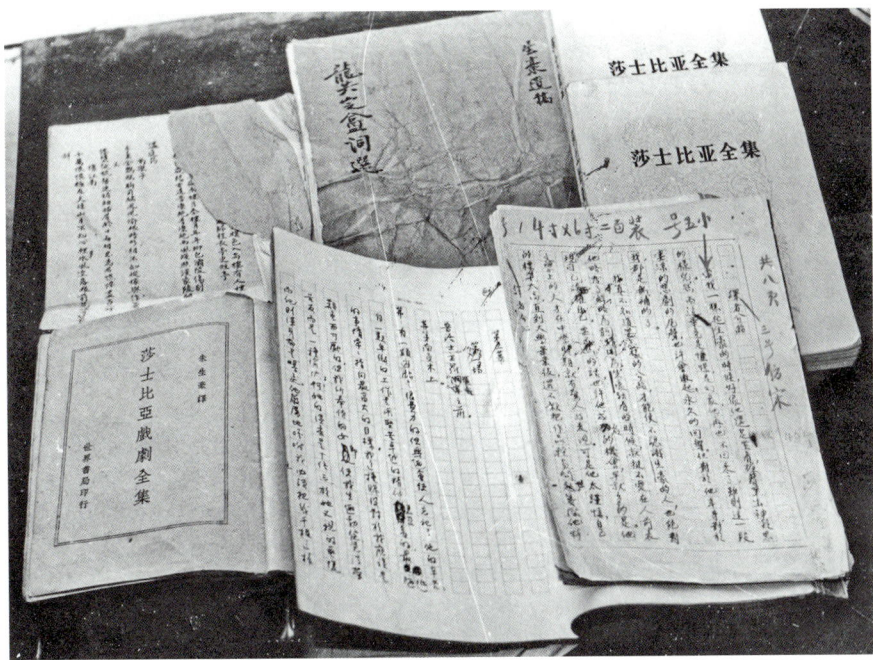

朱生豪翻译的莎士比亚戏剧手稿及出版物（王友生摄，嘉兴市档案馆提供）

正在嘉兴工作，我曾听见为此事奔忙的老同事王福基一遍遍感叹说，今天又见了宋清如先生，宋先生真是不错啊，高风亮节啊，全献出来了；又说，我们市政府的领导，我们的副市长兼文联主席范巴陵，真的是万分感谢她啊！

在朱生豪手稿的字里行间，我们不仅看到了莎士比亚对欧洲的描绘，更看到了中国文化界一位勇猛的嘉兴籍战士，一边剧烈地咳嗽着，一边不停地穿行于沙场硝烟，铸成了自己"民族英雄"的不屈形象。

儒雅的嘉兴人其实有着最坚硬的骨头，不仅敢于战斗，还善于战斗，尤其可贵的是，还能最终取得高品质的战斗成果。伏于战壕的咳嗽着的朱生豪，就是极典型的形象。

嘉兴士绅勇敢出手，掩护抗日英雄

这里说的抗日英雄，是一位韩国人，姓金名九，在1932年嘉兴士绅褚辅成出手救他的时候，他还是一位避居上海的韩国爱国志士，其身份是流亡中的大韩民国临时政府的国务领；而现在，金九的名字在韩国无人不晓，人们普遍尊其为"国父"。

我20世纪80年代在嘉兴工作的时候，就曾见到过来自韩国的各界朋友，他们一见金九避难处就会突然跪下并痛哭失声。韩国朋友深情缅怀本民族开国领袖的那种真挚情感，令我印象深刻。

韩国朋友的恸哭是有道理的，因为那时候金九在嘉兴避难实在是太艰困太惊险了，而褚辅成为金九提供避难条件也同样是太艰困太惊

金九避难处（马蕾艳摄，南湖区档案馆提供）

险了，然而，这位姓褚的嘉兴士绅在大义面前并无丝毫犹豫，出手很果断。

褚辅成的这种果断，就如他七十三岁高龄时还果断率领5位国民参政员坐上小飞机访问延安一样；他在去延安之前说，"走一遭算什么，这老命还得一拼"，也因此获得了毛泽东与周恩来的高度评价。

其实，褚辅成投身中国民主革命的勇气与胆识，这辈子从来就没有消解过。就在11位中国共产党代表在嘉兴南湖的船舱里勇敢续会的那个月份，褚辅成也在嘉兴城内负了伤，流血不止，伤势很重。他那一次被嘉兴县知事汪莹指使警卫凶狠殴打，也是因为他在嘉兴热情地指导民主选举，幻想宪制民主会在嘉兴实现。他在激烈的斗争中，总是敢于出面"一拼"。

　　褚辅成当年的出手掩护金九，自然也是"一拼"，属于你死我活的性质；因为当时日寇为抓捕金九急红了眼，非得将金九立即置于死地不可，谁敢相助，必定"同罪"。

　　1932年4月29日以后，日寇确实没有一天不疯狂地在全上海搜捕"虹口公园爆炸案"的主谋，当时因抓不到"元凶"，已气急败坏，胡乱抓捕了将近20名朝鲜人，连一些从事工商业的朝鲜侨民也跟着遭难。在这种情况下，爆炸案"主谋"金九为不牵连他人，决定主动"认账"，便大义凛然投书上海《申报》，公开声明是自己干的，"余名金九，五十七岁……余之武器为几支手枪与几枚炸弹。余继续奋斗，并在余国未恢复前决不终止"。这篇文章的题目是《虹口公园炸弹案之真相》。报端一经披露，整个上海滩为之轰动，气急败坏的日寇随之对金九开始了大张旗鼓的搜捕，发誓非逮住这个"元凶"不可，甚至重金悬赏，先是20万元，后来又加码至60万元。60万元在当时简直是个天文数字，也足见金九处境之险恶。

　　日寇之所以如此咬牙切齿，是因为4月29日的虹口公园爆炸案对其造成的损失实在可用惨重来形容。当场炸死的，有日寇的驻沪居留民团行政委员长河端贞次；炸成重伤的，有日本驻沪总领事村井仓松、陆军大将白川义则，这个白川大将在回国一个月以后也死了；海军中将野村吉三郎右眼被炸瞎；被炸断一条腿的，分别是陆军中将植田谦吉、日本驻华公使重光葵。这个重光葵十三年后代表日本在美国"密苏里"号战舰上签署投降书的时候还挂着拐杖，其模样的狼狈正体现着十三年前爆炸案"主谋"金九与爆炸实施者尹奉吉的业绩。

　　那位化装成日本侨民的韩国义士尹奉吉，就是在上海虹口公园那1万多名日寇和数千名日侨齐声高唱日本国歌之时，镇定自若地挤到

"淞沪战争胜利祝捷大会"检阅台前面的。他从容不迫地取下挂在胸前的"水壶"炸弹与"饭盒"炸弹，一个接一个地投向检阅台，动作简练有效。他本人当然无法逃脱，在全场的混乱与惊呼声中，被一群虎狼迅速按倒在地，后来被押送至日本，在一家陆军基地内慷慨就义。尹奉吉的抗日壮举当时轰动了天下，中国共产党也感佩有加地称其为"沪战殉国烈士"。

"死士"尹奉吉出发去虹口公园之前，就是金九领着他面对韩国的国旗宣誓并拍照的。分别时，他俩相约"日后黄泉之下再见"。尹奉吉在紧握了金九的手之后，将自己的手表脱下来与金九对换。这位年仅二十四岁的义士极诚恳地说："此去，这块表已是无用，留与君作念想。"

金九闻斯言，泪如雨下。

上海的日寇对金九的追捕自然够狠。对金九而言，上海处处风声鹤唳，显然没有一个安全的落脚之地。这时候，正在上海创建"中华民国国难救济会"并担任上海法学院院长的嘉兴士绅褚辅成，果断出手了。褚辅成沉着地对金九说："你是抗日英雄，我必救你，但住我家里不安全，这里虽是租界，恐怕日本人也会来查；你今夜住我家，明天一早化装一下，我即带你去我老家嘉兴，我们嘉兴定会把你掩护得很好。"

嘉兴，当然能把金九这位韩国的民族英雄掩护好。一开始，金九住在位于嘉兴五龙桥的秀纶丝厂，这家厂子就是褚辅成创办的。后来褚辅成觉得工厂进出人员太多，恐不安全，又将金九转移到嘉兴南门梅湾街的陈桐生家，而这位陈桐生就是褚辅成的寄子。

不多久，褚辅成再一次从上海回到嘉兴，细察之下，又觉得金九住在陈桐生家还是容易暴露，于是就在嘉兴日晖桥租了一间房子，将这位抗日英雄仔细隐蔽起来，还加派了极可靠的勤务人员。然而过不多久，便传来消息，说是气急败坏的日寇由于在大上海始终抓捕不到金九，估计金九已逃离上海，将分别沿沪宁铁路、沪杭铁路严密搜寻金九，这样，处于沪杭铁路中部的嘉兴客观上位于这次大搜捕的风口浪尖，安全形势陡然紧张。褚辅成苦思之下，再次当机立断，决定由自己长子褚凤章之妻朱佳蕊出面，将金九转移到海盐县亲家住处。金九入住海盐的第二天，再由褚辅成的这位穿高跟鞋的儿媳带路，从海盐出发，在8月的暑热之下翻过野鸭岭，抵达众山环绕的南北湖，入住位于绿荫之中的相当隐蔽的朱家乡间别墅"载青别墅"。

南北湖风景区载青别墅，内陈列韩国抗日民族英雄金九事迹图片（海盐县档案馆提供）

未曾想到的是，住在如此冷僻的地方，半年后，金九这张陌生面孔还是引起了附近集镇一些人的注意，于是化名"张震球"的抗日英雄金九又被紧急接回到嘉兴城里，在嘉兴原先住过的几处地方轮流居住。金九先生后来在名为《白凡逸志》的回忆录中说："这样来往地住宿着，白天乘坐一个叫朱爱宝的女人撑的船，来往运河中，欣赏农村风光，这成了我每天的课程。"

金九先生于1935年10月离开了嘉兴，前往南京。他在离开嘉兴之前，还在南湖的一条游船上主持召开了一次重要的国务会议。会议宣布成立"大韩民国第十三届临时政府"，并由金九主持工作。这次嘉兴南湖会议，对于正处在低谷时期的朝鲜半岛反日独立运动，是个极为重要的转折点。

南湖的游船，是很能载重的。

金九离开嘉兴后，一直念念不忘善良的嘉兴人民对他的冒死掩护，念念不忘危难之时伸出援手的嘉兴士绅褚辅成及其一家，也念念不忘与之同居几年的嘉兴船娘朱爱宝，他甚至到了南京以后还专门派人来嘉兴寻访这位善良的船娘，遗憾的是未曾找见。

确实，日寇无论如何也没有想到，就在离上海不远的嘉兴城里，连续三年，隐藏着一个他们悬赏60万大洋而不可得的死敌；甚至，这位被悬赏者还在嘉兴的湖面上，召集了一次攸关韩国国运的重大政治会议。

日寇长达数年的追捕金九的行动，终告失败。

这也是嘉兴人抗战的一种，坚韧、智慧、大胆、有效。

对于20世纪30年代嘉兴百姓千方百计掩护韩国民族英雄金九的这一传奇事迹，我一直很感兴趣，也曾准备将其以电视剧的文艺样式来呈现。就在20世纪90年代筹备剧本期间，我专程跑了一趟韩国，受到金九先生的次子金信的热情接待。金信将军陪我走了韩国首都的好些地方，也给我讲了很多关于他父亲的故事。譬如详细讲他自己二十六岁之时陪同父亲徒步越过三八线，受到金日成的热烈欢迎并应邀观摩平壤"五一"大游行的经过；他也提及其中一个有趣的细节，即他父亲当时站在金日成身边检阅群众大游行时，曾惊愕地听见游行方阵里传出阵阵"打倒金九"的带节律的口号声，这时金日成就不无尴尬地对金九先生解释说："这次你来得匆忙，他们游行的人还没来得及改过来。"金信将军很感慨地对我说："若没有当年嘉兴老百姓对我父亲的掩护，帮助我父亲脱离险境，也就没有我父亲后来为朝鲜半岛的统一所做的种种努力。"

金信将军说的没错，确实如此。

关键时刻出手救助金九的褚辅成先生逝于1948年，当年5月间归葬于嘉兴南门外的祖茔。为深切纪念这位杰出的爱国民主人士，当时的嘉兴环城路还曾改名为辅成路，杭州的仁和路改名为辅成街。

韩国政府在1996年的9月30日，为表彰褚辅成先生及其家人冒险保护韩国民族英雄金九的无畏壮举，特地追授了一枚象征国家最高荣誉的"大韩民国建国勋章"。嘉兴这片绿禾翻滚的朴实土地，接收了这枚勋章。

褚辅成的故居位于嘉兴南门西米棚下，不幸的是没能完整保留下来，于1937年被日本飞机炸毁。嘉兴市政府于2006年5月在嘉兴南门梅湾街专门建立了褚辅成史料陈列室，也因此，我们至今能在耸立于那里的褚辅成铜像上，看见他儒雅笑容里的那份自信、不屈与智慧。

百年蝶变

虽则迎来国民政府，嘉兴却仍喘息不止

接收如同"劫收"，欢欣鼓舞儿与悲凉同步

1945年的抗战胜利，终使嘉兴民众长舒一口大气，只盼从此能过上太平日子。因此，在日本天皇8月15日颁布投降诏书后的第25天，眼见国民党嘉兴县政府人员搞盛大的入城游行仪式，嘉兴的各阶层民众皆是开心的，皆是集聚上街同声欢呼的，尽管大家几日之前对国民政府方面进城张贴的布告上的那些措辞，有相当程度的疑惑，也有相当程度的不满。

原因是，那些张挂于嘉兴各地的布告，一句也不提日本的无耻侵略与被迫投降，只模模糊糊说"中日不幸，烽火连年，兹和平实现，世界同幸"，也不对遭受了八年极度苦难的同胞给予慰问，反而拼命约束大家，唯恐触犯城中的日伪势力，要求民众"发扬泱泱大国之态度，免有偏狭之言行"，还宣布"守法为国民之天职""凡有不肖分子作不逞之举，决严惩不贷"。更离谱的是，在发给日军宪兵队队长喜多的一份照会中，竟然声称"查中日和平以来，阁下所部负责本城治安，辛劳有加，不胜感激"。

这样的措辞，以及措辞后面这样的立场，不能不使嘉兴民众在高声欢呼胜利的同时，生出一份隐隐的担心。

而嘉兴民众看在眼里的，除日本战俘被陆续送往上海遣送回国之外，还有八年来，跟着鬼子行凶作恶的驻嘉兴伪军4000余人，全部被编入国民党正规军，之后，就投入了内战的战场；而对于汉奸的惩处，手也很软，除了在公审大会后对桐乡县的伪自卫团团长朱英处以枪决外，其余都未加严惩，逃匿外地的也未加追查，有不少还被收编入国民党军队，甚至收编为国民党的"特工"。那些曾经跟着日本占领军横行霸道的人，在市面上继续神气活现，令众人惊愕。

所以，一点也不奇怪，嘉兴民众对于抗战胜利的那种欢欣鼓舞，只持续了很短的一个时期。国民党接收大员的"劫收"现实，与各级基层官员的贪污自肥，让经受了八年黑暗的嘉兴民众看得目瞪口呆。眼前，劫收钱款的，抢占房子的，勒索金银财宝的，比比皆是，不胜枚举。譬如，国民政府任命的那个崇德县县长，以"接收敌产"为名，公然贪污日本特工组织存放的大批化肥，被忍无可忍的崇德县工商界告到了省政府；譬如，平湖县的接收大员公然贪污菜籽数十万斤，贪污人员甚至包括平湖县县长本人，这也让民众震愕不已，忍无可忍之下，联名告状。

再譬如，由金润庠经营的嘉兴民丰造纸厂，也经历了一个恍若做梦的过程。本来，金润庠的算盘是打得不错的，他甚至赶在国民政府的"劫收大员"降落嘉兴之前，通过种种办法，先从强占厂子的日本人手里收回了纸厂。他满以为在"自家政府"手里，"民丰"就要插上翅膀了，却万万没想到，为孔、宋两大家族所鼎力支持的扬子公司紧接而来，死死掐紧了民丰造纸厂的咽喉。"扬子"利用特权，以低于"民丰"卷烟纸成本的价格，大举倾销进口的美国卷烟纸，致使"民丰"生产的卷烟纸无人问津，库存积压多达6000余箱。金润庠欲哭无泪，几度借债，给员工发工资。他明白自己根本无力与官僚资本的"扬子"叫阵，也想不到千盼万盼迎来的国民政府会对自己挥起如此大棒。民丰造纸厂又一次遭到了灭顶之灾。

国民党的"劫收"闹剧，一幕幕落在嘉兴民众眼里。那种热烈欣喜的万众欢呼之声顿然消散，代之以不平、愤怒与悲凉。从日寇八年统治下翻过身来的嘉兴，依旧在大口喘气，元气难以恢复。

经济恢复缓慢，社会很快又陷入了萧条与衰败

确实，挣脱了日寇统治的嘉兴的社会现状，是如此触目惊心：城乡遍地瓦砾，旧房大批焚毁倒塌，新屋寥寥；粮食总产量只是八年前的一半略多，桑茧产量更是可怜，仅是八年前的十分之一；整个嘉兴城中，只有二三十盏路灯在晚上有光亮，其余黑暗一片；公路破旧不堪，杭善公路不能恢复通车；河道竟然有600余处被阻塞；防海潮的海塘破损严重，大批可怕的缺口亟待填筑；嘉兴社会的公序良俗也未能重建，盗、赌、烟、娟泛滥，市面的繁荣极其畸形；当时，光一个嘉善县，就有3000多散兵游勇在城乡各地游荡，公然敲诈欺压民众，竟无人敢管。

说实在话，重新管制嘉兴的地方官员，也不完全是无所事事，他们重返管理岗位以后，也想努力恢复鱼米之乡的经济繁荣，做了一些相当有利于生产发展的事，譬如利用联合国善后救济总署的钱物着手

修复了一段海塘，疏浚了一些市河，在嘉兴城内开挖了4口水井，等等；但他们为恢复经济所做的这些工作只是局部的，收效也有限，他们的主要精力并不花在恢复经济与市政建设上，而是为了服从国民党内战的需要，大肆征兵征粮，协助开动内战机器，加深了人民的创伤。

所以，抗战胜利后的长时间内，嘉兴河道仍有半数不能开通，公路不能恢复通车，半数以上乡镇不能通电话。从总体看，嘉兴城乡残破如旧。

时任浙江省政府主席沈鸿烈在抗战胜利一年之后跑到嘉兴，看了现状之后，无可奈何地承认说："地方政府只是消极地征兵、征粮、办军差。"过了一年，一个叫吴寿彭的专员跑到嘉兴，也发出了类似的感叹："战后民生凋敝，农村经济衰落，捉襟见肘，窘迫异常。大部分精力用于执行中央政令，如征兵征粮等，而地方事业办理甚少。"他甚至直截了当下了这样的断语："百废待举，而一事不举。"

"一事不举"，自然是说严重了，有几件事还是"举"的，毕竟新建了县立嘉兴初级中学与嘉兴简易师范，募款修建了嘉兴端平桥等少数坍桥，在社会治安方面也有所整饬，查获吸食鸦片烟犯500余人、赌博犯1000余人；然而，成绩实在寥寥，作为鱼米之乡重要经济指标的嘉兴农业，生产几乎连年不振。据1946年的统计，嘉兴全县当年早稻每亩仅产1.45石，晚稻为1.67石；而1947年的水稻亩产，最高者也只有1.6石，最低者仅有1石；1948年也是这样，亩产最多者为1.5石，最低者竟然只有8斗。从这些统计数字看，真可谓一年不如一年。

国民政府无法重振嘉兴经济的现实，使得嘉兴民众越来越丧失对未来生活的信心。不仅底层百姓看不到光明的前景，就连嘉兴统治阵营的某些上层人物也对社会前途充满悲观。各县参议会的正副议长曾联名致电蒋介石，请求革新政治经济，电报说"同胞水深火热，流亡载道，非战区民众则漫为政治经济积弊所苦，百业凋敝，民不聊生，国运危殆，不绝如缕"，明确要求"修明政治""改革经济"。

尤令人忧心的，是嘉兴水网地区血吸虫病的猖獗。国民党基层政府普遍腐败，只管横征暴敛而根本不顾及农田水利建设与城乡卫生，这就使得肆虐江南水乡的血吸虫病一波一波地猖獗起来，造成嘉兴农村劳力大量患上血吸虫病的严重后果。这种病也就是老百姓俗称的"大肚子病""鼓胀病"，蔓延很快，几乎无药救治。也因劳动力的大批患病，庄稼无人耕种，农田荒芜，农业经济全面坍塌。病情严重的村落，甚至到了家家举丧、户户哭泣的程度。

血吸虫是一种人体寄生虫，通过人的肠道将虫卵排入水系，虫卵又寄生于水浜中的钉螺，当大量的血吸虫产出后，便又通过人与水的接触而蜂拥进入人体。河网交错的水乡是庄稼丰盛的福地，但同时，也是危害人类健康的寄生虫的理想孳生地。其时，不光是嘉兴，长江沿岸各省乃至整个中国南方，均深受血吸虫病蔓延之害。嘉兴是重灾区，受害情况尤为触目惊心。在1948年杭州发行的《东南日报》上，寄生虫病专家徐锡藩忧心忡忡地撰文，将嘉善列为血吸虫病大流行的浙江"最剧县"。

确实，根据统计数字，光一个嘉善县，从1933年到1949年，就有17043人死于血吸虫病，全家死绝的竟然达到1972户。嘉善县杨庙镇潘家湾村的50户人家竟只活了两个人，其余均死绝。许多村庄沦为"寡妇村""死人浜""荒田漾"，一片死寂，惨不忍睹。

然而，面对嘉兴乡村的这种惨状，又有哪一级政府能着手解决？

除了漠然，还是漠然，再不，就是推诿，层层的推诿。

嘉兴市档案馆藏有当时嘉兴县步云镇镇长的一篇呈文，是呈给嘉兴县县长的，呈文忧心忡忡地说："查本镇各保地方患血吸虫病者，近年以来尤为猖张，乃患者既不注意，复又无防治方法，袖手待毙，为数足堪惊人，若不将血吸虫菌施以全面扑灭，势必造成严重后果。"呈文请求："仰祈钧长查核，并函请浙江省立医院迅速派员下乡，展开防治工作，以弭后患，毋任企祷。"

但是，任忧心如焚的基层如何"企祷"，上头又有谁能出面来关心百姓死活？基层又哪里能等到医务人员的支持？以石投海，绝无回音，嘉兴县政府推诿，浙江省政府也推诿，基层祈盼的"以弭后患"只能是空想。

血吸虫病在嘉兴水乡的猖獗，是一种社会危机的象征。

疯狂吮吸嘉兴民众血液的虫子，并不仅仅存在于土地与沟渠。

随着国民党危机的加深，嘉兴逐步陷入民不聊生之境地

1946年夏季之后，随着蒋介石向共产党领导的各解放区发动全面进攻，国内危机加剧，嘉兴的城乡经济不可避免地遭到沉重拖累，市面顿然动荡，物价连续飞涨，货币急剧贬值；嘉兴市面上白米的价格竟然涨到每石6500元，大量民众买不起米，开始受饥饿折磨，社会紧绷，似乎一粒火星子都能擦出一场大火。

这一年的5月，连续几天，平湖县金丝娘桥的500余名农民先后在金丝娘桥、衙前、新仓等地去粮行夺粮。这一抢米风潮随即蔓延至

嘉兴全境。同月，嘉兴城内发生饥民之乱，多家米店被砸，民众不顾一切争相抢夺救命粮食。

到了1948年，嘉兴的白米价格甚至高达每石500万元，这一残酷的现实更加剧了嘉兴各地的抢米风潮，当时的嘉兴报纸屡登米店被砸被抢的消息。然而米价还是无情上涨，至嘉兴解放前夕的1949年5月，白米价格已涨到每石540万元，穷困的百姓根本无计购粮，饥饿难耐之下只能围攻米店以求饱腹，市面整日混乱，一片风雨飘摇。

从1946年起，嘉兴工人、商人等民众反饥饿、求生存的经济政治斗争就连续不断。这一年年初，嘉兴的理发业工人就开始罢工；3月，平湖县的织袜业工人300余人罢工，要求增加工薪；4月，嘉兴印刷厂职工闹工潮，派代表数十人向政府提出增加工薪的要求；5月，嘉兴旅馆业、理发业、碾米业的工人都开始集会示威，要求增加工薪；10月，海宁硖石镇双山丝厂工人400余人为要求增加工资而罢工；11月，海宁粮食业为抗议重税派出代表奔赴南京请愿。

到了1947年，嘉兴工人、商民的经济政治斗争掀起了更大的高潮。4月，平湖县的印刷工人为抗议县自卫队的毒打，总罢工一周；也是在这个月，嘉兴城内的300余名人力车夫实行总罢工；到了5月，嘉兴的电信工人在要求提高工薪的斗争中，连续绝食三天。

嘉兴商会多次派代表向当局交涉，言称如此下去，民不聊生，社会崩盘，政府必须改弦更张，减轻税负。他们还慷慨激昂地举例说，嘉兴虽然盛产稻米，但历朝历代都经不住沉重的赋税；清同治年间，嘉兴地方官府顺民意，向朝廷申请减漕，申请成功之后，嘉兴顿见复苏之象，"亿万家生民气脉霍然一苏"。

这批请愿与建言的商会代表，被刺刀与枪托驱赶出了县政府大门。

在这种形势下，嘉兴政治与经济斗争的高涨便是必然的了。嘉兴的学生也是在1947年的5月投身到抗争中去的，以他们的"反饥饿"呼喊，响应全国学生风起云涌的"反饥饿、反内战、反迫害"斗争。平湖的省立嘉兴师范学校学生派出代表去省城请愿，声援浙江大学等学校的罢课游行行动；同时，嘉兴秀州中学也召开学生大会声援全国的学生运动，并与阻挠大会的治安人员发生激烈的冲突。

在学生斗争的鼓舞下，嘉兴的工人斗争也在更广泛的领域里掀起了高潮。海宁长安镇的几家丝厂工人举行了联合罢工，接着，海宁硖石全镇的商店都开始罢市；11月，海宁盐官的商界，也开始全体罢市。

面对嘉兴各界风起云涌的激烈斗争，国民党当局的紧张与恐慌不言而喻。就在这一年的上半年，国民党嘉兴县政府不断发出防范社会动乱的各项训令，其中，发给县警察局、县商会、各乡镇公所的《关于防范煽动工潮的训令》，杀气腾腾地说，"各地经济未臻安定，劳资关系易致纠纷，奸宄之徒泛滥，伺隙煽动工潮，亟宜严加防范"。紧接着，嘉兴县政府又颁布《防止"奸匪煽惑暴动"暂行办法》，这个办法也是杀气腾腾的，称"严密组织，不分昼夜，均须加紧防范奸匪，以免混入""各军警机关应协同严密注意，必要时得实行检查来往行旅""各乡镇保甲长于本保甲内开始严密清查户口，如发现形迹可疑人等，应即加以监视，并以最迅速之方法报告各地乡镇公所，或所在地之军警机关核办""各军警团队应嘉奖防务并随时轮流巡逻""各乡镇保甲长尤应随时注意乡村茶馆酒肆集会场所之言论异动，随时报府核办"。

　　事情真相是，被国民党政府视为"奸匪"之"煽惑"的，并不是来自一个人两个人，或是少数人，而是普遍埋藏于嘉兴各阶层民众心底的抗争怒火。这种怒火的此起彼伏与大面积燃烧，是根本无法防范与扑灭的。

　　嘉兴风起云涌的罢工斗争，在1948年有了更大的规模，先有嘉兴、海宁、崇德、桐乡4县300余名榨油工人联合罢工，后有海宁的针织、泥木、篾竹业工人联合罢工。紧接着，崇德、桐乡两县工人又开始新一轮的罢工，海宁富顺昌袜厂等3家工厂数百名工人也连续罢工。

　　在嘉兴各地工人接连罢工的情势鼓舞下，嘉兴的学生运动在这一年也掀起了更大的高潮。省立嘉兴师范学校200多名学生激烈上街示威，高呼"反对贪污""反对奸商""改善人民生活"的口号，虽遭警察镇压，捕去学生4人，但残酷的镇压更激起了民众的斗志，嘉兴各校学生以及各界人士1000余人立即上街示威支援。这一番激烈的斗争持续了半个月，直到被捕学生被全体释放。同年，平湖县400余名中小学教师也开始了罢课，抗议政府欠薪；海宁盐官镇的各校教师也加以配合，以政府欠薪为由全面罢课，实行"总请假"。

　　随着国民党政府在政治上、军事上的节节失败，其统治地区的经济都出现了坠落式恶化，包括嘉兴在内的华东地区，市面长期动荡，一片恐慌。1948年，蒋介石黔驴技穷之下决定实行币制改革，发行金圆券，规定每300万法币兑换金圆券1元，并强制用金圆券收兑民间的金银外币，试图以此法阻止货币贬值，刹物价狂涨之风，同时采取紧急措施冻结物价，宣布以当年8月19日的价格为限价，再不准上涨，并对全上海经济实行全面管制和检查。

　　嘉兴毗邻上海，受上海经济督导员办公处管辖，所以在这次币制改革中，也亦步亦趋地紧跟上海行动。显然，这场币制改革注定将以失败告终，也必然会引起强烈的社会恐慌与社会动荡。嘉兴民众慌乱之余，立即开始抢购粮食，继而抢购各种物品。嘉兴政府慌忙下令，不准商店关门，但又不准提价。商家也犯难了，无从进货，有销无进，最后便造成了这样的局面：十店九空，众多商店亏损破产，经济秩序全面瘫痪，市场停止运转，一片死寂。随之出现的，便是黑市交易、以物易物。到了这一年的11月，距金圆券发行不到3个月，政府就被迫宣布放开限价，准许粮食自由贸易，但已经无粮上市，有钱也买不到，粮食恐慌继续弥漫城乡。在11月以后，嘉兴市面物价更如脱缰之马，飞速反弹，金圆券也以更加惊人的速度贬值。1948年8月限价时，嘉兴白米的价格为每石金圆券18.7元，到1949年的年初，已疯涨到每石1500元。

历史无情地摊牌：所谓的币制改革与限价，终于成为一场骗局和对民众的洗劫。国民党政府所谓的经济管制彻底失败，上海对嘉兴的经济督导黯然收场。

这就是民不聊生的年份：罢工、罢市、罢课、罢教风暴此起彼落，席卷了整个嘉兴。"鱼米之乡""丝绸之府"在政治上与经济上都混乱一片，走入了看不见一丝光明的死胡同。国民党政权的统治，显然已风雨飘摇，灭亡的下场指日可待。

血吸虫病夺走了老夏头的性命

老夏头是在他七十四岁那年走的，那一年是民国三十七年，也就是公元1948年。说起来，他也活得够长的了，命硬，但走的时候，肚子已经鼓胀成半圆形，两条腿却细如芦秆，下床走一步都龇牙咧嘴地痛。

老夏头的次子夏二富赶到嘉兴城里的时候，天色已近黄昏。因为他的脚瘸，身子看上去也已有点浮肿，很像是血吸虫病开始作祟，所以他出门时，他的家婆招娣与女儿夏大花、夏小花都说："你这双脚这样，就勿要进城了。"夏二富说："勿成，勿成，阿爸眼看快断气了，总得让三阿弟回来看一眼老父亲，说勿定我阿爸还有话对我阿弟说。"

在嘉兴从事工运工作的夏三富，自然是怀有重大使命的，整天戴一顶鸭舌帽，穿行在电信工人、印刷工人、建筑工人的公开集会与秘密会议当中。他二哥找到他的时候，他不由得吃一惊，说："二阿哥你跛脚，而且脚拐子都有点肿，怎么还赶来城里，啥急事啊？"

在听说父亲的病情之后，夏三富起先惊愕，后来又犹豫。

夏三富对他哥说："二阿哥，你也见了，坐在县政府门口的这些摇纸旗的电信工人，是在绝食斗争，粒米不进的，已经第二天了，《嘉区民国日报》记者一直在现场，连上海申报馆的记者都赶来嘉兴了，所以这次要求提高工薪的斗争，必得获胜，我真是走不开啊！你看看那群工贼，那边，看见没有？都是来搞破坏的，要多少阴险有多少阴险，现在斗争很激烈啊。"

不过，夏三富最后还是随着二哥赶回了村子。老父亲已到最后关头，小儿子不回去看看，心里也不忍。

夏三富回村前，还骑着他的那辆破自行车去了一趟坐落在塔弄的嘉兴医院。那医院是嘉兴头一家由中国人开办的西医院，病人在那里转危为安的很多。夏三富认识三十年前创办这家西医院的夏院长，知道他是个很有良心的医生。果然，头发花白的夏院长一听情况，就干干脆脆地对夏三富说："你这位农民宗亲也不用跟我说'五百年前是一家'啥的，救死扶伤是我们的天职，你阿爸毛病那么重，我自己不去也是要派个医生跟你去的。"

夏院长委派了他最得意的门生周学章出诊，同时也推心置腹地跟夏三富说："你阿爸的年岁，再加上这个病况，你心里也要有所准备了。眼下全嘉兴的村坊都有血吸虫病，政府都不管，进药的渠道也很堵，光靠医院，怎么顶得住？我们尽全力救治，你们自家呢，也得有最坏打算。"

夏三富用破自行车载着年轻的周医生往自家村坊赶。夏二富对弟弟说："阿弟你们先走。你们抢时间，不用管我。我自己走，我瘸，路上自会有车搭上我的，你们放心。"

夏三富的破自行车刚进村坊，还没过石桥，就听见了自家屋子方向传来的哭喊声："哎哟亲人呀，阿伯爹！爹爹呀！快点回来啊！"

他一听，就明白这呼天抢地的声音，是他的二嫂招娣以及她两个年幼的女儿发出的。

老夏头刚刚咽气，奔进屋子的夏三富使劲握住的，只是一只渐渐发凉的手。

夏三富问嫂子："阿爸临终前有没有说啥话？"嫂子招娣说："没说啥话，只轮流叫名字：大富、二富、三富；叫完了，又叫一遍：大富、二富、三富。"

听着这话，夏三富也落泪了，他拭了一下脸，找块白布，盖住老父的脸面。沉默的周医生则掏出药箱里的棉花，塞住死者的鼻孔与耳道。

等跷脚的夏二富天黑到家，床上尸体已经很硬了。

兄弟俩正商量着如何安葬父亲，是不是能够弄到一口薄皮棺材之时，不料保长带人闯进了院子，窗外传来大嗓门的喝问："二富，你三阿弟是不是回来了？"

惊得夏三富赶紧翻后窗跑掉。他常年从事地下工作，是个机警的人。

夏三富跑出两道田埂外，才气喘吁吁跪下来，朝自家屋子方向连磕三个头，然后起身又跑。他决定徒步赶回城，城里的工人还在绝食。

夏三富边赶路，边气喘吁吁地对自己说，我们穷苦民众的斗争若是取胜了，我阿爸在地下也会高兴。他这么对自己说着，才觉得心里好受些。

气汹汹闯进夏家的那个李保长，在村里一直很横，在日本人手下他很凶，现在国民党来了，依旧很凶，声称自己是国民政府任命的地下保长，暗中抗日。这么一说，村里人就谁也奈何他不得。夏二富每次遇见他都心里犯怵，这一回见他闯进门来，也只赔着小心回话说："保长啊，我三阿弟没回来，只是我从嘉兴医院里请来了这位周医生。哪里晓得医生还没进门，老阿爸就走了，没福啊。"

李保长吆喝着说："警局有通知，凡形迹可疑的，都要报告，要带去局子审一审。听说你三阿弟在嘉兴城里一直不安分，有赤色嫌疑，你要小心，要是你三阿弟回村，务来报告。不然，没你好果子吃。"夏二富说："晓得，晓得。"又说："我老阿爸没福，连口棺材都没地方寻。"李保长瞪眼说："这年头还困啥棺材，困芦席就不错了。"

老夏头的坟是夏二富一个人垒的。他带着家婆招娣，还有两个年幼的女儿，一个夏大花，一个夏小花，都穿了孝，跪在屋后的池塘边，跪了很久。

那里，现在，已经有大小五个坟头了。

逝者睡的，都不是棺材，都是芦席。

嘉兴起义，给了蒋介石猛烈一击

解放前夕，不光是嘉兴，整个国民党统治区的经济都开始全面崩溃，民怨沸腾，社会的剧烈震动已波及国民党的各级党政军机构，连驻扎在嘉兴的蒋家"太子军"，也就是"国民党陆军预备干部训练团第一总队"，也开始躁动不安了。

而有意引起并且加剧这种"躁动不安"的，便是那位湖北阳新县籍的贾亦斌。贾亦斌每天都不动声色地推波助澜，同时全面观察着"国民党陆军预备干部训练团第一总队"的情况。

贾亦斌原是热血青年，一心报国，投身革命，自参加由蒋经国直接统率的国民党青年军后，也一贯表现积极，啥事都冲在前面，深得蒋经国青睐；之后，也深得蒋介石青睐。然而，国民党政府严重的政治腐败使得他的"革命"信仰遭到重挫。他越来越怀疑自己投身的"革命"之性质，觉得国民党热衷内战的一切政治运动，并不是中国普罗大众所期盼的能够解救自身的革命，尤其是当他跟随蒋经国赶到上海搞经济管制"打老虎"一事无成之后，痛感国民党的统治已经烂到了根子里，已不可救药。当时，他曾当面批评他的上级蒋经国做事

"虎头蛇尾"，蒋经国说，他也不想虎头蛇尾，但时势如此，他又有什么办法？结果两人争了一通，都有点面红脖子粗，不欢而散。

1948年的10月，贾亦斌从上海回南京，虽然身份还是很显赫的国防部陆军预备干部局代局长，但其内心与立场，已与国民党腐败政权势不两立了。

他找来军务局的骨干段伯宇密商，因为他有预感，他的这位小兄弟很可能有共产党的背景。在那个风雨动荡的年头，一个人的政治倾向是比较容易暴露的，何况是情同手足的小兄弟。他觉得段伯宇靠谱，还有几位小兄弟也靠谱，跟他们推心置腹以谋求大事的成功是有必要的。

他问段伯宇："时局如斯，我们应该怎么办呢？"段伯宇回答说："国民党是没有希望了，要另谋出路乃势所必然。但光找杂牌部队不行，我们需要自己掌握武装。"于是两人当即拟订了一个自己抓武装的初步计划，并分头执行。

不多久，贾亦斌本人便主动请缨，由他这个预备干部局代局长来兼任预备干部总队的总队长，掌握了这个新成立的预备干部总队的指挥权。这个总队驻于南京孝陵卫，驻扎地是原陆军大学的校址。

贾亦斌这次抓军权的"主动请缨"，并没有受到怀疑，反而受到了国民党高层"危难时分敢于挺身而出"的赞许。事情的起因是，那天国防部参谋次长林蔚中将找到贾亦斌，说计划在江南组建30支新军，希望能守住长江以南，与中共划江而治，又说目前"兵员易征，军官难筹"，于是贾亦斌便趁势告诉这位参谋次长，称现在第一期复员青年军授予的预备干部，总数有7万余人，在嘉兴、杭州、重庆、汉中诸地办的4所青年中学里，还有学生1万多人，这些人均可征召并加以训练。同时贾亦斌拍了胸脯，说他愿以党国利益为重，值此国难当头之时，亲自负责征召和训练工作。

对方大喜，连称：贾兄临危请命，高风亮节啊！

贾亦斌于是顺利地抓到了枪杆子。他明白，自己能兼任预备干部总队的总队长这一重要军职，说明蒋家父子在政治上还是信任他的，这种信任并没有因为他与蒋经国在上海"打老虎"期间的那场激烈争论而有所消减。

几乎同时，他的一群同气相求的军校同学在抓军权方面，也都有了各自令人欣喜的斩获：刘农畯担任了伞兵3团团长；宋光烈顺利联络了96军的军长和106军的军长；段伯宇的弟弟段仲宇担任上海港口副司令，负责汽车团，同时策反了江苏省保安总队的总队长齐国榗；王海峤则担任了工兵4团团长。这样，形势便有些喜人了：一条西起芜湖，东至上海，南至嘉兴、杭州的地下反抗战线，基本形成。

更使贾亦斌高兴的是，段伯宇在年底时以治肺结核为由，请病假去了一趟上海，东奔西跑到处寻找，总算不负所愿，与中共的地下党组织顺利接上了关系。跟段伯宇联络的，是中共上海局策反工作委员会书记张执一。

贾亦斌激动地听到了段伯宇返回南京时所传达的信息：中国共产党方面认为我们所进行的工作，非常非常重要。

贾亦斌说：我想加入中国共产党。

终于有一天，贾亦斌下决心将段伯宇、刘农畯、宋健人等几位军校老同学兼小兄弟请到自己在南京上海路干河沿的家中一叙。这一次的密谈惊心动魄，也激动人心，其要义是，采取一次大胆而果决的行动，布置部队，将蒋介石就地抓获，然后宣布起义，把"蒋总统"交给共产党，以收立即停止内战之功。

贾亦斌谋划着，抑制不住内心的激动，他隐隐约约感觉到，蒋家父子放心地交到他手里的枪杆子，已经有可能由人民来扣动扳机了。

抓获"蒋总统"的计划很大胆，其理念也获大家赞同，但涉及具体做法，诸人皆有不同意见，尤其是段伯宇提出：一是不能感情用事，盲目行动；二是行动需要有组织、有计划；三是要抓部队，要尽可能多地掌握武装，积蓄力量，同时，等待时机。

商议的最后结果是，大家都为起义积极展开工作，团结更多胸怀爱国之心的进步同学，在军内形成反蒋战线，一俟时机成熟，便果敢举事。

国民党心脏里的起义正紧锣密鼓筹备之时，形势忽起重大变化，蒋介石于1949年1月21日以"因故不能视事"为由宣布"引退"，下野去了老家奉化。这样，贾亦斌临机应变，将原先计划在南京擒住蒋介石的任务，改为直接起义。

之所以将起义的地点选在嘉兴，是因为1949年年初，由他担任总队长的预备干部总队奉命迁至嘉兴，扩编为"陆军预备干部训练团"。这个训练团设团部与3个总队。贾亦斌担任团长，并兼任第一总队的总队长。第一总队下辖4个大队，总队部与第二、第三大队驻于嘉兴西大营，也就是嘉兴的"子城"；总队的第一、第四大队则驻于嘉兴东大营。

那一时期，贾亦斌激动异常。他知道一场精彩的大戏即将上演。

这当然是一场惊动四方的大戏。

这场大戏将由国民党最放心的"太子军"里的一部分官兵来饰演主角，舞台是离南京与上海都不远的蒋介石认为政治最稳定的嘉兴地区，是嘉兴城里"太子军"中坚力量的所在地嘉兴子城。

起义迫在眉睫。为争取更多的人员一起举事，身为陆军预备干部训练团团长的贾亦斌在人事安排、组织学员讨论国家时势等各方面做了许多工作，这些活动一日一日地推进，使部队的左倾倾向越来越明显。同时，这种倾向也不可避免地引起了某些方面的盯注、怀疑与密报。那天，刚做了一个月团长的贾亦斌忽然就接到电话，身在奉化溪口的蒋介石命令他赶去"见驾"。

贾亦斌疑窦顿生。此去奉化是吉是凶，一时无从知晓。他思虑再三，还是决定深入虎穴。为了麻痹上峰，他必须如期赶往奉化溪口。

贾亦斌在奉化面见了蒋介石父子。他镇定情绪，很坦然地"澄清"了自己的立场，也表达了对"诬告"的不满。经过这一通表演，贾亦斌总算没有被过分怀疑，在受到一番"诚勉"之后离开了虎穴。不久，他的一系列职务就被国防部宣布免去了，这些职务包括预干局代局长、预干团团长、预干第一总队总队长。预干第一总队总队长的要职，由原先的副总队长、顽固分子黎天铎接任。

虽然丢了职位，但第一总队的官兵几乎都与自己心心相印，一声令下，他们便能响应，考虑到这一点，贾亦斌的心里还是有底的。

果然，命令来了，4月2日，中共上海局策反委委员李正文秘密地向贾亦斌传达工委指示，决定陆军预备干部训练团的第一总队在嘉兴起义。

贾亦斌立即开始行动，他已完全明白，他的队伍打出的旗号将是红色的镰刀锤子旗，他的军队将是人民的军队。尽管他当时还不知道，他在接到起义指示的前一天，就已经被党组织正式吸收为中国共产党员。

按照贾亦斌原先的计划，是在嘉兴子城打出红旗的，同时一举把"团部"端掉，但因当夜起义机密突遭泄露，他便改变了计划，果断决定在4月7日凌晨，以"到莫干山进行军事演习"的名义，将起义部队3000余人带离嘉兴，一路往西疾行。

这支部队的正式起义，是在当日下午5时许公开宣布的。起义部队官兵在贾亦斌充满激情的演讲声中，欢呼着把手中的枪支举上了半空。宣布起义的地点，是桐乡县乌镇镇西的空场。那个空场离茅盾的旧居不远。起义部队那持久而热烈的欢呼声，可以看作是茅盾笔下众多贫苦民众的齐声呐喊。

国民党陆军预备干部训练团第一总队在贾亦斌率领下起义"投共"这一消息，地震般地摇撼了国民党政府的高层，使蒋介石父子惊愕得合不拢嘴，两人都很后悔一个月前没有将贾亦斌扣押在奉化溪口。

蒋经国跌足说，他贾亦斌在上海说我"打老虎"虎头蛇尾，我对他贾亦斌的提防才是虎头蛇尾。

仅几天后，蒋介石父子又受到沉重一击：国民党伞兵3团在刘农畯的带领下，乘坐段伯宇弟弟段仲宇巧妙安排的登陆艇，在海上宣布起义。起义成功后，伞兵3团又顺利到达连云港，成为人民军队的一部分。

蒋介石的震惊在于，这个伞兵3团原是他准备退避台湾时，当作"御林军"使用的，而"预干一总队"更是被蒋介石视为"太子军"与"子弟兵"。这两支部队的起义，是发生于国民党中枢的一次猝不及防的爆炸。国民党报纸大声惊呼："其行动……给政府、给人民以极大的刺激，因为这一批正是万人瞩目之'国之瑰宝'的知识青年军。"

而在北平香山的毛泽东主席与朱德总司令闻知消息则非常高兴，通过电报，向起义队伍表示热烈的祝贺。毛主席、朱总司令在致起义伞兵的电报中说："庆祝你们脱离国民党反动集团而加入人民解放军的英勇举动，希望你们努力于政治上和技术上的学习，为建设中国的新伞兵而奋斗！"

确实，这两支国民党重要部队的起义，对瓦解国民党军的军心，配合解放军顺利渡江，发挥了非常重要的作用。

对于在嘉兴地区起义的国民党陆军预备干部训练团第一总队，蒋介石急忙调集重兵拦截追杀，力图以最快速度，挽回"心脏里的起义"所造成的政治震撼。这种重重追杀与层层堵截，蒋介石是不遗余力的。他在溪口的军用地图前指指画画，几乎红了眼睛。

震动国民党政治核心区的嘉兴起义虽然最终失利，敢于拼杀的起义队伍在弥漫的硝烟中被打散，起义领导人贾亦斌只身突出重围，但是，四处流散的部分起义学员，仍在他们打出的红旗的感召下，如星星之火，一直活跃于苏浙沪地区，为迎接解放做出了各自的贡献。

贾亦斌于上海解放前夕，在江苏丹阳，受到了解放军第三野战军司令员陈毅的接见。陈毅握着他的手，高兴地说："你已经胜利完成了起义的任务，你的英勇爱国行动值得称赞！"

因此，从这个角度说，嘉兴起义并没有失败。这次壮举不仅完全破坏了蒋介石的扩编新军计划，更在心理上与政治上给了以蒋介石为首的国民党统治集团一记重拳，霹雳般轰然有声。

同时，震惊四方的嘉兴起义也证明了腐朽的国民党反动统治行将分崩离析，他们的时日不会很长了。

历史终于在嘉兴华丽转身

历史再也不能等待了。

显然，1921年8月3日傍晚，那些从一艘红色画舫登陆狮子汇码头，接着又迅速离开嘉兴地面的坚定的脚印，应该以同样坚定的节奏，大踏步且大面积地回来了。

嘉兴，已经不起再三的折腾与沉沦。

嘉兴急需脱胎换骨。

果然，1949年5月6日，从嘉兴城外西南方向真如塔一带传来的密集的枪炮声，顿时使嘉兴民众睁圆了惊喜的眼睛。

本来，这些令人惊喜的枪炮声应该更早一些响起来的，因为1949年4月下旬，嘉兴西面的长兴、吴兴各县已经由中国人民解放军3野10兵团28军83师相继解放，嘉兴的解放指日可待，但中共中央军委从全局的战略考虑出发，向前线部队下达了这样的指示："为使汤恩伯在上海稳住一个时期，以利我军先取杭州，然后有准备地夺取上海，我们认为，你们暂时不要去占苏州、昆山、太仓、吴江、嘉兴诸点，让上述各点由汤恩伯守起来，使他在上海尚不感觉直接的威胁。"

当然，嘉兴各界民众盼望解放的心情是十分迫切的，嘉兴周边城市相继解放的消息爆炸式地传播，城内居民与学生纷纷在暗中准备红旗与标语。

杭州是5月3日解放的。浙江省会的解放使得孤守上海的汤恩伯惊恐不安。中共中央军委在得悉汤恩伯有撤逃迹象之后，立即指示前线部队"即行部署，于5月10日以后、5月15日以前数日内，先行占领吴淞、嘉兴两点，封锁吴淞口及乍浦海口，断绝上海敌人逃路"。

嘉兴的解放终于迅速临近。

5月4日，3野9兵团27军80师解放了桐乡县城；5月5日，3野10兵团28军82师解放了崇德县城；5月6日早晨，3野9兵团27军79师236团挺进到了嘉兴城西南真如塔附近。

嘉兴各界民众终于欣喜地听见了能够带来自身解放的隆隆炮声。

但是解放军的炮声是很有节制的。由于一部分国民党军的残部占据真如塔进行顽抗，为保护这座建于宋庆元三年（1197年）的高达53米的古塔，解放军暂停了进攻，而改由其他方向突入嘉兴。

我不能不记下那激动人心的一笔：5月6日深夜至5月7日凌晨，嘉兴百姓果敢地拆下自家的一道道门板，替代被国民党守军接连炸断的五龙桥和西丽桥，帮助中国人民解放军27军79师236团英勇杀入嘉兴城。

就是这样，嘉兴人民在腐朽的旧秩序与充满希望的新秩序之间，毅然架起了自己的桥梁与意志。

5月7日拂晓，东方刚吐出鱼肚白，解放军236团205连便在副营长刘云江带领下，率先冲入嘉兴城区，宣告这座江南小城的解放。他们一边沿途清除国民党守军的残兵，一边就看见"欢迎解放军"的大红横幅与标语彩旗迎面而来，原来嘉兴商界代表与其他各界民众已经迫不及待地涌到嘉兴南门来夹道欢迎了。

两天以后，中国人民解放军29军的军部进驻嘉兴，前来接防。

应该说，嘉兴甫解放的几日，肃清残余国民党武装的任务还是不轻的。嘉兴的国民党警察以及自卫队被迅速收缴了武器，还有7支形形色色的冒充人民解放军的非法武装也被收缴了武器，解放军前后收缴步枪269支、机枪9挺，清查非法武装人员844人。国民党嘉兴县政府的县长、参议长、书记长、警察局局长等骨干分子提前逃逸，都未能抓获。当然，国民党县政府的大多数机关人员都没有走，各机关的物资和文件基本保存完好，这非常有利于人民解放军的接收与清理。

也是在嘉兴解放的这一天，自杭州北上的解放军7兵团23军67师199团在地下党的带领下，迅速开进了海宁盐官镇，海宁县获得新生。

这支部队接着又派出小部队进军海盐武原镇，海盐县得以解放。

数日后，解放军9兵团20军58师击退了驻守平湖的国民党暂编8师残部，顺利解放了平湖县；同日，27军79师237团也英勇地越过嘉善的护城河，攀上西城门，经与国民党军残部激战后，解放了嘉善县。

至此，嘉兴全境获得解放。嘉兴各县人民箪食壶浆迎接解放大军，红旗与标语起起落落，锣鼓齐鸣，欢声震天，兴奋的年轻人还扭起了不甚熟练的北方秧歌。

嘉兴的军管会是在这个月的24日成立的。军管会的工作紧张而富有成效，仅半个月内，就做妥了以下工作：

第一，召开各类会议，向嘉兴各阶层人民大力宣传党的政策。这些座谈会包括工人代表座谈会、三个大厂的工人庆祝胜利大会、产业界代表座谈会、商人代表座谈会、教职员座谈会、学生代表座谈会、学生联欢晚会。

第二，采取有效措施帮助嘉兴大厂的厂方解决困难，以让这几个重要工厂能迅速地恢复生产。如在短时间内使嘉兴民丰纸厂增加临时工200人，机器开动两部；使福兴丝厂增加工人58人，恢复缫丝生产；使已停工的惠农油厂克服困难，恢复开工打油；同时，积极组织嘉兴绢纺厂与福兴丝厂的工人选出自己的代表，筹办工会。

第三，迅速调派力量，全面接管国民党政府各机关。譬如，由公安局接收警察局、国民党县党部、总工会等7个单位，由文教部接收报社、图书馆、训练所等4个单位，由财经部接收中央合作金库以及税捐稽征处。对这些接收过来的机关，经过人员甄别，市政府留用142人，遣散43人；文教部留用26人，遣散29人；公安局留用105人，遣散186人。另外，积极配合杭州市军管会来嘉兴接收部分单位，这些单位包括国税局、沪杭铁路车站、公路汽车段、蚕业实验所、中国植物油公司嘉兴厂、医院三所等。

第四，在嘉兴的各学校中取消"训育制"，取消军训、童军等课程，对在学生中自动成立的"学联"以及自治会，则促使他们在工作中加以提高。

第五，通过商会、同业公会掌握每天市场行情，初步恢复收税工作；同时召开商人会议，宣布制止投机行为。

第六，帮助电信局、邮局解决困难，促其正常工作，并开始整顿轮船公会以及民船工会，登记、发放通行证，使各航线很快得到恢复。

第七，继续甄别国民党非法武装人员，包括医院中的伤病员。共计1254人得到符合政策的处理。

第八，建立革命政府。庄严宣告嘉兴市人民政府正式成立，同时建立市政府的各科，并成立三个区政府；迅速运用旧有警员职员维持整个城市的交通秩序，以及清洁卫生工作。

嘉兴的新生，如此地有序，朝气蓬勃，令人激动。

当时，嘉兴有诗人这样歌唱：嘉兴返青的禾苗，在遍地红旗的映照下，那样地生气勃勃啊！

确实，正是在杭嘉湖水乡的稻禾返青的5月，艰难的历史实现了一次最为华丽的转身。

几千年来从未有过的嘉兴新纪元，开启了！

百年蝶变

第五章

嘉兴的社会主义建设，欣喜的阔步与暂时的曲折

嘉兴根治血吸虫病，是令人难以置信的莫大奇迹

解放大军开入禾城之时，所见的嘉兴城总体而言，是相当简陋的：街巷稀少，城建薄弱，除了包括"高家洋房"在内的小洋房12幢之外，放眼望去，皆是"一门三吊窗"的二层木板房。而有城外农民入得城来，解放军士兵见了也很是吃惊，问他们怎么人很瘦而肚子一个比一个大，农民回答说这叫"鼓胀病""肚包病""大肚子病"。后来他们才知道这病叫"血吸虫病"。

虽然伟大的1949年使得嘉兴这块水乡沃土在政治上翻了身，但是彼时水乡处处埋伏着的肉眼看不见的血吸虫依旧成团成伙，如常地吞噬着人们的政治喜悦。本应由翻身农民鼓足干劲耕种的水田不见动静，依旧大片大片杂草丛生，没人敢下田插秧。更有一个触目惊心的现象使人们目瞪口呆：50年代初嘉兴县的小伙子为了保家卫国踊跃报名参军，好几万名农村青年参加了体检，结果没有一名体检合格。体检结果皆是脾脏肿大，究其原因，都是血吸虫捣的鬼。来自部队的首长扼腕叹息：偌大一个嘉兴县，无一名合格新兵！

尤其是嘉善这个血吸虫"最剧县"，真的到了"万户萧疏鬼唱歌"的地步。这里举个例子，嘉善县天凝乡翁家坟村一共27户，人口126人，1949年前后的这些年接连死去81人，活着的基本都是老人与妇女。于是有外地精壮的小伙子来这里做上门女婿，先后来了8个，但是三年中就先后死了7个。当地有句流行语是这么说的："不用刀上死，不用绳上死，只要到翁家坟去做女婿，不过三年就要死。"

这个乡的另一个村，叫小桥港村，情况更惨，1949年以前有12户，58人，但到了1949年，其中11户都已死绝，唯一的幸存者，名叫盛玉宝，只因在外地当童养媳，才免遭一死。然而这个盛玉宝，也已经是一个腹大如鼓的血吸虫病晚期病人，后来，经过紧急治疗，动了手术，切了脾，才逐步恢复健康。

在嘉善类似的民谣还有很多，一听就能感受到农村百姓生活的惨状："东宙圩、河泥浜，女勿生，男勿长。做婿不到东宙圩，有女勿嫁河泥浜。河泥浜是只肚包浜、死人浜！""小斗浜，人病田荒。唐家浜，没人姓唐。张家浜是肚包浜，卜家场上鬼歌唱！""头颈极细，肚皮凸起。女人不养，男人有喜。年纪轻轻，一命归西，呒啥稀奇！"

当然，不光是嘉善县，嘉兴地区很多县都面临田地荒芜、人烟断绝的惨况，"死人浜"与"荒田漾"的地理称谓并不是嘉善县才有。

当然，也不光是浙江的嘉兴地区，血吸虫病在新中国成立初期大面积地蔓延于整个长江沿岸，甚至遍及中国南方12个省（直辖市）的350个县（市），患病人数超过1000万，受感染威胁的人口超过1亿。令人心酸的民谣在长江沿岸到处传播："身无三尺长，脸上干又黄。人在门槛里，肚子出了房。""妇女遭病害，只见怀胎不生崽。难听婴儿哭，十有九户绝后代。"由于血吸虫病死亡率极高，群众闻之色变，惊恐地称其为"瘟神"。

血吸虫病肆虐于中国南方农村的触目惊心的现实，引起中央极大关注，其中，最高人民法院院长沈钧儒先生的一封信起了重大作用。

沈钧儒先生是"老嘉兴"，曾为救国会"七君子"领头人、中国民主同盟创始人。他于1953年5月回乡扫墓，并于无锡太湖滨休养，惊见乡野"处处大肚子，家家闻哭声"，极为震愕，心里明白，这种病的流行态势已经很严重了，再不及时遏制，不仅危及社会主义生产，更会大面积地危及人民群众的生命。他询问了不少人，也询问了医务工作者，知道这是由一种肉眼看不见的灰白色线状小虫引起的，虫卵入水孵化形成毛蚴之后，便向水清处游动，遇着钉螺，便钻入钉螺体内进行无性繁殖，生出无数的尾蚴，再从水里钻到人畜体内寄生；传染的速度是非常快的，只要皮肤接触到疫水，十几秒时间就能引发血吸虫病。儿童被传染，正常发育就受阻，有可能成为侏儒；妇女被感染，大多不能生育；青壮年遭感染，便丧失劳动力乃至死亡。

震惊不已的沈钧儒特意委托自己的孙女沈瑜，再在太湖流域做深入调查，汇集各地疫情，形成文字报告。回到北京的沈钧儒在收到孙女的来信，并阅读了触目惊心的疫情调查报告后，思索再三，最后决定直接上书毛泽东主席，以期得到国家最大的重视，最有效地防治住这种可怕的流行病。沈钧儒在这封于1953年9月16日发出的信中，痛切陈述了长江中下游地区血吸虫病流行的严重疫情，并言："个人意见应请卫生机关加以重视，加强并改进血吸虫病防治工作。"毛主席阅信之后，果然高度重视，回函简洁明了，字句虽短却带金戈铁马之声——

沈院长：

九月十六日给我的信及附件，已收到阅悉。血吸虫病危害甚大，必须着重防治。大函及附件已交习仲勋同志负责处理。此复。

　　顺致

敬意

毛泽东

九月二十七日

习仲勋时任政务院秘书长，毛主席知其干练，直接点他的将，由其负责处理中央层面的血吸虫病防治工作；又在同年11月份派出卫生部副部长徐运北去嘉兴，现场调查血吸虫病流行情况。

经过仔细查证，疫情果然触目惊心。

毛主席随之发出了铿锵有力的"一定要消灭血吸虫病"的号召，表达了党中央消灭这一祸害百姓的顽疾的坚强决心。

中共中央根据毛主席的提议，迅速成立了中共中央防治血吸虫病领导小组（以下简称"中央血防领导小组"）。这个小组由卫生部、农业部和华东局相关领导同志以及江苏、浙江、福建等重点疫区的省委书记或省长共9人组成，统一领导南方12个血吸虫病流行省（直辖市）的血防工作。

地方上，有血吸虫病的省、地、县也迅速成立了7人小组或5人小组来领导这项工作。随即，党中央又在上海成立卫生部血吸虫病防治局，与中央血防领导小组合署办公，以加强中央各血防机构之间的配合、协调。

在毛主席的号召与中央政府的严密部署下，中国南方掀起了防治血吸虫病的一波又一波的高潮。嘉兴地区各县、各乡镇，也以最快的速度成立了防治血吸虫病办公室，办起了各级血防培训班，发动群众全面整治河道，消灭钉螺，切断血吸虫的传播链。

嘉兴地区对血吸虫病情和螺情进行了大规模的普查，情况确实触目惊心。还是以嘉善县为例，这个县有161532人接受检查，查出的血吸虫病患者有98948人，患病率高达61.26%。而钉螺的密度，最高的地方，达到每平方尺①450只，按农民的形容，有如"芝麻饼"。

嘉兴地区的第一个群众"灭螺专业队"，出现在嘉善县天凝乡的东方红村。这个村的年已半百的女村民沈金宝，手拍胸脯，毛遂自荐担任了专业队的队长。她从13个生产队中先后挑选了24名姑娘，组成了一支泼辣辣的"娘子军"，也不管别人"一个老尼姑带了一班小尼姑"的说笑，没日没夜地投入了灭螺战斗。

大家都知道，消灭血吸虫的中间宿主钉螺，是防治血吸虫病的一个关键，也就是说，消灭钉螺对消灭血吸虫病具有决定性作用。查螺工作自然是异常辛苦的：钉螺都生长在河滩边、沼泽地、臭水沟、坟场等条件相当恶劣的环境中，查螺人每天都得低头低脸，蹲在河沟与滩地里。时间一长，很多人都头晕目眩，眼冒金星，甚至站都站不起来。

沈金宝后来对人说，她们这个专业队所具有的坚忍不拔的干劲，实际上来源于这个村子深重的灾情。她们很清楚，这个村在30年代有300多户，但由于血吸虫病的严重流行，到1949年，已有110户死绝，

---

① 1平方尺约0.11平方米。

还有25户每户只剩一人。情况就是这样严峻，不把钉螺灭掉，死神就会把这个村子灭掉。也正因如此，沈金宝率领的这个灭螺专业队，不仅人人带着灭螺的狠劲，而且还特别善于开动脑筋，善于创造灭螺的新法。譬如，她们就首创了"灭螺带"灭螺法。这个灭螺法，叫人啧啧称奇，而且效果特别好。

"灭螺带"的全名是"河边覆土灭螺带"，也就是在钉螺密集地带，将有钉螺的泥土铲至河水线以上，然后盖上半尺至一尺厚度的无螺泥土，加以夯实、筑平，形成带状。

这支灭螺专业队所发明的"灭螺带"灭螺法，跨越了人工捕捉、开水烫、火烧这些土办法，将消灭钉螺与调整排灌系统相结合，方法很新颖，效果也很好。这么一来，先进经验就一下子传播开了，临近乡村的百姓都说这个办法灵，能收一劳永逸之效。这个办法后经浙江省卫生实验院寄生虫研究所专家现场鉴定，被认为是水网型地区灭钉螺的有效方法，随后便在浙江全省进行了推广。

后来，这位灭螺成绩卓越的沈金宝队长还作为先进单位的代表，十分激动地坐火车去北京，参加了全国教、文、卫、体方面社会主义先进单位和先进工作者的群英大会。

嘉兴血防工作中的另一个突出人物，就是毕业于国立上海医学院的周学章。此人临危受命，担任嘉兴血吸虫病防治医院的院长，既抓门诊，又抓培训，兼抓科研，三轮齐转。周学章工作团队胆大心细，果断推行"锑剂3日疗法"的科研成果，也就是说，他们把原先需要20天的疗程的一半药物剂量，在3天内，分6次即注射完毕，使疗程大幅缩短，使生活和生产的恢复速度大大加快。

几年以后，《人民日报》传来了江西省余江县消灭血吸虫病的大好消息，也登载了毛泽东主席在夜不成寐之后，欣然命笔而写的《七律二首·送瘟神》名篇：

> 绿水青山枉自多，华佗无奈小虫何！
> 千村薜荔人遗矢，万户萧疏鬼唱歌。
> 坐地日行八万里，巡天遥看一千河。
> 牛郎欲问瘟神事，一样悲欢逐逝波。
>
> 春风杨柳万千条，六亿神州尽舜尧。
> 红雨随心翻作浪，青山着意化为桥。
> 天连五岭银锄落，地动三河铁臂摇。
> 借问瘟君欲何往，纸船明烛照天烧。

毛主席的兴奋之情，以及全国各条战线对于江南血防工作的关注与支持，对于嘉兴的血防工作者而言，无疑是巨大的鼓舞。周学章团队的攻关项目很快就集中在这样的一个新课题上：如何能开发出一种特效药，就像奎宁治疗疟疾一样，直接口服，就能有效治疗血吸虫病？几年以后，这个团队终于与科研力量强大的上海紧密合作，开展了呋喃西林的衍化物"呋喃丙胺"的临床试验。这是一场节奏紧张的"沪嘉联手"行动：上海医药工业研究院里著名的药物学家雷兴翰团队用烧瓶和试管，一克一克地合成了新药呋喃丙胺，到了一定的量以后，即用汽车以最快的速度送到上海火车站客运室，待命的列车长马上就将药送上火车，两个多小时以后，嘉兴火车站站台上，就有嘉兴血防医院的医生等着取药品，然后蹬起自行车火急火燎赶往医院，而周学章团队就将这新药火速带往专用病房，组织病人服用。

在上海与嘉兴的血防专家们对于药效的焦急等候中，喜讯突然就来临了：服用新药的病人体温迅速下降，腹泻和脓血的病状也随之得到遏制。接着，在更大规模的临床应用中，这一新药的疗效也得到了广泛的验证，一波又一波的病人恢复了健康。国际社会为之震惊：由中国人创造发明的第一种西药"呋喃丙胺"，成了治疗血吸虫病的特效药，一举打破了国际上几十年来只能用"锑剂"治疗血吸虫病的铁律。荣誉降临到嘉兴血吸虫病防治医院的头上：1964年，这家医院与其他两家合作单位一起，荣获国家重大科技成果一等奖！

嘉兴的血防工作者与广泛动员起来的群众志愿者，用十年左右的时间，胜利地消灭了全境的血吸虫病，获得救治的病人达124万人。嘉兴广大的水田里，插秧、割稻，夏种、秋收，密密麻麻都是重获健康的劳动力。抽干的水田里打稻机在欢叫，田埂上秧担如飞，晒谷场上的湿稻谷成批摊开，水乡又恢复了真正意义上的"秀水泱泱"。嘉兴农业很快就获得了丰收，而且逐年丰收。嘉兴重新站上为国家提供大量商品粮的重要位置。一项统计显示，从1953年至1990年，嘉兴累计为国家提供商品粮2000多万吨，除本地销售外，净上调商品粮为1300多万吨；每一农业人口平均提供商品粮340公斤，居全浙江之首。

嘉兴乡村送走"瘟神"之后重焕生机的情状，令人极为欣喜。为此，当年的嘉兴地委书记李焕还被特地安排在中国共产党第八次全国代表大会上发言。他在这次重要的党代会上激动地做了嘉兴防治血吸虫病的主题报告，话音还未落，已引动全场掌声一片。

至今，说起嘉兴的"送瘟神"，嘉兴的老年农民几乎一个个都会眼泪汪汪，连声说当年"大肚子"的苦，连声说毛主席号令发得及时，连声说共产党好、社会主义好。

过来人的话，发自内心，都是有说服力的。

国营五大厂接连诞生与新生，
让我们看见了嘉兴社会主义工业的一波惊天大潮

在20世纪50年代，代表着嘉兴经济起飞的国营五大厂的先后诞生，或者"新生"，一直是嘉兴人引以为傲的大事，甚至是嘉兴城实现蜕变的主要象征。

应该说，值得嘉兴人自豪的国营五大厂，确实承担了嘉兴自解放以后经济发展的主要任务。这五大厂是：嘉兴制丝针织联合厂、嘉兴冶金机械厂、嘉兴毛纺织总厂、嘉兴绢纺厂、嘉兴民丰造纸厂。

我们首先说嘉兴制丝针织联合厂，这家厂也就是"嘉丝联"。

"嘉丝联"位于嘉兴东升路，在20世纪50年代嘉兴新建的国营企业中，算是建立最早的，在1951年的元旦便落成了。这家厂一经开工，缫丝机与针织机便日夜轰鸣，生产十分兴旺，每年定下的计划产量，只要生产出来，全不愁销路。也因此，这家生机勃勃的大厂对于嘉兴的年轻女性来说，具有特别大的吸引力。年轻人的大量涌入，也使得这家厂子在嘉兴声誉日隆。嘉兴市民互相打招呼："嗨，我家女儿上个月也进嘉丝联了！"那语音里便是满满的自豪。

占地300多亩的位于东栅甪里街的嘉兴冶金机械厂，当年也是很有气派的。这家厂招工也很多，对嘉兴的男性青年尤有号召力。据说当年嘉兴的每一个大家庭，都为"嘉冶"贡献了一名劳动力。这也说

嘉兴制丝针织联合厂（王友生摄，嘉兴市档案馆提供）

明，当时的"嘉冶"拥有嘉兴最密集的劳动群体。这家雄心勃勃的大厂后来甚至还办有本厂的"企业大学"，社会上的中学毕业生可以直接进这所厂办技校上学，学成后即可分配在冶金厂上班。这条直接成为光荣的工人阶级的道路，简直使嘉兴的中学毕业生蜂拥而至。

位于嘉兴南堰的嘉兴毛纺织总厂，同样诞生于20世纪50年代，准确地说，是于1958年4月正式落成。当时，这家厂还创造了一个"第一"，即浙江省的第一家毛纺工业企业。厂子落成三年后，纺、织、染、整各条生产线全部投产，光是呢绒的年产量便达40万米。厂子的50多种产品，分别获得省优、部优、国优荣誉称号，畅销全球30多个国家和地区，年产值达2400多万元。当时，嘉兴这一毛纺企业，已经建成了自己完整的"小社会"：大到各分厂、各车间、各办公楼，小到各职工宿舍、各澡堂、各食堂，甚至厂办的职工大学、幼儿园，

嘉兴毛纺织总厂（王友生摄，嘉兴市档案馆提供）

一个不落，一应俱全。因此，很自然地，这家社会功能一应俱全的毛纺织总厂，在很长一段时间里，成为众多嘉兴年轻人的职业首选。甚至，街市上有这样的聊天："找对象就要找大厂的，你家孩子在毛纺厂吗？一毛的，还是二毛的、三毛的？"

现在说说嘉兴绢纺厂。这家厂的位置有特点，位于南湖东畔。说起来，这家厂很有历史可溯。本书第二章提到过的杭州纬成公司开办的嘉兴裕嘉分厂，就是"嘉绢"的前身。这家嘉兴最早的现代丝绸厂一直命运多舛，在连年战乱中，几度奄奄一息。

幸亏在枪声大作的1949年，这家工厂迎来了自己的生机，工人们在工厂的大门口插上了红旗。5月7日嘉兴一解放，厂子便立即被宣布由上海接管，作为国营企业，直接隶属于中央人民政府贸易部中国蚕丝公司。军事代表进厂后，迅速进行了一系列改造旧企业的工作，取

嘉兴绢纺厂（嘉兴市档案馆提供）

消了旧时遗留的工人进出厂"抄身制"陋习，并在两个月后，郑重宣布这家厂由"中国蚕丝公司第一实验绢纺厂"改名为"国营嘉兴绢纺厂"。

"嘉绢"作为当时国内最大的丝绸企业，获得新生后，成为嘉兴人人羡慕的国营五大厂之一；20世纪30年代畅销国际市场的"红梅"牌绢丝，恢复了声誉，并且持续旺销；"红梅"牌特级桑蚕绢丝，为全国独有的高级绢丝，口碑极佳，这一产品后来还荣获了国家金质奖。

现在说到五大厂中的嘉兴民丰造纸厂。这家厂的前身叫禾丰造纸公司，位于嘉兴角里街70号。关于这家厂子的生生死死与起起落落，我这里再多说几句。

这家厂子的诞生，其实是很早的。在11位中共一大代表踏上嘉兴的土地，并坐入船舱举行"开天辟地"会议之后的第二年，嘉兴的一位著名的企业家便筹资 36 万元，雄心勃勃地在嘉兴甪里街购地建厂，挂牌"禾丰造纸公司"。这位企业家，就是前文提到过的敢于在危急关头救援韩国英雄金九的爱国人士褚辅成。但令褚辅成万万没想到的是，他的厂子 1925 年正式投产之后，每日生产的 12 吨黄纸板根本销不出去，后来一查，才明白事情的原委，原来他受到了日本纸商的猛烈阻击。日本纸商在"禾丰"的机器隆隆开动之前，便召集各地纸商会聚上海，宣布将黄纸板的销售价剧降 40%，并大搞赊销，向各地纸商抛出足够供应两年的黄纸板，这就是一招致命的绝杀了。褚辅成的"禾丰"仅存活了三年，便因销路堵塞亏本巨大而宣布破产，之后以 28.5 万元的转让价，让上海工商界的知名人士竺梅先、金润庠接了盘。由于这两位的接盘管理，禾丰造纸厂改组为民丰造纸厂，于 1930 年春正式成立，次年生产以"帆船"为商标的黄纸板，后来又增加花式纸板的生产，接着又购买了一台卷烟纸机，开始卷烟纸生产。由于厂子实行多产品经营，日子便略略好过起来。

但是，这家多灾多难的厂子在抗日战争时期，无可避免地遭遇了灭顶之灾。日本侵略者对民丰造纸厂垂涎三尺，步步紧逼，明目张胆地将厂子占为己有，1942 年后改为强租，牟取暴利。

而 1945 年后终于摆脱了日寇魔爪的民丰造纸厂，局面也很可叹。这家厂迎来的不是机遇，而是厄运。由孔、宋两大家族撑腰的扬子公司大举低价倾销美国卷烟纸，致使民丰造纸厂生产的卷烟纸大量积压，销售无门，不得不改制文化用纸以资维持。

民丰造纸厂的蓬勃生机，当然是在 1949 年以后焕发的，而且一发而不可收。这家厂子生产的各类纸品，忽然有了全国的广阔市场，生产多少便能销售多少，全厂上下为之喜悦。但民丰造纸厂并不满足于

20世纪30年代，禾丰造纸公司二车间（嘉兴市档案馆提供）

20世纪50年代的民丰造纸厂（嘉兴市档案馆提供）

传统纸品的旺销，又铆起劲儿在新产品的试制方面下功夫，他们知道创新是一个企业的生命力所在。终于，1955年和1956年间，由于技术人员与工人的不懈联合攻关，民丰造纸厂生产出了第一张国产电容器纸和描图纸，填补了国家在这方面的空白，整个厂子顿时锣鼓喧天。嘉兴民丰造纸厂的员工收入，一度达到了整个嘉兴的第一位。

当时，嘉兴人有这样开开心心的对话："晓得哇，我家两个儿子都在民丰哩！""啊唷，你真惬意得来！"

嘉兴这五大厂，是嘉兴人永远抹不掉的工业记忆——其实也不仅仅是工业记忆，还是整个嘉兴扬眉吐气站起来的新生记忆，是农业嘉兴向工业嘉兴、现代化嘉兴迈进的标志性记忆。

嘉兴的各项事业都在阔步前进，齐崭崭的脚步声令人振奋

不仅是嘉兴的国营工业生产阔步前进，步入社会主义建设时期的嘉兴的其他各项事业，放眼望去，也都开始焕发出勃勃的生机。

通过没收官僚资本，建立国营企业，加上实行土地制度改革，废除封建土地所有制，嘉兴国民经济发展的势头显见得越来越好。

嘉兴的农民本来就朴实勤快，都是精耕细作的好手。稳定的农业政策，以及农技人员"科学种田"的指导，使得嘉兴水稻的亩产量越来越高。嘉兴地委和县委也及时总结推广了一批粮食亩产600斤、800斤的丰产典型经验，大力推广以水稻密植为重点，以防治病虫害、积肥施肥、兴修水利、选用良种为主要环节的增产措施，并且号召开展轰轰烈烈的社会主义劳动竞赛。一套组合拳打下来，果然立竿见影，

丰产试验田（嘉兴市档案馆提供）

连着几年，嘉兴农业生产都捷报频传，稻谷持续丰收，尤其是双季稻面积扩大到近100万亩，占了水稻总面积的四成，大幅提高了收成，农民喜笑颜开。

在嘉兴国营企业获得飞速发展的同时，嘉兴各私营企业也实行了全面的民主改革，一律废除工头，取消雇用童工、抄身、打骂等侵犯工人人身权利的旧制度，实行8小时工作制，全面推广职工劳动保险制度。这些有力的措施，获得了工人普遍的欢迎，连企业主也不能不由衷地称赞：没想到这么做了以后，生产积极性不仅没有下来，反而更高了。

这一阶段，嘉兴教育卫生事业的发展，也是迅速的。适合各项社会主义建设的新建学校雨后春笋般出现，如嘉兴农业技术学校、嘉兴卫生技术学校、工农干部文化补习学校等。嘉兴的农村也大办"冬学"，动员农民在冬季农闲时间讨论时事、学习文化。据统计，20世纪50年代初，嘉兴各县"冬学"的入学人数多达10万。在此之前不识一个大字的嘉兴老农说："真的是感谢共产党，不仅让我们做社会主人，还要叫我们讨论国家大事，摘我们头上的文盲帽子，这日子真的是好过了。"

嘉兴解放之时，仅有公立医院一所，各县也只有一所卫生院，而自1950年开始，地区和各县就设立了效率很高的卫生管理部门，组织兴建各类医疗卫生机构。至1952年，各县已有各种医疗卫生机构234个，比1949年增加了17倍；其中综合性医院4所，县区卫生所51所，妇婴保健所30所，血吸虫病防治所和结核病防治所12所。尤其为嘉兴人称道的是，嘉兴还兴建了一家老百姓从未听说过的"嘉兴产院"，专管人丁兴旺的大事。说起来，这家产院还是浙江省的第一家妇婴专科医院，嘉兴的妇女们先于省内其他地区的妇女得到了这项不可小视的福利。

统计数据表明，到了1958年，嘉兴的工业、农业、商业均创造了历史最好水平。嘉兴的乡镇工业也从这个时候开始起步，有了自己初步的斩获。

显然，"鱼米之乡"这一代表富庶地方的概念，又名副其实地回到了这片锦绣之地，而且内涵更加丰富了。

夏家的草屋变成黑瓦白墙，自然是翻身的象征

夏家的草屋翻建成有5间房的青砖大瓦屋，这件大好事，是在瘸脚的夏二富彻底治好血吸虫病的次年发生的。

要说夏二富血吸虫病的患病程度，几乎是全村坊最严重的，人瘦得像鬼，肚子胀如孕妇，还常吐血，急得他家婆招娣连着一个月地

哭，眼皮都肿得张不开。

嘉兴人把血吸虫病的初级阶段称作"黄胖"病，"吃得做勿得"，应的俗话叫"黄胖打年糕，吃力勿讨好"；而到了"水鼓胀"的阶段，基本上就是无药可医了。

正因为夏二富病到了这个程度，所以招娣每夜都哭。

招娣三更天在家里哭，白日在村坊里做生活却劲头十足。招娣身为灭钉螺的妇女突击队队长，每天身先士卒，肿着眼皮带着一帮姑娘千方百计灭螺。她们开始用的是土办法——人工捕捉、开水烫、火烧，后来学习邻村的"开新沟，填老沟"灭螺思路，采用新的"灭螺带"灭螺法，填沟开沟一搞，果然效果明显。招娣白天这么一忙，家里的烦心事也丢在了一旁，一心一意灭螺，连她两个读小学的女儿大花与小花放了学，也都会急急奔来帮母亲挖泥夯土，母女三个都忙成了泥人儿；但只要回到家，见到床上精干巴瘦的大肚子丈夫，招娣抑制不住的伤心劲就上来了：药也吃了，针也打了，腹水越来越多，莫非真像别人提醒的，好准备后事了？

夏二富抖抖索索抓住家婆的手说："招娣，我吃勿消了，我要走了。"

招娣说："勿要瞎讲。"

在嘉兴县政府当干部的夏三富开着吉普车颠颠簸簸来村坊好几次，有一次还带来两个医生给二哥做会诊。其中一个医生夏二富见过，十三年前是自己的三阿弟亲自用自行车带他来家里给父亲治病的，结果还没进门父亲就过世了。夏二富见到这位姓周的医生就上气不接下气地说："如今也没法子了，只靠你救命了，只靠你了。"

这位有经验的周医生现在已是嘉兴第一人民医院的负责人，也是有名的血吸虫病专家。周医生一边好言安慰病人，一边把夏三富拉到门外，说："你阿哥的病虽已到了晚期'巨脾'阶段，不过，也不能说绝对没救。他现在的身体衰竭，是由于反复发高烧体力耗尽了，但基本的脏器，应该说，还行。"

夏三富说："既然还行，那就一定救，我二哥的命就托给你了。"

周医生说："药呢，我们还是有的，但是有一定的试验性。"

夏三富连声说："试试试，周医生你只管试。你没见我嫂子哭得眼皮肿，都肿得看不见人了，她还是村里的灭螺突击队队长呢。"

周医生说："那就这样吧，我们嘉兴血吸虫病防治院最近研制了一种西药叫呋喃丙胺，我们认为比注射酒石酸锑钾管用，我们就为你二哥做一套方案吧。"

周医生话音还没落，招娣就冲出门外朝周医生跪下了，说："快做，快做，动作快点，医生，求求你了。"吓得周医生一把把招娣扶起来，说："你还是突击队队长呢，突击队队长可不兴跪。"

城里来的医生与乡里派驻村坊的血吸虫病防治工作队一起研究了救治方案，中西药一起上，让病人既服用呋喃丙胺，又喝药汤。他们自信地对招娣说："我们相信，这么治下去，一定会有起色。"这话让招娣激动得又想哭，连声说："救命菩萨啊，救命菩萨啊！"城里来的医生纠正说："救命的不是菩萨，是呋喃丙胺。"

新药还真管用，奇迹出现了：二十天之后，夏二富已经能够坐起来，从女儿手里捧过饭碗慢慢喝下半碗粥；一个月出头，夏二富的肚子看上去已明显小了一围，屋里屋外能走动了，尽管人还是像猴子一样精瘦。

四个月之后，夏三富的吉普车再开来村坊，见他的二阿哥已经瘸着脚在谷场上帮着晒谷了，大肚子完全不见了，脸也圆了。

入冬，夏二富与妻子招娣一起参加了"冬学"，没两个月，已识字好几百个。有些不懂的字，两个女儿大花与小花抢着辅导，所以他俩的进步比别的村民都快，后来就上了全乡的学习积极分子红榜。

次年秋天，夏二富起房成功，原先的草屋翻建成了有5个房间的青砖大瓦屋。起房造屋这件大事，全村的劳力当然都来帮忙的。尤其是上梁那天，更是热闹，只见泥水匠、木匠中的两位当头师傅，一人一头抱起正梁，边爬边唱《上梁歌》：

> 主家请我来上梁，走进堂屋四四方。脚踏云梯步步高，登上新屋亮堂堂。仙桃堂中累累挂，主家富贵万年长！

不仅当头师傅唱，夏二富在下面也跟着哼哼，心里开花，一大朵又一大朵。这时候炮仗就响了，有八响炮，也有百子鞭，看热闹的都喊："上梁大吉，上梁大吉！"

搁上屋顶的正梁落榫的时候，两位当头师傅就把夏二富事先准备好的装在米斗里的米粒、麦粒、硬币哗啦啦倒下来。夏二富早就让家婆招娣与两个女儿张开了一床被面子，一家四口拎着四只角，将所有的米粒、麦粒、硬币全接着了。这时候全场就爆发欢呼，所有人都直起嗓子喊："金斗接着财宝喽！"

夏二富一家接着"财宝"之后，马上就把四仙桌上供着的一批元宝形状的年糕"上梁元宝"以及各色果品，使劲往四面八方抛送，弄得大人和小孩一阵哄抢，整个屋子闹得要翻天。同时，两位当头师傅拉大嗓门唱：

一只糕来两头翘，两头翘来像元宝。今朝当家财星照，团团四周掼元宝！

上梁顺利完成，夏二富开心地打开一坛自酿的米酒，对众人说："我夏家从今天起，算是翻身了，翻了个大身，全靠大家帮忙。想我阿爸，为我们三兄弟取名大富、二富、三富，就盼夏家有朝一日能富，但旧社会，不要说富起来，一年一年的日脚都难过啊！最后，落个家破人亡，我家后院里的五口坟，大家都是看见的。说个啥道理呢？道理就是，解放了，共产党来了，我们才能一步步地富。我夏二富呢，还能消了鼓胀病，从鬼门关爬回来，才有今天的上梁。大家喝酒，大家喝酒！"

众人都举起酒碗说，一样一样，都是托共产党的福。你夏二富今天盖新房是先走一步，接下去，全村的茅草屋都要变青砖大瓦房啦！

就在大家闹哄哄喝夏家上梁酒的这一天，夏家又发生了一件大家都意想不到的事，招娣十多年未见面的流浪老父亲突然出现在夏家院子门口。

老人迟迟疑疑地说："这塘边，原先是草棚，这一家还是姓夏吗？"

招娣大叫一声阿爸，发疯般冲了上去。

父女俩抱在一起，失声痛哭。

夏二富一个劲地喊老丈人，说："我的老丈人啊，我们有新房子啦，今天是上梁啊。你老人家再不用东奔西走了，就跟我们住吧，从今以后，大家就聚在一起过宽心日子吧！"

招娣急忙把两个女儿拉到身边说："快叫外公，快叫外公！"大花迟疑着不肯叫，小花也迟疑着不肯叫，憋了老半天才叫。大花小声说

"外公好"，小花叫"外公好"之后还行了个少先队员的队礼。

老人又哭了，说："你们这么叫我，我兜里也没一张钞票啊！"

夏二富敞着嗓门说："啥钞票啊！喝酒，喝酒，我敬老丈人三杯！"

嘉兴社会主义建设事业所出现的热潮、波折，以及自我疗救

不可否认，全国"大跃进"期间所吹拂的"浮夸风"，以及后来发生的造成十年动乱的"文化大革命"，都给嘉兴的社会主义建设事业带来了严重的挫折。在非常时期，"鱼米之乡"鱼少了许多，米也少了许多。

对这一时期嘉兴社会生活的分析，须从两方面看。一方面，由于受全国"左"倾思潮的严重干扰，经济建设的很多方面遭到了人为的破坏，损失很大，令人痛惜；另一方面，勤劳的嘉兴人民始终以自己不变的热情与智慧，以最大的努力，克服困难，持续为水乡描绘锦绣图画。

这里，就要说说千军万马战天斗地的嘉兴"红旗塘"建设工程。

这项旨在水乡排涝的意义重大的水利工程，是1958年由中共嘉兴县委吹响号角的。

这嘹亮的号角不能不吹。因为就在前一年，地势低洼的嘉兴已有30万亩水田遭受内涝，损失惨重；其实，更早几年，内涝险情就不断出现，尤其是1954年发生的那场为时50余天的特大洪水，造成嘉兴

城内几乎所有街巷都积了水，市民卷着裤腿走路，好些街巷直接成为河汊，小船梭行；嘉善县更是重灾区，良田 40 万亩被淹，当年损失粮食 7000 多万斤。

由于嘉兴境内河网密布，地势低平，平均海拔 3.7 米（吴淞高程），因此千百年来，洪涝一直是嘉兴最严重的自然灾害之一，历朝历代都头痛，都治，但都治不彻底，水魔说来就来，毫不留情。

到 1958 年年初，情势益发紧急了。北面的江苏开通了太浦河，成功地使境内"涝水东泄"，然而这么一来，嘉兴的北排水道却被大面积阻断，险情陡增。据统计，由于"黄浦太湖结成亲"这一"婚事"，堵坝、并圩、筑堤、建闸各种"结亲"程序一起上，竟使得苏州塘以东的、现嘉兴市地界的 58 条北排水道中，多达 31 条被阻断，这就使得嘉兴北部的 70 余万亩农田直接面对涝情威胁。

因此，嘉兴不能不立即吹响战斗号角，不能不立刻拉开规模浩大的"引水入浦"的红旗塘工程序幕。

红旗塘规划全长 26.19 公里，西起嘉兴老油车港西首的沉石荡，向东横穿嘉善县北部，再东接上海境内的大蒸塘，由园泄泾入黄浦江，建成之后，排水区域可达 1040 平方公里。

嘉兴县委下达文件紧急动员之后，嘉兴城乡人民蜂起响应。大家都明白利害所在，这是一场生死攸关的家乡土地保卫战。

1958 年 12 月 27 日是个激动人心的日子，虽然北风凛冽，冰寒彻骨，红旗塘的首期工程还是在一片红旗的海洋中依照计划轰轰烈烈展开了。西起南汇公社殷家港，东到西塘公社的和尚塘，长达 15 公里的工地上，响彻南汇、双桥、塘汇、新塍、建设、南湖、天凝、魏塘等 17 个公社的 3.5 万余名民工"人定胜天"的口号声。

　　纪律严明、干劲冲天是这次水利大会战的显著特征，原因之一便是施工队伍一律按团、营、连、排、班实行军事化编制，由工程指挥部统一指挥，实行大兵团作战。

　　这次水利大会战的艰难程度，也是人们至今难以忘怀的。20世纪50年代，如此之大的水利工程却无任何重型机械装备配套，没有铲掘机，没有卡车，没有吊车，工地上甚至都不通电，全靠民工长满厚茧、紧握锄铲的大手与敢挑重担的铁肩。就是这样一支几乎赤手空拳的队伍，牵着一条大河一寸一寸往前走。

　　这条冠以"红旗"名号的人造河流一寸一寸地往东突围的时候，每天所听到的，都是两岸此起彼伏的有节奏的号子："开好红旗塘，多收万吨粮""比一比、赛一赛，力争上游当模范""宁可掉下一层皮，也要多挑十担泥"；每天也能听到充满豪气的歌声："三万民工齐动手，战鼓咚咚鼓干劲，民工们头顶星星脚踏冰，半夜三更当天明。装泥好比平湖人抛西瓜，噼里啪啦，啪啦噼里，眼睛一霎装满车子去，要让黄浦太湖结成亲"；而每天所看到的，都是按军队序列所编排的民工队伍肩挑泥担一步一撑地咬牙爬坡，或是装满冻泥的手拉钢丝车那种艰难的迂回前进；工地上所有民工的棉袄都已换成单衣，所有的单衣都被汗水湿透，单衣上的汗水又被寒风吹成冰碴子。

　　都说社会主义的优越性之一，是能集中力量办大事。在大规模农田水利工程建设上，这一优越性体现得特别明显。

　　红旗塘一期与二期工程的全部结束，是在1960年6月。修成的红旗塘河面宽100～116米，水深3～5米。对嘉兴而言，这是一条相当重要的水上运输通道。更重要的是，红旗塘对两岸的灌溉、蓄水、泄洪，发挥了关键的调节功能。红旗塘工程挖出的土方，如果筑成高、

红旗塘建设工程现场（嘉兴市档案馆提供）

宽各1米的长堤，可长达7500公里，足可横贯整个中国；若竖起来，便是一座铭刻嘉兴农民功绩的耸入九天的丰碑。

嘉兴的许多老人回忆起红旗塘建设工程，讲到那段激情燃烧的岁月，至今还会热泪涟涟。他们的回忆里，都是热情、忘我、意志，以及对家乡刻骨铭心的感情。尤其是工程竣工那年，国家处于经济困难时期，民工的口粮与副食品供应严重不足，而工程任务艰难依旧，就在这种困难状况下，面黄肌瘦的水利勇士们依旧打着猎猎的红旗，挑着沉重的泥担，高高挥动铁锄，每天从事如今难以想象的繁重体力劳动。他们中许多人积劳成疾，严重到一病不起的也有不少。

这个由嘉兴勤劳顽强的农民所构成的从无怨言的功勋集体，应为当今的人们牢牢铭记。

在嘉兴的水利建设史上，红旗塘是一座丰碑。在红旗塘之后的数十年里，嘉兴又陆续铺开了意义重大的"南排""北排"以及圩区建设、市区防洪"大包围"等一系列大型水利工程。这一系列工程的先后竣工，有效地驱离了千百年来兴风作浪的"内涝水魔"。历朝历代为之头痛的洪涝灾害，在奋勇投入社会主义建设的嘉兴人民面前，终于消弭。嘉兴地区永久地保证了自己"秀水泱泱，稻禾飘香"的丰收画面。

客观地说，在"浮夸风"吹拂的"大跃进"年代里，尽管有嘉兴人民的艰苦奋战，以及由这种奋战所带来的胜利成果，但是嘉兴整体的社会主义建设局面，还是不可避免地遭受了重大损失。

嘉兴当时所制订的发展计划，受全国"赶英超美"的"大跃进"形势裹挟，背离了经济发展的客观规律，"快"得不切实际。当时的十年蓝图是：争取十年内全区建成化学、钢铁、农业机械、森林、丝绸、毛纺和皮革制品、仪器等七大工业基地，在农村实现电气化、机械化、交通化、水利化。

在这种"大干快上"的气氛中，嘉兴各地的早稻亩产量由于"摆擂台""放卫星"等手段的"鼓励"，越报越高，越来越离谱。有的地方，400多斤的亩产，轻易就被吹嘘到令人难以置信的"双千斤"。这种吹嘘与浮夸在当时非但没被批评与制止，反而受到褒奖与鼓励。1958年8月召开的嘉兴地委会议还群情激昂地提出了这样不切实际的奋斗目标："争速度、反右倾、鼓干劲、拔白旗、插红旗，猛干三个月，确保全区晚稻亩产超双千斤，力争2500斤。"

随之而来的人民公社化运动，其措施则更加"革命"，竟要求社员将自留地、牲畜、农具全部交出，无偿归集体所有。人民公社的生产实行大而无当的"五个统一"，即统一领导、统一计划、统一经营、统一核算、统一分配；同时，大办食堂、托儿所、幼儿园，实行"吃饭不要钱"的"共产主义政策"。据统计，嘉兴全地区共办食堂将近3万个，其中嘉兴县办了4470个，在食堂就餐的农户占全体农户的95%。

超越社会发展规律的所谓"大跃进"，带来的必然是令人扼腕的消极后果。粮食高估产、高征购之后，嘉兴农村就出现了严重的缺粮现象，许多农民由于饥饿与营养不良患上了浮肿病；有的地方又重现了久已绝迹的逃荒现象，比如嘉善在青黄不接时期就出现了相当多的逃荒农民。当时，患饥饿病的人亦不在少数。

这一情况甚至惊动了毛主席。为慎重起见，毛主席特意派出了自己的秘书赶到嘉善调查。

也正是各地调查报告所反映的惊心事实，让中央及时下达文件，纠正盛行于全国各地的"'共产'风、浮夸风、命令风、干部特殊风、对生产瞎指挥风"这"五风"现象。嘉兴县也在1960年的6月召开县委扩大会议，分析出现饿病、逃荒现象的原因，检查领导责任，总结经验教训，研究防治措施。嘉兴地区与各县专门拨出一批粮食、营养品和救济物资，紧急解决断粮户的问题，同时组织600余名医护人员，迅速下乡治疗浮肿病人。在这年的年底，全嘉兴地区还抽调了6000多名干部，组成工作队，下到"五风"严重的10个公社、600多个生产队，贯彻中央关于纠正"五风"的指示，整顿干部作风，落实经济政策，完善农村"三级所有，队为基础"的体制，以图较快地恢复鱼米之乡的元气。

1961年的年初，中共中央办公厅副主任田家英受毛主席的指派，专门率领中央调查组，到"五风"严重的嘉善魏塘公社调查。说实话，这次魏塘公社被选中"蹲点调查"，也是件令人扼腕叹息的事情。情况是，毛主席要求田家英率领调查组到浙江后，分别选一个最好的生产队和一个最差的生产队进行调查，而田家英根据浙江的实际情况，选了一个"最好的生产队"，即富阳东洲公社五星生产队，同时选了一个"最差的生产队"，即嘉善魏塘公社和合生产队。

可见，向来土地肥沃、气候适宜、水资源充足的主要产粮区嘉善，竟然出现了粮食严重减产、农民生活陷入困境、社员口粮每天只有半斤、饿病饿死人数激增的令人惊愕的生产队；也可见，号称鱼米之乡的嘉兴刮"五风"的后果有多严重。

田家英率领的调查组直接到了"病情"严重的和合生产队，串门访户，与农民同吃同住，睡在用稻草搭的"柴地铺"上，深入了解各种情况，取得了大量第一手材料。田家英还亲自钻入这个生产队第四小队副队长王老五所居住的草棚，与这位贫农细细聊了三个多钟头，相当深入地了解了农村的现实情况。而且，调查组还发现，村民白天去村里的食堂打粥，晚上就将这打回的粥，与胡萝卜以及原先用来喂猪的"羊头草"一起，再烧成糊状进食，以解肚饥。显然，在这次调查中，眼见身处鱼米之乡的农民无米下锅，田家英的心情是极其沉重的。

十多天以后，田家英便与当时的浙江领导同志一起，向在杭州视察的毛泽东主席做了详细的调查汇报。汇报的内容，应该说是实事求是的，也是深刻尖锐的。田家英认为，和合生产队之所以成为"最差生产队"，就是"五风"危害的结果。这个新中国成立后原本每年能提供100万斤商品粮的生产队，经过1958年的"大跃进"与人民公社化运动之后，"上面吹牛皮，社员饿肚皮"，粮食生产逐年下降，1960

年，这个生产队的粮食亩产量竟然下降到了291斤，还不及新中国成立之前。生产队出现了触目惊心的人瘦、牛瘦、田瘦、船漏的"三瘦一漏"现象，也出现了社员饿病逃荒的严重问题。

当时，浙江省委的领导同志对在1960年嘉兴县发生的饿病逃荒事件做了检讨，承担了责任。

之后，田家英又以书面形式，将多达4万多字的《魏塘人民公社和合生产队调查》向毛主席汇报。毛主席在读到这份报告的时候就说，看来食堂越快解散越好。

田家英在嘉兴的这次调查，是一位共产党员关心人民疾苦、坚持真理、实事求是的典范，就像他在一次碰头会上说的那样："在工作中，上面的决定、指示和下面的实际不符，发生矛盾的时候，就要从实际出发，为人民的利益，坚持真理，修正错误，不要怕丢乌纱帽！对上负责与对人民负责应该是一致的。"

之后，毛主席就纠正"五风"问题，以及调整农村生产队规模等问题，做了一系列重要指示。一个月以后，党中央就公布了一份名为《农村人民公社工作条例（草案）》的重要文件。这个文件俗称"农业六十条"，对当时遭受严重伤害的中国广大农村而言，不啻是六十声充满希冀的春雷。

在党中央纠正1958年工作错误的背景下，以及在中央调查组的具体指导与关心下，嘉兴地区贯彻"农业六十条"的各项举措是及时的，纠正"五风"的行动也相当果断。各地再不吃大锅饭了，各项工作也不升"虚火"了，各项生产的指挥也都实事求是了。农民普遍反映，现在的政策"很解渴"，生产积极性便有了迅速的提高。杭嘉湖水乡农业生产的元气在1961年春风的阵阵吹拂下，重新得以升腾，田野一片葱绿，禾苗长势喜人；而到了1962年，嘉兴的农业生产可以说已全面恢复，农业总产值与1960年相比增长了三成；而1963年至1965年，又连续获得了三年大丰收。1965年与1962年相比，农业总产值又增加了近五成。

显然，只要政策对头，勤劳聪慧的嘉兴人必能于锦绣大地收获丰年。

当时，嘉兴的连年丰收，引动了全国瞩目。中央人民广播电台的节目里经常有嘉兴新闻。各地记者也纷纷前往嘉兴采访，采访之后皆是一脸激动。

1965年的夏天，北京的全国农业展览馆人头攒涌。这里开设的一个专馆，吸引参观者踊跃前来。这个专馆的展出主题是"水乡春潮逐浪高——浙江省嘉兴县三年粮食总产年递增一亿斤"。在激动人心的文字、照片、数字面前，各地记者相机的镁光灯闪个不停。新华社还为此向全国发布了这份振奋人心的喜讯。

但随之，很不幸，社会主义建设中的重大曲折又一次出现。国家利于经济生产发展的方针政策还没有延续多长时间，造成社会空前动荡的"无产阶级文化大革命"又开始席卷杭嘉湖水乡。1966年9月16日，嘉兴一中高三（4）班贴出题为《炮轰嘉兴县委》的第一张大字报，揭开了矛头直指领导机关的"文化大革命"序幕。接着，嘉兴各界几乎所有企事业单位，都成立了大大小小的"革命造反"群众组织，接着便形成了"联总指"与"革联司"两大派，从"文斗"发展成"武斗"，乃至酿成人亡事件，社会的动荡程度令人咋舌。

应该说，为时十年的内乱，给嘉兴带来的灾难是深重的。社会混乱，经济停滞，文物毁损，群众分裂，"武斗"成风。工农业生产的惨重损失，令人心痛。

嘉兴在"大跃进"中走过的曲折，以及后来在十年"文化大革命"中所遭受的挫折，都使得自身经济元气大伤。从市政建设方面看，城乡面貌的改变在那一阶段也相当缓慢。放眼嘉兴城区，基本还是1949年前的12座"老洋房"格局，并无大的起色，以至于1964年"五芳斋"粽子店在勤俭路造了一幢三层的砖房，嘉兴市民看了都纷纷停步，神情大为惊异：哇，嘉兴造洋房了！

百年蝶变

第六章

嘉兴是改革开放大潮中极其出色的弄潮儿

头脑机敏的嘉兴人，在改革开放之中就与上海联动起来

嘉兴生机的真正勃发，得益于中国的改革开放大潮。日夜舐舐着嘉兴的万马奔腾的钱江潮水，终于在全国人民学习党的十一届三中全会的公报的时刻，获得了真正的人文意义。

淳朴而头脑机敏的嘉兴人毫不犹豫地走到了时代的前列，甚至以大无畏的"弄潮儿"姿态站立在了改革开放的潮头上。嘉兴人的生性，本来就蕴含"野稻"般随处勃发的生命力，所以，他们后来的蓬勃长势与处处飘香，是逻辑的必然。

郑新健就是这样的一株"野稻"。这是一位极普通的嘉兴年轻人，他其时正"野"在上海街头摆地摊，靠贩卖邓丽君的歌带维持生计。他供职过的那家乡镇企业由于生产设备与管理手段的落后已经濒临破产，所以他这位采购原料与推销产品的业务员只能另谋出路。当时他与一位"上海师傅"的相识是偶然的，但两人所发生的观念上的共鸣却是必然的。上海师傅鼓动他合伙办企业，说"我有生产手套的技术，你有供销路子，你跑了这些年业务，你的关系网就是最好的资

源，我们若是合办一家手套工厂，一定有奔头"。

于是，一家生产手套的私人合伙型的小企业，在嘉兴应运而生。

改革开放初期，上海确有不少手握技术的"上海师傅""星期日工程师""退休技术员"，扩散到上海的邻近地区寻求发展机遇，这一寻求，往往就与头脑机敏的嘉兴人一拍即合，从而催生出遍布嘉兴大地的烁烁闪闪的星星之火。用那位十分看重郑新健的"上海师傅"的话说，就是"你们嘉兴人懂规矩，头脑活络，为人实在"。

上海人看明白了嘉兴人，年轻的嘉兴人也看明白了经验丰富的上海人。

情况确实是这样。嘉兴地处上海南翼，两地相距仅100公里左右。长期以来，两地人缘相亲、文化相融，人流、物流与信息流，川流不息。显然，改革开放初期的上海搏动与嘉兴搏动，几乎处于同一频率，而上海人的精明和机敏，与嘉兴人的聪明与实干，很能谐振。

随着嘉兴乡镇企业、民营企业的大步发展，嘉兴与上海的联系愈加密切。企业每逢技术难题，首先想到的就是上海亲朋以及那些热情洋溢的"上海师傅"、"星期日工程师"与"退休技术员"，而来自上海的合作，也使得嘉兴的企业在发展的速度与精度上，能得到比较牢靠的保证。

1987年10月，嘉兴举办了首次大型技术洽谈会，邀请上海市政府的有关部门及上海石化总厂、宝山钢铁总厂等企业界人士参加。洽谈会声势很大，会上达成的合作意向很多。1991年8月，嘉兴与上海的徐汇区签订了缔结友好城市协议，这是第一份沪嘉两地政府间的合作协议。

聪明的嘉兴人紧盯住上海不放。1990年，党中央做出了开发上海浦东的战略决策，以上海为龙头的长三角地区将成为中国经济的发动机这一态势刚明朗化，嘉兴立即抓住机遇，做出"接轨上海"的战略决策，提出"发挥优势、拓展外向、开放乍浦、双线联动、接轨浦东、服务全省"的24字方针，使嘉兴进入了一个自觉接轨上海的新阶段。

自然，随着嘉兴改革开放的深入，郑新健所办的小小的手套厂早已不在，嘉兴当年的郊区也成了城区，取而代之的是规划有序的经济技术开发区。

嘉兴与上海的合作，也从原来的硬件接轨转到思想观念、政策、环境等方面的软件接轨。2004年8月，嘉兴与上海浦东新区签订友好市区协议，把两地的人才、产业作为接轨的核心内容。当年的"上海师傅""星期日工程师""退休技术员"纷纷变成了嘉兴企业的股东，直接参与企业的决策、经营与管理，两地的人才、产业实现了真正的"一体化"。

秀水泱泱的田野，当是催生民营企业家的天然摇篮，嘉兴轻工业产品"四大名旦"轰动上海

秀水泱泱的嘉兴乡野，由于实行家庭联产承包责任制全面到户的改革政策，顿显生机，农业普遍丰收，涌现出一群又一群喜笑颜开的农民"万元户"；而乡镇企业，在这片稻浪翻滚的土地上，也自然地得到了催生。

好的政策，就是阳光雨露，不仅稻田的庄稼长势喜人，工业的长

势也有了雨后春笋的景象。

国家鼓励民富的经济政策，让头脑机敏的嘉兴农民有了很多匪夷所思的创业设想。

说说"足佳皮鞋"的奇迹。当时桐乡县青石乡东田村的农民兄弟俞敬民，就是这样一个对商机特别敏感的人。在国家刚宣布改革开放不久的1979年，他就从水田里拔出双脚，准备进入工业。他知道转换赛道的时机到了。当时，他听说江苏有个地方皮鞋做得好，便敏锐地感觉到皮鞋领域潜藏着一个大市场。他认为，在中国，有越来越多的常年穿草鞋与穿布鞋的同胞，在逐步摆脱贫困之后，必有穿皮鞋的渴求，抓住这一商机必有前途。这么一想，他立马行动，带上15个农民兄弟与1个厨师，迅速赶赴江苏学习制鞋。俞敬民信心满满地带人学习，接着又信心满满地返乡创业。他回到东田村后，马上创办了一家原料与市场两头在外的制鞋企业，取名"足佳"。如今，"足佳皮鞋"通过近半个世纪的迅猛发展，已经成了中国鞋业一个响当当的品牌，甚至可以称之为皮鞋巨无霸。

目前，位于嘉兴桐乡洲泉的红红火火的足佳鞋业市场，每天都吸引着来自全国各地的客商与购买者。这个占地90亩、经营铺位超过1000个的市场，旺销着洲泉镇以及周边几个乡镇的千家鞋企的产品。显然，所有这些"原料与市场两头在外"的鞋企，都是紧随俞敬民的"足佳"所萌发的雨后春笋。这一千家鞋企如今每年生产各类皮鞋3000万双，产业总产值达40亿元，从事制鞋及其相关行业的人员有2.5万人之多。

一时间，像俞敬民这样拔脚自农田的英雄豪杰，在杭嘉湖水乡纷纷崭露头角，放眼望去，到处都能见着改革开放时代既缜密细心又胆

足佳鞋业市场（桐乡市档案馆提供）

魄过人的嘉兴英才。

譬如，嘉兴田乐乡的农民汝金生和汝掌生，在80年代初，从用500元钱购来的两台二手铁木织机起步，开始在家中织头巾纱，很快就带动了整个田乐乡，接着又带动了周边的乡，成了造富一方的"万台织机带头人"。

譬如，与嘉兴农民汝金生、汝掌生同时起步于1983年的海宁许村镇荡湾村农民沈咬荣，果断联合16家农户，凑资14万元，摇着木船到杭州买来三台被大厂淘汰的二手木机，创办了"荡湾村联合纺织厂"，海宁的第一家联户企业由此诞生，也催生了如今整个海宁红红火火的家纺产业。

譬如，彼时嘉兴大桥乡农民朱贵法和村民集资6000元，创办"中华化工厂"，这个厂子目前已发展成为中华化工有限责任公司，是全国香料、香精制造业的龙头，其生产的香兰素、乙基香兰素、邻硝基氯苯、二甲基苯胺等产品畅销美、英、法、意、日，年销售额已达20亿元，朱贵法本人也获得了全国劳模的荣誉。

譬如，也是在1983年，平湖新仓镇二十岁刚出头的李勤夫以一笔2000元的投资，勇敢拿下了新仓服装一厂的承包经营权，然后不断扩大经营范围，使其后来成长为体格魁伟的上市公司"茉织华"。"茉织华"拥有年产5000万件的18家服装企业、商务有价证券印刷量占全国20%的6家印刷厂、每年承接3000万件服装水洗业务的3家漂染厂，以及1家大型纺织后整理加工企业、2家"快印先生"（SIR SPEEDY）快印直属店、4家国际贸易公司、25家分布在全国及世界各地的印刷分支机构、1家年产30万吨的造纸公司，这家蒸蒸日上的多领域发展的企业真是令人叹为观止。

譬如，海宁郭店镇的潘广通与潘建清父子俩，毅然以12000元的价格从上海的某个电子研究所买来产品技术，又从海宁工商银行借贷5万元，硬生生地在一片荒地上创建了生产软磁材料的海宁电子元件厂。厂子后来发展成为著名的天通控股股份有限公司，生产出了用于彩色电视机的软磁铁氧体磁性电子产品。再后来，公司大踏步发展，迈入了全国电子元件百强企业行列，并且在2000年被科技部认定为国家火炬计划重点高新技术企业。

改革开放初期，嘉兴不仅涌现出一大帮叱咤风云的闯将，推动着嘉兴工业的发展，而且有几款出自嘉兴的轻工业产品也以其过硬的质量，一时名动上海乃至全国，获得了消费者的热捧，有口皆碑。这就是20世纪80年代风靡上海市场的嘉兴轻工业"四大名旦"：益友冰箱、海鸥电扇、皇冠灯具、大雁自行车。

嘉兴轻工业"四大名旦"（益友冰箱照片为杜镜宣所摄，皇冠灯具、大雁自行车照片为王友生所摄，嘉兴市档案馆提供）

这四大件在那个年代可是了不得，几乎是逐步走向富裕的中国家庭的标配，全国多少家庭都以拥有这几大件为豪，尤其是那些急于办喜事的"刚需"家庭。

"四大名旦"在上海的首次露面，应该是在1984年的10月，地点是上海展览馆。当时，"嘉兴市日用工业品展销会"在这里举办。展销会开幕头一天还没过完，质量优异、外观漂亮、价格公道的益友冰箱、海鸥电扇、皇冠灯具、大雁自行车这"四大名旦"的名声就已经轰动了上海，市民争相转告，当天下单购买的喜气洋洋，还没买到的从四面八方急匆匆赶来。展销会日日被上海市民挤爆。

名列"四大名旦"前三样的产品，都是头脑精明的嘉兴民营企业家、集体经济的管理者研发出来的。他们在风云际会的时代站上潮头，看准了市场，吃透了政策，并且，拼上了全力。

益友冰箱的产地，是嘉兴郊区的新塍镇。当时还没有新塍冰箱厂，只有新塍农机厂，产品是打稻机和柴油桶。改革开放的春风刚刮起的1979年，"老农机"朱德官就坐不住了，视线越过了传统的打稻机和柴油桶，落到了非常有实际效用的家用电冰箱上。他认定这是一个"大风口"，因为家家户户都需要，一个逐步富裕起来的家庭没有电冰箱怎么行，但他当时也摸不准电冰箱到底是一件什么样的东西，内部制冷原理究竟如何。朱德官灵机一动，立马实行"拿来主义"，想办法看看"洋冰箱"是怎么回事。当这家厂的领导设法从平湖乍浦拆船厂搬来几台"洋冰箱"之后，朱德官便带着4名电机师傅，照着"洋冰箱"依葫芦画瓢地仿制起来。他们敲敲打打，又结合自身的理解，方方面面都做了改进，很快做成了第一台吸收式"雪山"牌冰箱。做成的冰箱好用吗？能制冷吗？一经试用，效果极佳，这一下全厂上下就笑得合不拢嘴了，都说：我们的"新型打稻机"今后有望进入家家户户的厨房了！

很快，试制成功新产品的新塍农机厂便与电热厂合并，改名为嘉兴冰箱厂，"雪山"冰箱改名"益友"冰箱，头脑机灵的"老农机"朱德官担任了冰箱厂的厂长。

益友冰箱的生产鼎盛期，应该是在1987年至1988年，冰箱的年产量可达18万台，年创利税1700多万元。嘉兴冰箱厂的创利一时名列嘉兴各大企业前茅，纳税额更是占了新塍镇的"半壁江山"，产品也先后获轻工部优质产品和浙江省名牌产品称号。

记得1989年年初，我还骑了一个多钟头的自行车专门从嘉兴城赶往新塍镇，目的就是找"益友"牌冰箱的厂长"拉赞助"。当时我正愁于如何在嘉兴顺利举办一个省级的"电影创作年会"，文学界的朋友都说，那就去找"益友"啊，现在"益友"大红大紫，"益友"牌冰箱票抢手得很，"益友"利润很高，找"益友"一找一个准，就看你能不能抹下脸面上门去找。记得当时这位朱德官厂长很是豪迈，我递上嘉兴市作家协会开具的介绍信，自报家门，说我就是这个协会的主席，现在又兼着省电影家协会副主席，兼任好几年了，不好意思不承担点工作，所以现在就努力筹划着让"1989浙江电影创作年会"在嘉兴召开。因为这个活动算是省里的，我不能花嘉兴市文联的经费，所以想请"益友"给予赞助。但是说到能给"益友"带来什么好处，一时又想不出来，所以很不好意思。说实话，我那时确实很难为情，因为这是我第一次直接到企业"拉赞助"，也是当时唯一一次，我不太适合干这个活儿。但是朱德官厂长很快就化解了我的尴尬，说："电影创作那是件好事啊，我们百姓都爱看电影啊，我支持在嘉兴开会，你说给一万块够不够？"我当时心里极为感动，说："足够，足够，我们一定把会开好。"我还说："我们的创作会开幕式请你出席，讲个话。"朱厂长说："会我就不参加了，我太忙，你们开吧，祝你们开好。"后来，我们几十个人开了好几天的会，拢共只花了六七千块钱，还结余了好几千块，会议结束后还赠给了省电影家协会。记得那次年会是在南湖之滨的南湖饭店开的，当时那是嘉兴最好的饭店，真是感谢朱德官这位慷慨解囊的"益友"；记得我们还请了当时的嘉兴市委副书记卢展工参加简朴的开幕式，他也致了热情洋溢的贺词。我很感谢这次开得相当成功的电影创作年会，我在这次会议上拟定了自己写作中共建党史《开天辟地》的电影剧本计划。因此，也可以说，这次剧本创作，是我用"益友"的支持，在文学实践上与广大的电影观众做了一次"益友"。

说了"益友"，再说"海鸥"。

海鸥电扇诞生于1974年的嘉兴王店镇，起先，也是由王店机床厂的几个工人在一个叫南圣堂的破旧庙堂里，用从上海拿回的边角料拼装出来的。之后，有了经验，规模也越做越大，到了1978年，"海鸥"的产量就达到了4500台；又过了一年，由于热销，工厂挖潜加紧生产，"海鸥"就成群成群地起飞，年产量达到可观的15万台，这规模应该说已经跑在了全国前列。进入80年代，"海鸥"更是迎来了自己的鼎盛时期，分厂各地开花，工人总数多达3000人；产品也供不应求，来自全国的经销商提货都要排队等上几日。到了1984年，已经获得浙江省和国家轻工部优质产品称号的"海鸥"飞起了30万只。当时，在国内的电扇市场上，人们不是说嘉兴的"海鸥"，就是说杭州的"乘风"，好像别的就说不出了。

接着，就有了激动人心的"海鸥飞进中南海"的故事：《嘉兴日报》在1985年6月9日的头版上，刊登了一则简要新闻，全文是："5月23日，市海鸥电扇总厂接到北京西单商场打来的长途电话说，中央书记处办公厅要购买108台'海鸥'牌电扇，并要求5天内将电扇运往北京。消息传来，该厂职工喜笑颜开。他们以高度责任感精心加工装配电扇，并提前3天将新型的'海鸥'牌FS404C、405C电扇，运到中南海。"这则新闻的执笔者是海鸥电扇总厂的职工蒋炳侃。这么一来，这只与中南海挂上钩的"海鸥"就迎来了极其可观的广告效应，顿成家家户户的抢手货。好像每个家庭的盛夏季节，没有一只或者几只"海鸥"的鸣叫，是过不去的。

而极为美丽的皇冠灯具，在闻名遐迩的嘉兴轻工业产品"四大名旦"中，也是光彩夺目的。说起来，其最初的光芒，还是20世纪80年代，在嘉兴市南门一条叫砖桥街的小弄堂里隐约闪现的。那时候，这条弄堂里出现了一家规模不大的厂，名叫"嘉兴工艺美术厂"，主要生产有机玻璃台灯。由于产品滞销，工厂连年亏本，最后连工人的工资都发不出了。严启民与陈有仁就是在这时候挺身而出的，他俩毅然承包工厂，发奋创新，专门赶去上海、杭州、无锡的灯具市场，终日观察消费者的购买情况，只问自己一个问题：为什么整整一天，几十对青年情侣先后跑进灯具市场，转悠许久，却无一笔成交？

他们痛感，灯具款式若跟不上人们日益提高的审美标准，必定是死路一条。于是他们对准焦点，集中攻关，搜集上百套国内外灯具照片加以研究，取其长，弃其短，精心设计了第一套包含20多个品种的工艺美术系列灯具。这套灯具珠光宝气、富丽堂皇、晶莹透亮，像西方宫廷中皇冠的造型。"皇冠"牌灯具系列在1984年的上海展销会上一经亮相，便折服了对艺术高度敏感的上海消费人群，几乎形成"疯抢"之势，不仅2000套台灯被一抢而空，而且订单如雪片般飞至嘉兴，没几天就达到了70万套的量。

于是这家弄堂里的小厂趁热打铁，趁势扩张，触角迅速延伸到了全国20多个省、自治区、直辖市的销售系统，全国无数的家庭与社会公共场所都大面积地亮起了嘉兴的"皇冠"。

在1986年第六届中国工艺美术品百花奖评选中，这家厂推出的"珍珠皇冠台灯"顺利摘银。

最后说说大雁自行车。"大雁"起飞于嘉兴城南路的一家全民所有制的企业，那就是嘉兴自行车厂。这家厂的前身是"八一"拖拉机站，1981年并入了其他单位，更了名，转产"大雁"牌自行车。

由于"大雁"牌自行车既讲究质量，又讲究整车造型艺术，销售价格也公道，一经推出市场，反响便不俗，甚至形成了抢购热潮。20世纪80年代，国人的手头并不宽裕，自行车是百姓的主要出行工具，上班下班、走亲访友、接送孩子、出门游览，哪里离得开自行车啊，也因此，自行车成了结婚办喜事的必备物品。当时所说的"三转一响"，即手表、自行车、缝纫机这三个能"转动"的物件，加上半导体收音机，便是家庭财富的象征。质量过硬的"大雁"正好顺应了这股潮流，像候鸟一样，成群结队地飞遍了大江南北，甚至还在1983年成了出口产品，飞出了国门。

对于全民所有制的嘉兴自行车厂来说，1991年3月是个不能忘怀的月份。就在这个月，这家厂子为加速扩大生产，追求更高质量，毅然决定与香港大志企业有限公司合资经营，成立了"菲利普自行车有限公司"，一举成为全国自行车行业首家采用名牌商标整厂嫁接合资的企业。

合资经营的效益十分明显。一年之后，"菲利普自行车有限公司"的经济效益便耀眼地名列全国同行第三位，在全省的同行业评比中，则无异议地跃居第一。

上述嘉兴"四大名旦"，是20世纪80年代嘉兴优秀轻工业产品的代表，它们见证了改革开放后嘉兴轻工业的改革实践，也见证了嘉兴轻工业的活跃与繁荣，是嘉兴特有的时代符号与一代人的记忆，呈现的是嘉兴民营企业家们弄潮儿般的勇猛与机敏、嘉兴集体所有制企业的革新与开拓，乃至某些国营企业寻求"自我革命"的勇气。

说到国营企业和集体企业改革，这自然是中国改革开放年代的一个回避不了的课题，是一块必须啃的硬骨头，而嘉兴在这方面做出的探索是坚定的，并且是前卫的。

下面这一节，将叙述这方面的一个啃硬骨头的嘉兴样本。这个有关海盐衬衫厂的故事，是中国当代改革开放史一个引人注目的章节，十分精彩。

嘉兴的国营企业和集体企业改革，以"步鑫生"三字领跑全国

嘉兴的国营企业和集体企业改革，几乎与嘉兴农村改革同时起步。而且发生在嘉兴大地上的一个改革样本，竟然领跑全国，引起了中央领导同志以及全国同行的瞩目。

这里，就要提到"步鑫生"这三个字了。

这三个字，想必大家多多少少都听说过。

步鑫生，这位身形瘦削的嘉兴小个子，体重连100斤都不到的海盐衬衫总厂厂长，以大无畏的弄潮儿姿态，只一步，就跨上了中国国营企业和集体所有制企业改革的汹涌潮头。

步鑫生不能不迈出这关键的一步，因为他面对的是这样的一个集体所有制的破败厂子：1975年，全厂职工70来人，固定资产仅2万余元，年利润只有区区5000元，连老工人的退休工资都开不出，年产四五十万件衬衫竟有一半压在仓库里无法销售。

步鑫生个子小，气力大，他大胆借鉴农村家庭联产承包责任制经验，不顾"清规戒律"，一出拳就打破了工厂的"大锅饭"。他提出"质量第一，信誉至上"的办厂宗旨，大胆实施"联产计酬制度"，也

就是"定个人生产定额，定车间月产定额，保质量标准"，提出职工奖金的分配制度是"实超实奖，实欠实赔，上不封顶，下不保底"，也就是说，你生产多少衬衫，就拿多少工钱，你若做坏一件衬衫，就得赔上两件的价格，即"你砸我的牌子，我砸你的饭碗"。而他那几条诸如"请假不发工资""辞退懒惰职工"的新规，更是引起了轩然大波。

这道汹涌的大波是一种反弹，是直接针对这位"置社会主义优越性于不顾"的"胆大包天"的厂长的。

一时间，"比资本家还资本家""对工人管、卡、压，是资本主义不是社会主义""工钱是国家给的，个人绝没有权力扣""工人是工厂主人翁，是不能够开除的""不管工人死活，破坏社会主义的优越性"之类的批评声、抗议声蜂拥而来，但这位小个子厂长所给出的直截了当的回应，始终是："社会主义是干出来的！工钱、工钱，做工才有钱！""人无我有，人有我创，人赶我转！""靠牌子吃饭能传代，靠关系吃饭要垮台！"

厂里有人不干了，要告状了，于是一封告状信到了县妇联，又辗转到了一位县领导手中，于是就有了批示，于是就有一位分管这家集体所有制企业的领导到了厂里，出示了某位县领导的批示。但是，这一纸批示却被阅后的步鑫生当场撕碎，步鑫生口齿清楚地回答说："既然我当厂长，就要对整个企业负责，要对全厂职工负责，如果他要叫我补发工资，你就叫他来发吧！"

所有新颁布的规章制度，不折不扣，坚决贯彻执行！

什么叫改革，改革就是革命！

至于政治风险，那又有什么，不过就是一个厂长的位子！

一系列互相配套的改革举措，立刻产生了红利：海盐衬衫总厂多年的积压产品一扫而空；1982年即以年产130万件衬衫的能力进入全国著名衬衫厂行列；固定资产从步鑫生厂长接手那年的2万余元，增加到1982年的113万元；三年间全厂实现利税164万元；全厂职工收入显著提高，普遍为原先的2至3倍。

同时，海盐衬衫总厂的厂貌也焕然一新，被誉为"花园式文明工厂"。全厂职工在工作日还可享受一顿免费午餐，这对当时的集体企业而言，可谓是破天荒的举措。更叫全厂职工欢欣鼓舞的是：质量过硬的高级衬衫品牌"唐人"、男女衬衫品牌"双燕"、儿童衬衫品牌"三毛"，热销大江南北20余省市，一时供不应求。

就这样，诞生于嘉兴钱塘江畔的"步氏改革"，以其钱江大潮般的轰然震响，惊动了全国。《人民日报》于1983年11月16日在显著位

1982年海盐衬衫总厂样品陈列室（海盐县档案馆提供）

1983年3月，海盐衬衫总厂机缝车间的工人们正在赶制衬衫（海盐县档案馆提供）

置发表了《一个有独创精神的厂长——步鑫生》一文，且在文章前的"编者按"中，写了一段热情洋溢的话："海盐县衬衫总厂厂长步鑫生解放思想，大胆改革，努力创新的精神值得提倡。对于那些对工作松松垮垮，长期安于当外行，做一天和尚撞一天钟的企业领导干部来讲，步鑫生的经验应当是一剂治病的良药，使他们从中受到教益。"

瞬时间，全国的企业改革潮流中掀起了一股"步鑫生热"。北京、上海、河北、福建等省市积极推广海盐衬衫总厂的改革经验，坚决打破"大锅饭"和"铁饭碗"，扩大企业自主权，推行厂长负责制。全国各地的媒体以及企业负责人蜂拥来嘉兴海盐，大家都要见步鑫生，都要当面讨教企业改革的经验，一天甚至多达几千人。海盐衬衫总厂无奈之下只能做出这样的规定：只有司局级以上领导才有可能面见步厂长，其余人只能现场听录音。而步鑫生本人也只能苦笑着说：干脆把我放到动物园去算了，让大家都来看吧。

其实，这种状况也恰恰证明了，在中国当时的改革开放中，全民所有制企业和集体所有制企业的深入改革，真的是一块硬骨头，难啃得很。

应该说，当时，中国国营企业和集体企业改革大潮初期的声声轰鸣，都带有"步氏经验"的印记。话说回来，奋勇当先的改革家也有各自的局限性，步鑫生后来也存在某些明显的投资失误，改革的后浪迅速淹过了他。但是，瑕不掩瑜，崛起在嘉兴这块土地上的改革家与改革经验，确实谱写了中国当代改革开放史中极具光彩的一页。

顺便提一句，就在"步氏改革"惊动全国的1983年，国务院颁发了（83）国函字145号文件，嘉兴一跃成为省辖市，这是嘉兴城市发展史上的重要关节点。浙江省传统上一直以钱塘江为界，被分为浙东、浙西两部分。浙东的八府称"上八府"，即宁波府、绍兴府、台州府、温州府、处州府（今丽水）、金华府、严州府（今杭州建德）、衢州府；浙西的三府称"下三府"，指的是杭州、嘉兴、湖州三府。新中国成立后，嘉兴与湖州合并为嘉兴专区，中共嘉兴地委、专署驻嘉兴，1958年"大跃进"时期，又将驻地从嘉兴迁至湖州，迁址的缘由据说是湖州的矿产比较丰富，有利于"大办钢铁"工作的"靠前指挥"。1968年，嘉兴专区改为嘉兴地区。时至1983年，改革开放的潮流遍及全国，行政区划上的"撤地建市"更有利于做大做强，全国不少地区都开始了撤销地区、设立地级市的举措，于是嘉兴地区也顺应潮流一分为二，分设成地级的嘉兴市、湖州市。这两个地级市，再加上省会杭州市，便又恢复到了历史上"下三府"的行政建置。

新成立的嘉兴市辖嘉兴、嘉善、平湖、海宁、海盐、桐乡六县

（市）。为了建好"设区的地级市"，便又将原嘉兴这个县级市一分为二，分别成立城区、郊区。所以，新成立的嘉兴市实际上管辖五县两区，嘉兴城区面积由原来的20多平方公里扩大到100多平方公里。

嘉兴成为省辖市的意义自然是十分巨大的。1983年前由于嘉兴地区面积较广，辖十县（市），管理工作就有一定难度。撤地建市之后，管理地域范围缩小，使得管理工作更有针对性，更趋于专业化，有利于促进县域特色产业的发展，促进产业集群的形成。对于嘉兴城市本身来说，由于从县级市跃升为地级市，其顿然成为行政中心，人力、资源都开始集中，十分有利于产业集群、招商引资的发展，也有利于以"大市"概念编订城市发展的总体规划，迅速促进城市的现代化发展。

1983年的嘉兴，如同插了双翼，我们已经可以听见云天之下啪啪啪的飞翔之声了。

记得1983年的夏秋之交，我正好得了个带薪修学的机会，由当时的嘉兴地区组织部门推荐，通过入学考试，入当时的杭州大学中文系读两年"干部专修科"。到校几个月后，忽然发现自己收到的薪水汇款，已经是由嘉兴市的财政部门发给的了，心里不由得就想：虽说整个嘉兴地区都是我人生的第二故乡，但在未来的岁月里，新成立的嘉兴市必将是我第二故乡的浓墨重彩之地，我本人将在离那艘南湖红船不远的地方放下我的办公桌，为新设立的嘉兴市兢兢业业工作了。

果然，几个月之后，我便获悉了我当选嘉兴市首届人大代表的讯息，便于1983年12月16日，赶往嘉兴参加嘉兴市首届人民代表大会。当日，485名正式代表认真听取和审议了题为《努力开创嘉兴社会主义现代化建设新局面》的政府工作报告，会上掌声热烈，军乐嘹亮，呈现出了一个新型省辖市的意气风发与威武雄壮。

嘉兴市这一雄壮的起步，与当时萌发于海盐县的震动大江南北的"步氏改革"之声，在节奏上是一致的。

核电站、东方大港，都是嘉兴起飞的爆炸性新闻

1984年，全国上下再一次怀着惊喜的心情对嘉兴踮足眺望。那是一个令全民族人心振奋的新闻：中国自行设计建造的第一座"30万千瓦压水堆核电站"落户浙江海盐！

这个新闻确实是爆炸性的，谁都没有想到，古老的以晒盐闻名天下的海盐县，会一下子涌入中国最尖端的科学技术项目与成群结队的科学技术人才。

核电站的选址，面临杭州湾，背靠海盐秦山。

秦山由秦始皇得名。清光绪二年（1876年）的《海盐县志》这样记载："秦始皇所登以望东海，故山得其名焉。"秦始皇嬴政是在公元前210年巡游到此的，但他那天心情不太好，"临浙江，水波恶"（《史记·秦始皇本纪》），只因登山望东海，见江水滔滔，无法从此渡江去越地巡察，心里便恼得很，后来只得离开此地，选择另外的江面狭窄处渡江。但他攀爬过的山，便被当地叫作了秦驻山，或秦望山，或秦径山，后来一概叫作秦山。

跟当年秦始皇攀登此山时的恶劣心境相反，当代意气风发的"核电人"见着这个环境，却十分喜欢。秦山，既靠近华东电网枢纽，又邻近沪杭大城，水源充沛，交通便利，是中国人迈向民用核能事业的

一块宝地。

秦山核电站的兴建，昭示着中国工业化开始迈向新的台阶。中国无核电的历史，将在秦始皇曾登临的山冈结束。中国第一个皇帝难以跨越的艰难险阻，当代的中国人将意气风发地跨过去。

当年，海盐县长川坝乡秦山双龙岗的那声炸山之炮响，也让我本人激动得难以自持。我在数日夜不成寐之后，当即决定把反映中国首座核电站的电视剧《太阳的摇篮》，作为自己当年的写作任务。至今，我脑海中，还回响着那位年事已高的核电站总设计师欧阳予在接受采访之时的慷慨之语。那天，欧阳总设计师在他的办公室里意气风发地对我说："来了就来了呗，只要国家一声号令嘛，只要现代化建设需要嘛。我老伴一个人住北京，电话里说她很孤单，我对她说你就养只猫呗，让猫多陪陪你，我可是要在这边干上了！"

秦山核电站一期工程采用了当时国际上成熟的压水型技术，建设单台30万千瓦发电机组，由中国自主设计和管理运作，这使得中国成为美、英、法、俄等国之后第七个能够自行建造和运营核电站的国家。

之后的几年里，随着电视剧《太阳的摇篮》在中央电视台的播出，秦山核电站的一期、二期工程先后宣告顺利建成，并正式投入商业运行。同时，采用坎杜6型重水堆核电技术的第三期工程也开始了轰轰烈烈的建设。

或许，这是一个含义深远的象征：一个诞生了中国共产党的正在飞速行进的城市，自此，有了核动力。

就在秦山核电站开工后两年，离秦山不远的乍浦港区一期工程建设，也以磅礴的气势拉开了序幕。已经沉寂百年之久的乍浦海滩，要向孙中山曾经提出过的"东方大港"目标，迈出自己雄健的步伐了。

孙中山当年是非常看好乍浦港的。《乍浦镇志》对于1917年孙中山乘船考察乍浦港一事就有这样的记载："孙中山先生从上海乘巡洋舰到乍浦海面视察，面对宽敞的大海，惊呼这里无泥沙之害，其正门出自东海，大远洋轮可随时进出，此处应是一个优良港口。"四年后，他更是在他所著的《建国方略》中提出了国家交通方面的现代化的纲领，其中有在中国的中部、北部、南部各建造一个"如纽约港"那样的世界水平大海港的设想。而且，在《建国方略》六大"实业计划"的第二计划中，他正式提出建设"东方大港"的恢宏设想，港口的第一选址便是杭州湾，"位于乍浦岬与澉浦岬之间，此两点相距约十五英里，应自此岬至彼岬建一海堤，而于乍浦一端离山数百尺之处，开一缺口，以为港之正门"。

孙中山的眼光没有错，乍浦的地理位置确实很重要。乍浦地处杭州湾北岸，依山傍海，公路、海路、水路齐备，可谓四通八达，自古称"江浙门户""海口重镇"。乍浦这个地名在唐朝就有了，以水得名。因为那时候周边的东注之水，皆汇流于此入海，所以称之为"浦"，而乍浦的里蒲山和外蒲山之间，则被称为"浦门"。古时，由海上驶来的商船番舶，须驶进蒲山，方见得"浦门"，故有"乍见浦门"之说，顺势有了"乍浦"这个颇有诗意的地名。

孙中山之所以定乍浦港为中国的"东方大港"，是因为他当时深刻地注意到了上海港所存在的长江泥沙淤积、航道驱沙工程耗资庞大的问题，以及中国与西方列强在黄浦江沿岸各港口的利益冲撞问题，他认定位于上海以南、杭州湾北侧的乍浦港有天然的地理优势与巨大的发展潜力。具体说来，优势有三：第一是吃水深，杭州湾最深处达

40米，足以停泊当时世界最大的货轮；第二是泥沙少，无河流淤泥之患；第三是地域开阔，土地廉价，一切城市规划与交通规划皆可采用最新方法实施，有充分的发展空间。孙中山甚至预测，若乍浦港开发得当，不出数年便能超过上海港，跃居中国东方第一商务中心之地位。

可惜的是，孙中山再美好的建国设想，也难敌充斥于中国近代史的军阀混战与实业凋敝。一个恢宏的"东方大港"的规划很快就沦为了一句空谈。杭州湾北岸的小小乍浦港长期得不到发展，只能寂寞地躺在《建国方略》发黄的纸面上，沦落于黑乎乎的泥滩与零星的小火轮汽笛声之中。

当然，新中国成立之后，乍浦港是有一些局部发展的。这个港口逐步成为浙北、浙东货物于外海与内河之间中转的港口，但吞吐量不大，年均约10万吨。20世纪70年代，乍浦港的建设又向前迈了一步，于乍浦镇东南的唐家湾，建成了两个泊位为2.5万吨级的上海石化陈山原油码头。但是，乍浦港离人们想象中的"东方大港"依旧相去甚远。

唯有中国改革开放的巨大涛声，顿然之间，将睡狮般的乍浦海滩拍醒了。越来越多的目光远大的人们注目于平湖县的乍浦镇，十分兴奋地谈论起繁忙的港口、蓝色的海洋与嘉兴未来的腾飞。

乍浦港迈开的建设步伐，当然也是振奋人心的：率先打响的是轰轰烈烈的1986年港口一期工程，这一工程先后被列为浙江省"七五"期间交通建设重点项目和国家"七五"计划，内容是新建一个万吨级泊位，以及一个千吨级杂货泊位，当年年底就开始动工兴建；再是海河联运方略的实现、临港产业的起步，直到实施"以港兴市"、滨海开发的战略，正式吹响了嘉兴从"运河时代"跨入"滨海时代"的号角。

孙中山曾经青睐的乍浦港很快就显示出"东方大港"的初步雄姿，自2002年更名为嘉兴港后，以迅捷的步伐扩大了港区范围，东起浙沪接壤的平湖金丝娘桥，西至海盐的长山闸，建成了独山、乍浦、海盐3个港区，至2023年，拥有生产性外海码头泊位52个，其中万吨级以上深水泊位39个，全港集装箱航线29条；此外，还被列入了海峡两岸的直航港口，日益显示出海陆联运的重要交通枢纽地位。

在嘉兴的采菱姑娘与采桑女的歌声里，忽然轰鸣起了海鸥、浪花与汽笛的交响，这是世世代代的嘉兴人所不曾料到的。

这自然也是合乎逻辑的：嘉兴人用迷人的蔚蓝色，描画出了自己与世界经济接轨的壮阔蓝图。

乍浦港（嘉兴市档案馆提供）

举一个濮院镇的神奇例子

在改革开放的年代里，于嘉兴而言，不曾料到的经济奇迹可以说是层出不穷。

桐乡的濮院镇不牧羊、不产毛，却白手起家，打造出一个声震大江南北的羊毛衫市场，成为中国毛衫第一市，绝对是一个当代传奇。

说起来，濮院也是个老镇。这片土地，在没有形成市镇之前，名头就非常大。这是个打"仗"的地方，吴越两国大打出手的两次"槜李之战"便发生于这一带。周敬王十年（前510年），吴王阖闾败越于槜李；十四年后，吴越两国又大打一回，也是在槜李，这一次倒是吴国吃亏，吴王阖闾还被击伤了脚趾，回师途中一命呜呼。而关于沙场槜李，明代《嘉兴府志》就有"槜李城在桐乡县濮院之西，濮院即古槜李墟也"的记载。所以濮院这个地方注定是厮杀之地，无论是在远古的冷兵器时代，还是在改革开放后热烈的商战岁月。

在唐与北宋时期，濮院这地方还只是一个草市，相当不闹猛，所以也被称为"幽湖""梅泾""濮川"，估计早年隐隐约约的血雨腥风还没完全消散，热闹不起来。濮院容貌的显著改变，当在宋高宗南渡之后。建炎三年（1129年），山东曲阜人、著作郎濮凤以驸马都尉身份，扈驾南下临安——也就是现在的杭州。后来，濮凤离开南宋京城临安，选择定居幽湖。草市幽湖自从有了濮凤的漂亮大宅院，名头便响了，迁居者越来越多，逐渐发展成了一个比较热闹的市集。

"濮家大院"催生了濮院镇。真要感谢这位驸马都尉濮凤，他一来，幽湖就不幽了。

濮凤让濮院的名头渐响，是有他独到的方法的，那就是他定居之后找到了一条特别符合"天时地利人和"的致富之路：经营丝绸生产。濮凤的这灵光一现，可以说是当地经济重点由稻禾转向丝绸的一声惊雷。

确实，原先，幽湖这一带，跟丝绸生产风马牛不相及。中国丝绸生产的重心一直在黄河中下游一带，先进的养蚕丝织技术几乎是北方的专利。但是定居幽湖的濮凤，忽然发现这一带平原的土壤有特点，质好、土厚、温高，酸性强，不漏水，而且此地气候也温暖，简直就是华夏大地种桑养蚕的最适宜之地，于是立下决心，于乱世之中再不鼓励子孙入仕做官，而是扎扎实实经商做丝绸，全面引入黄河中下游的制丝技术，在幽湖一带大干一场。事情果然进行得很顺利，"机杼之利，实自此始"（清代金淮《濮川所闻记》），嘉兴"丝绸之府"的第一台发动机由此安装完毕。《濮川志略》便有这样清晰的记载："南宋淳熙以后，濮氏经营蚕织，轻纨纤素，日工日多。"

濮氏家族的丝绸经营越来越纯熟，几代下来，产业的发展已颇具规模。濮家带头经营，周边纷纷效仿，硬生生在苏杭嘉湖四地的中央，打造出了一个商贾云集的丝绸交易中心，史载"全镇从事机工者以千计"，均"以机为田，以梭为末"，所织濮绸"日出万匹"。

濮绸始于南宋，盛于明清，声誉日隆。

濮绸的出产，不仅数量多，且品种琳琅："至于轻重诸货，名目繁多，总名曰绸。而两京、山东、山西、湖广、陕西、江南、福建等省各以时至，至于琉球、日本，濮绸之名几遍天下。"（清代胡琢《濮镇纪闻》）

明中叶以后，不仅濮院镇民热火朝天地从事丝绸生产，这一获利颇丰的"朝阳产业"还辐射到了周边很多的村镇。农家纷纷改行，将栽禾改为种桑，把养蚕、缫丝、丝织作为家庭经济收入的主要来源。桐乡的石门、乌镇，秀水的王店、王江泾、新塍、陡门，海宁的硖石，均发展成为热气腾腾、生意兴隆的丝绸小镇。

濮院本身，则更以"嘉禾一巨镇"的雄阔模样，站稳了"全国最大丝绸市场"的龙头地位。濮院镇的绸行，竟然在全国各地设了分支机构，分别有京行、建行、湖广行、济宁行、周村行，还从京行辐射至关东，甚至再辐射至"琉球、蒙古"，声势大得很。

若称明清时的濮院镇为"全国绸都"，亦不为过。

清时，濮院已经发展成为万人以上的大市镇，是杭嘉湖水乡的工业亮点，也带动了周边的乌镇、王江泾镇一起成为万人大镇，丝绸产业呼啸有声。

直至20世纪70年代，濮院镇还存有可观的缫丝产业，既闻机声隆隆，亦见厂丝滚滚。我本人就曾在"地方国营桐乡县濮院丝厂"工作过数年，经常穿梭于机器轰鸣、白雾升腾的缫丝车间，采访缫丝工人，编写丝厂"战报"，忙得不亦乐乎。"地方国营桐乡县濮院丝厂"是从"浙江生产建设兵团第三师濮院丝厂"过渡而来的，我也从一个当时的"兵团战士"正式成了"丝厂职工"。在那些年里，我既为自己的工厂能生产出高质量的6A级白厂丝而自豪，也深为当代丝绸业的日趋萎缩而忧心。确实，我从20世纪70年代末离开濮院起，只知道这个古镇吱嘎作响的青石板小街上，从来就没有出现过成群的蹄声，也就是说，从来没有奔跑过汹涌的羊群。这个古镇不养羊也不产羊毛，但它在20世纪80年代初突然与"羊毛衫"挂钩，且势头越来

濮院丝厂缫丝车间（李渭钫摄，桐乡市档案馆提供）

越盛，以至于出现钱江大潮般的奔涌之势，成为名震大江南北的"全国羊毛衫集散地"，就不能不使我大吃一惊。

这样的华丽转身，简直是个传说，仿佛只能出现在神话里。

应该说，濮院人一直有织造与经商的浓重意识，以及一种拼战与搏杀的意识，一旦被80年代初的改革开放春风吹及，便极易苏醒，且以一种最强有力的战姿弥漫开来，就如同当年濮氏家族刚经手绸业，便全镇紧跟着冲锋，"从事机工者以千计"并"日出万匹"一样。

古榉李战场，果又闻战鼓声声。

开路先锋，叫夏云翔。

这个很有想法的年轻人在改革春风初起之时，就站出来承包了"濮院公社水泥制品厂"，后来还是觉得"社办企业"有束缚，放不开手脚，于是在1984年毅然辞去厂长职务，自筹资金，以个人名义申办

"濮院云翔针织厂"。这个小小的举动，却有点石破天惊的意味：夏云翔的这家企业成为濮院古镇，乃至嘉兴全市第一家被批准开业的个体私营羊毛衫厂。

全镇百姓都在看着这个叫夏云翔的人，看他怎么凭自己的能耐开辟发家致富的道路。夏云翔此人自小练武术，改革开放年代的到来便使他在经营上的腾挪跳跃之术也有了充分的施展空间。他自织羊毛衫，也以各种方式销售羊毛衫，并且迅速取得了可观的经济效益，掘到了第一桶金。以后的几年里，他的厂子越开越大，招工也越来越多，生产的"云翔"牌羊毛衫开始畅销上海等地。不久，他便盖起了自己的五层楼的"云翔大厦"，企业职工也达到了百名，遂改名"云翔实业有限公司"。这家朝气蓬勃的民营公司规模颇大，生产车间里阔气地摆下横机 40 台、电动圆机 4 台、套口机 8 台、工业缝纫机 10 台，一下子成了濮院镇屈指可数的"大企业"，全镇百姓为之刮目。

嘉兴市与桐乡县的各级领导皆十分开明，纷纷跑来濮院镇参观这家私营企业，不仅看，而且说，给予了这位擅长武功的夏厂长十分热情的鼓励；当时的嘉兴市委宣传部部长陪同省里的宣传部部长，也赶来厂子参观。省里来的部长善写毛笔字，当场为夏云翔题写了"政策指引，云飞鹤翔"八个大字。这样的题字自有道理，因为当时的各级领导确实对这家横空出世的民营企业给予了大力扶持：镇政府在夏云翔创业的过程中，特意为其向县农水局申请划拨了半亩土地，还协调银行贷款 10 万元。当时，被选为濮院镇第九届人大代表的夏云翔激动得几乎哽咽。

最近几年，夏云翔亲自动笔，写下了一部十几万字的长篇纪实文学作品，书名就叫《毛衫航母》。出版社是这样介绍他这部著作的：

全书以文学纪实的方式，以改革开放时世为大背景，讲述了作者第一个在桐乡取得个体营业执照，创办濮院以羊毛衫为产业的云翔针织厂，使其成为毛衫航母的领头羊，带动一大批毛衫航母成员发展成为全国毛衫基地，成为全国最大的羊毛衫市场集散地的故事。这是一部濮院毛衫创业发展的壮丽史篇。

夏云翔不无自豪地把自己开出的第一家羊毛衫企业，雄赳赳地比作"航母"，而后来的事实也证明确实如此，濮院镇那些蜂拥而起的开私人羊毛衫厂的老板，大多是他这艘"航母"里曾经的"水手"。

我为年届七旬的夏云翔能提笔写长篇纪实小说《毛衫航母》一事十分感慨，特为此书的出版写了序言。我在序言中说了这么一段话：

　　　运河边上一个安静古朴的小镇，突然变身为全国最大的羊毛衫集散市场，整日呈现沸腾的模样，是我离开濮院镇十多年以后发生的事情。我也一直惊异于这个事变：桐乡濮院镇并不出产羊毛，也不是养羊之地，怎么就成了风靡全国的"羊村"，甚至大街高楼，俨然成为一个城市，竟是谁，吹了一口仙气？借助文学，把这一改革开放中的历史变迁如实写出来，自然是一件有意义的事，我想，老夏是老濮院，已经写作出版了数部长篇，是个敢于啃硬骨头的狠角色，由他来作这个历史叙述，应该是合适的。关键的关键是，老夏本人，就是濮院镇冒出来的第一家私营羊毛衫编织厂的创办人，是他这粒火星子，点燃了炸药桶；他不写谁写？所以他是最合适写的，他是权威。他要不写，历史还饶不了他，濮院镇要拿他是问。

这本书出版后，当然反响很热烈，一度成了濮院镇政府与濮院羊毛衫管委会赠送给来访者的手礼。

显然，夏云翔在濮院镇率先吃螃蟹的壮举，完美地体现了嘉兴人的智慧勤勉，以及敢作敢为的开拓精神。

这里也顺便提一句，1917年开创了嘉兴首家中国人办的西医院"嘉兴医院"的那位夏院长，也就是在日本庆应大学医学系留过学的夏振文先生，便是夏云翔的亲祖父。

祖孙都以自己的方式，在不同的时代，以开拓者的姿态，深刻影响了社会的某个领域。

当时，夏云翔掘出了第一桶金这一明晃晃的事实，迅速成为一种榜样，让热血奔涌的濮院人群起效仿。很快，私人的织机作坊、民营的羊毛衫厂便在濮院镇出现了几何级数的增长，同时，这股潮流也开始向濮院镇周边辐射，呈现出一道以濮院镇为中心的"家家户户织衫忙"的风景线。不出几年，这一方土地的羊毛衫生产就形成了具有全国意义的宏大规模。

"濮家大院"声名鹊起。10万人在这里日夜不停地忙碌织衫，上千家门市部经营着全国各地厂家生产的羊毛、羊绒系列服装的阵势，很快就让这个千年古镇蜕变成了一个适合男女老幼，多种类型、档次齐全的内外衣衫裙裤的经贸市场，场面宏阔，名牌云集。

至20世纪90年代，濮院的羊毛衫专业市场已经拥有10个羊毛衫交易区、1个毛纱交易区、1个辅料交易区，门市部近5000间；到1994年底，濮院已经初步形成了从毛纺、针织到印染的产业链；1997年，濮院已经成为全国最大的羊毛衫集散中心，跻身全国百强市场行列。

每天，濮院的人头攒动、人声鼎沸、车水马龙，可谓一景。

20世纪90年代初的濮院羊毛衫市场（嘉兴市档案馆提供）

现在，这个产业园区已累计投入开发建设资金200多亿元，各家毛衫企业也开始由松散型向规模型发展，形成了包括纺纱、编织、印染、后整理、辅料生产、机械制造、检验检测、科技服务、物流配送在内的一道完整的产业链。深受全国顾客喜爱的行业知名品牌接连蹦了出来："褚老大""浅秋""圣地欧""澳洋纯""纯爱"……

最近几年，我基本每年都会去一趟我曾经生活过五个春秋的濮院镇。濮院的一年一个样，叫我吃惊不已。我眼前的这个面积近30平方公里的"中国濮院毛衫工业城"与我回忆中70年代末的那个石板路吱嘎作响、茶馆星罗棋布的古镇，已完全不可同日而语。

历史再次呈现了一个更上层楼的场景："日出万匹"的古濮院，在一个崭新的层次上，重获了当年震动天下的声誉。

海宁千军万马的奔跑，也是一个当代传奇

再举一个海宁的例子。这当然又是嘉兴改革开放的一个传奇。

一个同样是"两头在外"而获得爆发式发展的产业的奇迹，发生在大文人王国维、徐志摩、金庸的故乡海宁。

自20世纪80年代中期到90年代，海宁"中国皮革城"就在此横空出世、轰然而起，名动全国，似乎全中国带皮毛的动物都在杭州湾北岸奔跑起来，如金庸笔下的武功一样不可思议。

说是不可思议，其实细查一下，历史的痕迹还是有的。

早在1926年，海宁就曾经有过一个小小的制革厂，称作"双山皮厂"。当时，聪慧的海宁人就在棚户里，利用水缸、棍子这些简陋的生产工具，用盐酸硝皮法硝制皮革。1949年以前，海宁双山就已形成了一个小规模的皮革作坊集群，但在新中国成立以后，一直没有获得像样的发展。这也是可以理解的，体制的局限与人们思想的禁锢不可能让这些小作坊形成气候。当然，之后，改革开放的浩荡春风迅速在海宁吹出了中国第一家大规模配置皮革产业资源的专业市场——"中国皮革城"。

嘉兴海宁人极其聪慧。海宁人的聪慧不仅仅体现在史学、文学等的造诣上，譬如王国维大师留下的著作《静安文集》《观堂集林》《人间词话》，譬如新月派代表诗人徐志摩留下的脍炙人口的《再别康桥》与《翡冷翠的一夜》，譬如小说家金庸留给我们的《笑傲江湖》《天龙八部》《射雕英雄传》等一系列的武侠奇观，海宁人在产业领域的发

展上也极具智慧，出掌也是迅捷如电的，丝毫不亚于金庸笔下那些出手即雷霆万钧的人物。既然国家发了"改革开放"之榜，海宁人便应声跃身，立即伸手去揭榜了。

当然，皮革产业刚起步的时候，海宁人的顾虑与担忧还是有的，因为海宁本地并不产羊皮、牛皮与猪皮，皮革原料的供给主动权握在别人手里，而销售渠道主要在中国的北方以及海外，控制权也在别人手里。"两头在外"的产业，就是有这些短板。但是，一心求发展的海宁人还是获得了自己的信心，原因很简单：第一，海宁自1926年起就有发展皮革业的技术和本土人才，也就是说，有历史经验；第二，海宁人是勤勉的，不怕吃苦的，也是头脑聪慧的，这是人的因素；第三条，也是最根本的一条，那就是党的十一届三中全会激动人心的号角，就是改革开放的春风，是日夜响在海宁人耳边的钱江大潮的涛声。海宁人说，改革开放，公报上都说了，是中国共产党在总结社会主义历史经验，尤其是总结"文化大革命"教训基础上的一次伟大觉醒，是中国人民和中华民族发展史上的一次伟大革命，大潮来了，海宁人怎么能不当弄潮儿呢？

因此，20世纪80年代末与90年代初，海宁皮件厂、制革厂纷纷建立，势若雨后春笋，一下子就有了100余家；海宁皮革企业在上海开设的皮草行，也有近20家，上海人一提起，就戏称为"虎豹狮鹰竞争入市"，这话说的就是海宁品牌"虎啸""雪豹""豹帝""狮力""翔鹰""群王"竞相逐鹿上海滩。当时上海人还有一句行业上的客观定评，那就是"海宁皮衣在上海，五分天下有其三"。

在海宁皮革业大发展的势头里，嘉兴与海宁的相关领导部门一直瞪大眼睛关注着，并对此频频调研，频频下发文件，频频施以扶持政

1996年第三届全国皮革服装展销会开幕式（钱雪军摄，海宁市档案馆提供）

策，使海宁"中国皮革城"的扩张获得源源不断的政策动力，持续改造升级，规模越来越大，生意也越来越红火，入户经营的店铺迅速达到3000家，甚至成为国家4A级旅游景区，广场上几乎每天人山人海，看上去非常壮观。

我曾不止一次去海宁皮革城参观，也曾写过一首小诗描述皮革城的盛景："我看见许多獐子、野牛、脱兔、狐狸，一齐在海宁奔跑，用男人的样子奔跑，用女人的样子奔跑；它们身后的背景，便是海宁闻名天下的钱江大潮；依我看，两者的奔跑，乃是同一速度。海宁没有丛林，也没有高山大壑，我多年来都奇怪，这一群群矫健奔跑的动物，什么时候学会的踏浪而来？一只东北雪狐，怎么就成了浙江的浪里白条？历史与机遇，把半个中国的动物都赶到了海宁，海宁全部笑纳。海宁向有海宁潮的荣誉，海宁的气势大家都是明白的。"

现在，海宁皮革城已经发展成为中国最具影响力的皮革专业市场，是中国皮革服装、裘皮服装、毛皮服装、皮具箱包、皮毛、皮革、鞋类的集散中心，也是皮革价格信息、市场行情、流行趋势的发布中心，并且已在深圳证券交易所挂牌上市，股票简称"海宁皮城"。

真是没说的，海宁在改革开放中的神奇飞跃，其身姿，与海宁人金庸笔下的武功神通，如出一辙。

乌镇的脱胎换骨

乌镇这个名字，当年并不响亮。

乌镇老了，老得有点破旧。乌镇其实在唐代就已正式称镇，虽说当时的镇并不是今天意义上的行政建制镇，而属军事概念上的"军镇"；但不管怎么说，其称镇距今已有一千多年的历史。茅盾曾经写到过镇上有株"唐代银杏"，那便是栽于乌镇"乌将军庙"旁的那株镇上最古老的树。当然，正式建镇之前，这个地方也早已有了人烟，人们逐水而居，农桑与商贸活动都已发展到一定规模，秦代已成为有名的集镇，当时称作乌墩、青墩。

乌镇的正式命名，有多种说法，其中之一便来自这位"乌将军"。乌将军名字叫乌赞，是唐宪宗元和年间，为追杀叛军而在青墩中箭而亡的，青墩也因纪念这位乌姓勇士而更名为乌镇。这个古镇位于桐乡西北端，地当水陆要冲，跟江苏省苏州市的吴江区仅一水之隔，历史上一直被称为两省（江苏、浙江）、三府（嘉兴、湖州、苏州）、七县（乌程、归安、崇德、桐乡、秀水、吴江、震泽）接壤之地。正因为

20世纪70年代的乌镇面貌（李渭钫摄，桐乡市档案馆提供）

处在"几不管"的夹缝之中，乌镇长期得不到有序建设，在历史的长河里如同卵石被青苔覆盖一样，日益黯淡。

乌镇当然需要起飞，乌镇也有条件起飞。然而这个起飞条件，却不是一般人能看出来的。一般人可能只看到乌镇处于嘉兴的腹地兼洼地，地理位置很不显要；只看到运河两岸黑压压的一大片破旧民房；只看到全镇没有一家像样的镇办企业，没有一家像样的家庭作坊；只看到全镇没有像样的陆路交通而只有运河里突突作响的一些小火轮；只看到一个古老而发展迟滞的农业镇子，黯淡得就像它的镇名一样。但是，偏是这个说啥啥也不是的镇子，却被一位叫作陈向宏的年轻人洞察到了先机。

他目光炯炯。他坚持认为并跟许多人说，乌镇具有后发优势，乌镇是能够咬破自己的茧壳，拍打翅膀高高飞翔的。

身形瘦削、目光锐利的陈向宏正是桐乡乌镇人，其时，正任职桐乡市政府办公室主任。那一刻，他主动请缨，愿意去老家乌镇做篇大文章，当然，前提是市领导给予充分信任和政策上的大力扶持。

桐乡市的领导听了这位年轻人提出的发展思路，给予了充分的信任。他们觉得其开发思路新颖大胆，更重要的是，这个春秋时期就以吴越边境村镇的地理位置而存活的古镇，确实不能再破败下去，而应在改革开放的洪流中迅速蓬勃再生。这种急迫性的考虑，是第一位的。

于是，1998年，陈向宏便由市政府办公室的主任，调任乌镇古镇保护与旅游开发管委会主任。年轻人的翅膀，先于乌镇的翅膀张开了。

陈向宏面对的，自然是一个棘手的任务：镇容破败的乌镇，如何在短时间内打出个扎扎实实的翻身仗。

看看历史，其实，在水运交通时代，由于京杭大运河以及四通八达的水网，乌镇作为运河商埠也曾经繁荣过。鼎盛时期，乌镇人口多达10万，相当于当时欧洲的一个中等城市的人口。在那样的相对繁荣的时节，货物与人流终年不歇地上下于镇子的各个码头，车轿梭行，店旗招摇，街巷接踵，镇民守着四时过日子，生活算得安稳，市面算得热闹。说起来，乌镇的传统节日也很闹忙，过个春节，鞭炮会一直响到元宵。元宵那天，乌镇的妇女们还有一个令人喜笑颜开的"走桥"习俗。走桥需晚上进行，三五结伴，走满十座桥，且路线不可重复；这其实是一种以妇女为主体的避灾禳解活动，称"走十桥"，也称"去百病"。妇女们走桥时还要各带一只平时煎药的瓦罐，过桥时就将瓦罐丢入河中，据说如此一来便可保证新的一年无病无灾，稻也种得旺，蚕也养得好。我20世纪七八十年代出差路过乌镇，也时常会去走走乌镇的桥，试图不重复地连走十座，弯弯曲曲走，高高低低走，很有兴味。

由于乌镇农业发达，且是运河商埠，所以读书人多，自宋至清近千年时间里，镇子就出了贡生160人、举人161人、进士及第64人，另有荫功袭封者136人，堪称人杰地灵。

但是随着水运时代的终结，这个镇子无可避免地冷落下来，而且越来越不被历史正眼看待，破败的镇子只剩历史、传说、老人的回忆，与一座高达5米的"昭明太子读书处"石牌坊，以及一栋二层瓦房的"茅盾故居"，在夕阳的映照下坚守着。

陈向宏坚持认为，乌镇是有希望的，是会重新辉煌的。他提出了自己独特的发展思路。这位踌躇满志的年轻人认定，历史文化沉淀厚重的运河古镇，正适合搞当代旅游，而旅游正是解决了温饱问题的中国人一种越来越重要的生活方式，前景广阔得很。

当时质疑的人不少。他们对陈向宏的说法相当怀疑。他们说，乌镇果真能脱颖而出吗？附近的古镇旅游早就在搞了，苏州的周庄十年前就开始搞了，嘉兴的西塘也是四年前就开始开发古镇旅游了，我们乌镇一点也没有先发优势啊；而且我们乌镇缺乏先天禀赋啊，乌镇手里仅有"茅盾故居""昭明太子读书处"两张牌，旅游号召力完全不够啊；再说交通更是不方便，没有高铁的前景也没有飞机场，最近的机场也远在杭州。

陈向宏很倔。他坚持做下去。这位"乌镇总设计师"认为，乌镇自有其不可替代的魅力，不怕没有先发优势，只怕没有独特景色，只要做出差异性，必有自己之长。他决心打造人们想象中农耕时期典型的水乡风貌，他认为生活中的乌镇在这方面得天独厚，能做出相比周庄与西塘不一样的东西。他对他的团队这样说："我要的是差异性，我们要做的东西，应该恰恰是人家没有做的东西。譬如，我们都考察过别的古镇，别的古镇都只有一条街或者一块地方像古镇，而我们要做的，是整体风貌，不是做一个点，而是做一片，要做整体风貌的保护，在整体上呈现古镇的魅力。"

陈向宏特别强调"整体"，他具体解释说："我们乌镇的民居，或许比不上人家的乔家大院、王家大院，但我们不在乎房子的进深有多幽深，我们在乎的，是让古镇更像一个古镇。"

这样的改造思路显然是对的。于是陈向宏团队克服重重困难，拆掉了乌镇东栅区域里所有的新房子，凡是与老东栅不协调的建筑，譬如七八十年代的宿舍楼、百货大楼，一概拆除；花整整一年的时间，把东栅区域里所有杂乱的空中电线与地面管道一律地埋；给东栅所有的百姓家庭都装上抽水马桶，以防止往河里倾倒污物；东栅修复老建筑严格坚持"修旧如旧"原则，用旧料恢复故居模样；调整街区，搬迁7家小工厂与作坊，合理安排房子的疏密度；整理水系，把有些填埋的河道重新疏通，让水乡所有的水都流动起来；东栅景区的房屋整理完毕后，再把酒作坊、布作坊等特色作坊请回街区，请本地人在景区展示手艺，充分展示古镇的历史风情。

陈向宏如同扎针灸一样，几针下去都扎在穴道上。于是，受了刺激的乌镇东栅原地"跳"了起来，顿然旧貌换新颜，整体的风貌感非常强烈。乌镇东栅景区在2000年建成后，长三角的游客乃至全国的游客纷至沓来，都说，哇，竟然还有这么古色古香的镇子！

连著名演员黄磊也被乌镇东栅的独特风貌所吸引，他决定将一部自导自演的电视剧《似水年华》的外景地，就放在台北与乌镇东栅两地。黄磊开始也根本不知道世界上还有个叫乌镇的地方，他后来回忆，他当时在飞机上闲翻一本宣传画册的时候读到了"乌镇"两字，由于这份资料上"乌镇"是繁体字，他粗读之下还以为是"鸟镇"。之后，他跑到乌镇一看才大吃一惊，知道这精致而典型的江南水乡，便是自己这部电视剧的理想外景地了。电视剧《似水年华》的主演是黄磊自己，另外还有刘若英、李心洁、朱旭作为主演，讲述的是一对青年男女在乌镇和台北之间隔山隔海的爱情故事。电视剧播出之后，乌镇突然便在全国耀眼了，声名大振，观众们纷纷问乌镇是在什么地方，都说我们以后得去乌镇看看。

陈向宏初试牛刀便凯歌高奏，东栅景区的经济效益统计之后十分亮眼，至2003年，1亿元投资已全部收回，全年营收达3000万元。陈向宏与乌镇的开发班子喜笑颜开。

接下来，陈向宏的目标就转向了乌镇的西栅地区。而对这一地区的开发，他又有了新的思路。也就是说，乌镇西栅的开发应不同于乌镇东栅，不能光是着眼于靠白天旅游收收门票，而要做全新开发，单纯的观光景点要向度假休闲中心转型。他向团队谈了自己的思路，说如果东栅开发是凭资源的差异性，那么，接下来的西栅开发，就是凭产品的差异性。东栅是白天游；西栅是晚上游，是度假游，是住下来的旅游。

也有人疑惑了，说有山有水的地方才能做度假旅游，你一个江南水乡，怎么做呢？陈向宏说，完全可以做，尽管自然山水是度假旅游的依托，但人文也可以成为度假旅游的内容。我们只要想着如何全心全意地为"住下来的游客"提供好服务，西栅必能成功。而且陈向宏还提出，西栅的开发应是封闭式开发，原住民将全部迁出重新安置。为什么？很简单，既然建设高质量的度假中心，就必须给游客提供很好的度假体验，环境不能闹哄哄，要安静，要休闲，要舒适，所以，原住民须全部迁出，不然根本保证不了度假环境的安宁与闲适。为了达到顺利搬迁原住民的目标，陈向宏团队计划先在西栅周边建安置房，如银杏小区，又建廉价房，如长城公寓，然后再建一批廉租房，尽量做到让迁居的西栅百姓满意。

关于这一开发思路，陈向宏始终强调这样一个重点："我们做产品运营的目标是什么，只能是，放大用户体验！我们必须明白，只有精致的、人性的、深度参与性的体验，才能给消费者留下深刻印象！"

乌镇西栅的开发，比起东栅的开发，显然更具挑战性，但陈向宏信心满满，他认为西栅开发的总体思路是正确的，虽说开发压力相当大，经费算下来需投整整10亿元，全靠公司自己贷款，而且西栅的改造时期也相当长，需整整四年。

在这四年的紧张改造中，陈向宏处处严格要求，容不得半点马虎，而且许多工作亲力亲为。西栅景区的12座小岛、70余座小桥，以及房舍、桥洞、街巷转弯，甚至细到牌子、地砖，都是陈向宏亲自一笔一笔勾勒出来的——他在工厂做过三年的机械制图，有经验。陈向宏要求西栅所有的民居必须修旧如旧，所有新建的石桥、商铺、酒店，都要与原来的建筑风格保持高度一致。

乌镇西栅一天天地在蝶变：街道沿河而建，全由青石板铺成，显得厚重、坚实而又不失古朴与自然；同时这种宽宽窄窄、曲曲直直、有藏有露、上下相通、宛若游蛇的街道，又给人以动静结合的美感；景区既安排了老邮局、糕团店、中药房、灯笼铺这些老式门店，也设置了小酒吧、咖啡馆、甜品店这些年轻人所喜爱的现代业态。

除了夜晚亮起的点点暖黄色灯光，这个被整体改造的景区很巧妙

2007年，改造后的乌镇西栅（张雄伟摄，桐乡市档案馆提供）

地隐藏起了所有现代化设施的影子，始终呈现江南水乡那种典型的古朴、原始、野性、精致。

现在，你看见了露天场上成群的盖着斗笠的酱缸，看见了大染坊外迎风飘舞的五颜六色的花布，看见了"乌镇大戏院"那伴随吴侬软语的怀抱琵琶的演出，看见了临水而立的修长简洁的"木心美术馆"，看见了廊檐下如喜庆庙会上挂的纸糊的花灯，看见了狭窄的巷子里由一长溜方桌方凳所组成的"长街宴"。

风轻轻吹过黑瓦与无数的植物。无数的花草甚至野禾，轻轻摇晃着流水与精致的江南。

陈向宏自己也被亲手描绘的画面惊艳了，乌镇的建设班子都惊艳了。所有来西栅探班的人都说：哎哟，这就是我们想象中的江南水乡啊——不，比我们想象中的还要好啊！

西栅景区的建成，世人惊艳，游客如潮。乌镇不仅成了旅游的金名片，而且成了度假的金名片。西栅景区开放后，第一年税后收入就达到3000万元，第三年达到9000万元，后来一直以年增幅30%的速度增长。

乌镇成了奇迹。

应该给陈向宏点个赞，他聪慧，也有韧劲，他是"勤善和美嘉兴人"的典型代表。

夏家的后代，也出现了弄潮儿

夏二富的思想显然赶不上趟了，起码他的两个女儿都这么认为，尤其是小女儿夏小花，竟然大不敬，用这句"刻薄"的话来形容自己年过八旬的老父亲："思想上的跛脚，比生理上的跛脚问题更大。"

姐姐夏大花认为妹妹说话太偏激，瞪眼喊："你怎么这么说阿爸啊？"而夏小花却我行我素，顾不得父亲的反对，决定自己"蛮干"了，她甚至引了鲁迅先生第一个吃螃蟹的人是勇士的经典话语，说："我就要把厂子做起来，你们入不入股都由你们，我反正借钱也要做。"

已经过了不惑之年的夏小花，自小就有一股像母亲招娣一样的男子气。母亲过世后，她在村坊里连任过三届妇女突击队队长。在这个风起云涌的1986年，她之所以急于创办"小花针织厂"，是因为她半年前已去桐乡县濮院镇取过经，对自己的创业前景有了非常大的信心。

夏小花取过经的那家厂子，就是"云翔实业有限公司"，这家公司由作坊式的"濮院云翔针织厂"发展而来，才两年就造起了五层楼的房子；公司的当家人就是夏云翔。说来也巧，这位夏云翔就是当年办"嘉兴医院"的夏院长之孙。夏小花模模糊糊地记得，当年的夏院长真是良心好，专门派医生坐在自己的叔父夏三富的破脚踏车后座，颠颠簸簸来乡下救治自己的爷爷老夏头。

那天在濮院镇取经的时候，夏云翔所介绍的一番创业经历，令夏小花激动得坐立不安，她说："夏厂长你这里做得那么好，才两年就发展成了大厂子，招工一百来个，我们那村坊到现在还没一家像样的厂子，我为啥不回去像你一样创业？"

夏云翔说："问你自己啊，你既然有志向，为啥不马上做呢？"

夏小花说："我阿爸就只许我开点心铺，说我手巧，若要创业，在村里卖卖点心就成。"

夏云翔说："这可要你自己拿主意，你要前前后后想好，自家的路自家走。"

八十二岁的夏二富在床上咳嗽到半夜，就是睡不稳，天亮后又把小女儿喊到自己床边，说："你胆子贼大啊，敢把家里新造的三层楼房都抵押了？办厂子，办厂子，办厂子有这么省心吗？我们种田人能把庄稼伺候好，就已经了不得了！你爷爷从小还是摇橹的，能到岸上来种块田，就开心死了！如今政策好，我们家承包了那么大一块田，又承包了一个鱼塘，你老公养鱼扠鱼卖鱼忙得不得了，你还要织啥羊毛衫？"

夏小花说："人家能做厂子，我为啥不能做厂子？"

夏二富说："我早告诉你了，一定要做，就做点心铺。你手这么巧，村坊里的人都来托你包粽子，你啥粽子都会包，红枣粽、赤豆粽、豆沙粽、大肉粽，你包得最紧，最不会散，你开个粽子铺生意肯定好。再说另外的点心你也都会做啊，面饼、饺子、馄饨、馒头、松糕、糖糕、团子，哪样不会做？光是做团子，我就吃过你的豆沙团子、肉馅团子、南瓜团子、菜馅团子、青团子，你说开个点心铺，赚钱还会少了你？你比你老公养鱼都要赚得多！"

夏小花说："我还是想做厂子，我要走濮院镇夏云翔厂长走过的路。"

夏二富的眼珠子凸了出来，一边咳嗽一边拍着床沿说："你气煞我了，你要是亏了本，丢了房子，我们住哪里去？夜里困田埂，还是困晒谷场？"

没过一个星期，夏小花就说服了自家的父亲，原因是自己那位种田养鱼的老公积极撑腰，帮着她一起开导了夏二富。夏小花的老公欧阳以及在浙江大学读书的儿子欧阳夏一致认为，就应该在国家改革开放的年代当一回改革闯将，失败了就失败了，有啥可怕的，羊毛衫做不成就继续种田养鱼；再说，拟议中的"小花针织厂"投资并不多，也得到了濮院镇那位夏云翔厂长在原料、销路方面的承诺，夏厂长甚至说他们的厂可以成为"云翔"牌产品的加盟厂家，这么一来，创业风险完全是可控的，没必要提心吊胆。

最后，连夏大花也动员父亲支持夏小花的办厂意愿，说："阿爸你放心，房子抵押就抵押了，算个啥。要真没房子住，你住桥东我家去，我和我老倌刚刚盖好新房子，你想住二楼就住二楼，想住三楼就住三楼，你怕个啥！"

夏小花的厂子办起来了，起先还好，开工的时候还啪啪啪放了鞭炮，整个村坊都来看热闹；但没过两个月，就出毛病了，头批货品被退了回来。

办厂喝头口水就呛着了，急得八十二岁的老父亲连连捶床。

原因，还是在产品质量上。夏小花购置的20台针织机没问题，问题是招来的当地村民技术不过关。幸亏濮院镇的夏云翔厂长及时赶过来实地考察。

夏厂长果然眼毒，两眼一眯，便看出了症结所在：针脚开得太松，横机工拉得太快，造成成品羊毛衫缩头太大。夏厂长对围观的工人们说："这羊毛衫没穿几天就会缩短到肚皮上头，这还不是砸了云翔的牌子？"

夏厂长言罢，立马亲自上手，一左一右地拉起了横机，边做边说：这六针车元宝针的针脚，要开得恰到好处；吊坠要不轻不重，不高不低；拉动的速度是每秒一个来回，即"嘀嗒"一个来回，既不能快，也不能慢！

夏小花忙不迭招呼着大家："听着，仔细听着，这都是很好的经验啊！"

夏厂长边讲解边示范，待工人们全部学会后才起身赶回濮院，后来想想，还是不放心，又专门请来上海羊毛衫一厂的王师傅，在夏小花的厂子里驻厂两个月，日日严把质量关，终于让产品的每一批次都合格了。

夏小花生产的"云翔"牌羊毛衫，也与濮院生产的一样，持续旺销上海。躺在床上的八十二岁的夏二富，每次咳嗽完后就笑，呵呵呵呵不断，他自己也不晓得为啥会这样。

夏小花出名了，成了当地的改革闯将，当选为市"个体劳动者协会"的副会长。

嘉兴日报社派出了新闻部记者夏莲莲，专程赶来乡间采访夏小花。

夏莲莲一见夏小花就满口的"小姑姑"，亲热得很，原来夏莲莲就是已经退休的嘉兴老干部夏三富的孙女儿，年年春节都来乡下吃夏家团圆饭的。

夏小花和她丈夫欧阳的名字，是刊登在同一天的《嘉兴日报》上的。出现夏小花名字的是第二版，还带一张笑容满面的照片，讲的是其办厂"吃螃蟹"的经过。她的丈夫欧阳的名字出现在第四版上，没有事迹也没有照片，只有一个名字"欧阳木根"，出现在"首届浙江省水产养殖业先进分子光荣榜嘉兴榜"那密密麻麻的名单之中。

夏家当天又出现了一个奇迹，八十二岁的夏二富笑着笑着精神忽然好了，而且基本不咳嗽了，不仅能下床，还能出门，甚至还会一瘸一瘸走过石桥，满面笑容地跟沿路乡亲打招呼，手里扬着当天的《嘉兴日报》，一路给人看，先点第二版，再点第四版，开心得嘴巴一张开就半天合不拢。

呵呵呵，呵呵呵！

所有遇到的乡亲都回答说，你福气，你福气！

"编辑部的故事"与编辑部前面马路的故事

在改革开放的热潮席卷嘉兴之时，嘉兴城原先那种街巷逼仄、瓦房低矮的市容市貌，也顿起变化，亮丽的新区与街道陆续诞生，尤其是那条贯穿全城的东西向的主干道中山路，褪去了一身旧鳞甲，由蛇成龙，使得"大嘉兴"顿然有了呼啸奔腾之势。

刹那间，"浙北第一街"声誉鹊起。

对于嘉兴人来说，最深切的城建记忆，便是当时的"一条中山路，半座嘉兴城"；至今忆起，都自豪得不得了。

确实，宽阔整洁、气势宏阔的中山路，是一座千年老城蜕变成一个崭新的现代化城市的图腾般的象征，不但见证了嘉兴城市发展的由小至大，也一直承载着嘉兴人的历史记忆。

旧中山路成为新中山路，是一次彻底的脱胎换骨。

改造之前的嘉兴中山路，仅长1500米，宽8米。街东头是密密麻麻的商铺，西头是居民杂居的低矮平房。路面从东到西均坑坑洼洼，车流量也很小。这样的城市主干道，显然已无法适应一个地级市迅速起飞的跑道需求。

应该说，那个时候的嘉兴，还根本没有大城气象，仅是个"县城"格局。城区人口11.4万人，建成区面积仅7.7平方公里，环城河内的棚户区比比皆是，用嘉兴的一句俗话说就是"子城打屁股，四个城门都听得见"，可见城市之逼仄。不仅城市面积局促，而且各项城市基础设施也全面落后，根本无法适配"大嘉兴"。

其实，嘉兴人在读到国务院1983年7月27日发布的（83）国函字145号文件，知道嘉兴已升格为省辖市，有"五县两区"格局时，浑身的热血就开始涌动了。他们完全明白1983年是嘉兴市元年，嘉兴的城市规划、城市管理、城市建设从此都将拉开激动人心的大幕。

嘉兴历史上第一个城市总体规划，终于在1985年11月经浙江省政府发文正式批准，其要点是：嘉兴城市用地，主要向北、向西，沿干道两侧发展，向东面适当填平补齐，构成以旧城为核心，同时向三翼扩展的"风扇型"布局形式。"风扇型"的城市布局，当然是极其合理的，由于东南、西北方向保留风道，嘉兴城区的"热岛效应"便能够有效缓解。

嘉兴人永远记得1984年4月，声势浩大的城市拆迁改造就此拉开了序幕：意义深远的一路（中山路）两桥（中山西路桥、铁路立交桥）工程，在万众欢呼声中剪断了彩带，狮子与龙一起舞动。

我自然也是这项宏阔工程的目击者。

我是在嘉兴地区分设湖州、嘉兴两市后，从原先的地区行署所在地湖州，被分配到嘉兴工作的。我的本职工作，也从原先的编辑地区级文学刊物《南湖》，改为创办嘉兴市文学刊物《烟雨楼》，组织新的刊物编辑部，并同时担任了嘉兴市文学工作者协会主席，这个协会后来改称为嘉兴市作家协会。记得我当时所借住的嘉兴"东风旅馆"就位于中山路东头的北侧，所以每天上下班都需踩着坑洼与泥泞进出，但是心里是欢欣鼓舞的，知道这条路正在痛苦蜕皮，知道嘉兴明日的宽敞与透亮已是必然。

我们这些从湖州刚调到嘉兴的机关干部，因为没有机关干部宿舍楼可住，所以分别栖身于嘉兴的四家小旅馆，每户仅分到一个小房间，住得很逼仄：几乎所有的家具都像堆仓库一样堆积在一起，煤气罐与小铁锅就置放在床头边，炒菜时非常担心火星子会溅上蚊帐。记得当时，省作家协会一位姓郑的老作家来嘉兴考察工作，我在家里请他吃面条，便以两张方凳拼接作"方桌"，我俩坐在两张小矮凳上面对面呼哧呼哧吃面条，吃得面红耳赤、浑身冒汗。郑老作家说，你们嘉兴怎么弄得如此艰苦？我说，不要紧，马上就会好起来，成片的市级机关干部宿舍楼已经在建了，旅馆门前的中山路明年便可竣工，嘉兴腾飞指日可待。

郑老作家说，是吗？

我说，肯定！

后来，我又带这位老作家去了我每天上班的《烟雨楼》编辑部兼市文学工作者协会办公室。办公室位于陈旧的嘉兴人民剧院三楼，是一个仅几平方米的小房间，也算是租用，一张办公桌当中一摆，半个房间就没了。

郑老作家说，这么小的房间，怎么办公呢？怎么接待来访的作者呢？

我说，没问题，现在编辑部只有我一个光杆司令，只要多放几张凳子，就可以接待两三个来客，以后的编辑部房间，肯定会大起来。我还要去调文学编辑，至少要调一位，以后我的办公室里可以面对面放两张办公桌，每天有两个人上班，墙边再摆一张长沙发，我中午可以躺着午休一下，作者来了也能坐，房间里再多摆几张椅子，那就可以坐更多作者，可以有七八个人坐在一起讨论文学，那气氛就相当热烈了。

这已经是当时我脑海里的办公室的理想状态了。

郑老作家说，是吗？

我说，肯定！

我当时信心满满。

答案当然是肯定的。嘉兴中山路的改造工程两年后按时竣工，于1986年11月全线通车。这条东西向的城市主干道建设得焕然一新，路长由原来的1.5公里延伸为3.14公里，路宽从原来的8米一下子增粗到40米，敞亮得令人不敢相信。

一条宽大豪迈的巨龙驮起了整个嘉兴。

中山西路大桥也顺利通车，实现了中山路与中山西路的无缝对

1983年10月，中山路旧貌（嘉兴市档案馆提供）

1989年4月，扩建后的中山路新貌（王友生摄，嘉兴市档案馆提供）

接。那天大桥的合龙仪式，彩旗飞扬，锣鼓喧天，几乎半个嘉兴城的老百姓都集聚在这里了，孩子们骑在大人的脖子上挥动小手，人们欢呼的声浪一阵高过一阵。

确实，"浙北第一街"的诞生使得嘉兴老百姓热泪盈眶，都明白自己的城市已经插上翅膀了，这样笔直豪阔的大道分明就是昨日的嘉兴走向今天的嘉兴的象征，也是今天的嘉兴飞向明天的嘉兴的跑道。

嘉兴整体的城市布局自此快速展开，中山路完工后，就开始沿着这条"浙北第一街"强劲地向西发展。嘉兴电力大楼、邮政大楼、纺织大楼、食品大楼、江南大厦、民丰大厦、丝绸大厦、文华园等60多栋巍峨的新建筑，在中山西路两侧的田野中拔地而起。整条中山路以自己焕然一新的面貌，成为当时嘉兴市政治、商业、文化娱乐的中心。

在这60多栋巍峨的新建筑中，就有一栋我特别希望早日竣工的"嘉兴市文教大楼"。这栋并不很高但颇有体量的4层新建筑，就建在中山西路北侧，离中山西路大桥不远，文化局与教育局各据半栋；而文化局所占用的那半栋楼的底层，整整4个房间，全划给了嘉兴市文联作为办公用房。

我理想中的办公用房状态，忽然就这么落了地，落得堂皇而又气派。那天，看着我的《烟雨楼》编辑部的整整一大间窗明几净的办公室，看着两张崭新的面对面的办公桌，以及墙边一只高高的文件柜与一张神气的黑色皮革长沙发，我简直有点热泪盈眶。

接着，在文联领导的支持下，我很快就从一家商店引进了一位年轻有为的职工作为编辑部的文学编辑。这是一位名叫朱樵的业余小说作者，不仅6分钟之内就能把一辆自行车从零件到整车完整地装配好，是个业务行家，更重要的是短篇小说写得有灵气，很有文学前途。我自豪地指着第二张办公桌说，这张办公桌就是你的了，我俩每天面对面办公。朱樵开心地说，哦，这么敞亮的办公室！我也同样开心地说，不仅办公室宽敞，办公室窗外的这条中山西路更敞亮啊！

由于刊物编辑部办公室敞亮，嘉兴的文人们可以常聚在此海阔天空地聊，谈稿件，谈刊物，谈编辑思路，谈文学思潮，并且看着大玻璃窗外面的车水马龙。窗外中山西路上那种奔腾呼啸的声音，不仅是嘉兴经济起飞的一种伴奏，也可以视作嘉兴文化与文学在一个新起点上起跑的象征。

当时，不仅《烟雨楼》编辑部有了自己专属的办公用房，而且编辑部的专职美术编辑还可以坐在隔壁的文联财务室办公，那里也安放了一张办公桌；这样，我们编辑部实质上有了一间半办公室。而在文学作者会聚得更多的时候，我们也可以使用走廊尽头那间文联会议室尽兴谈论，因此这间专用会议室在很大程度上，也可以算作我们编辑部的实际用房。文化局的领导们也明确表示了，若是文人的聚会规模再扩大的话，文化局的4楼大会议室都可以供我们使用，只要事先报备。

不久，我和小说编辑朱樵就在办公室内那只高高的文件柜上，给每只抽屉分别标注"小说来稿""诗歌来稿""其他来稿"字样。小说、散文稿件自然由朱樵初审，诗歌稿件则由编辑部聘请的特约责任编辑、嘉兴教育学院的伊甸老师初审。这两位编辑看稿一向认真，也使得编辑部的日常运转十分流畅，秩序井然。

我当时就热泪盈眶地觉得，我们的刊物编辑部已经太阔绰了，办公条件太豪华了，文件柜有了，长沙发也有了，会议室也有好几间可以申请使用了，刊物编辑的基本队伍，包括小说编辑、诗歌编辑、美术编辑，还有财务人员都已齐备了，还有什么理由不把新生的《烟雨楼》杂志办好，不把我们嘉兴市作家协会的各项工作做好，不很快带出一支朝气蓬勃的很有闯劲的嘉兴文学队伍来呢？

在那样敞亮的办公条件下，我们的文学组织工作当时也确实铆足了劲儿。为了提高嘉兴文学青年的写作水平以及增浓嘉兴市的写作氛围，我们常请省内外文学界的老师来嘉兴上文学公开课，先后请来授课的作家包括写《美食家》的陆文夫、写《柳堡的故事》的胡石言、写《最后一个渔佬儿》的李杭育。有着上千座位的嘉兴人民剧院被我们借用，连续好几场公开课听众都满满当当。我们还在嘉兴所属各区县市轮流举办"烟雨楼笔会"，有一次甚至还与《上海文学》编辑部联办，让嘉兴市的青年作者与当时在上海崭露头角的青年作者金宇澄、孙甘露一起在嘉善、海盐、平湖采风与研讨。嘉兴市的各种文学大赛也适时举办，以让更多的文学爱好者手握钢笔你追我赶。那一时期，嘉兴的作家队伍确实也春雷声声，拔尖人物频现，最出类拔萃的当数海盐县的余华，他在1987年连续发表《十八岁出门远行》《四月三日事件》《一九八六年》等中短篇小说，一举成为全国瞩目的先锋作家。

我本人的住房条件也有了天翻地覆的改善。我的家从拥挤的东风旅馆搬出，搬入了新建的嘉兴市级机关干部宿舍区"吉水新村"，一间房变成了三间房。这个崭新的鳞次栉比的吉水新村，就坐落在中山西路南侧，离中山西路大桥也不远。我妻子蔡继英在嘉兴市文化局工作，后被任命为嘉兴市文化市场管理办公室副主任；我幼小的女儿黄澜也安置在嘉兴第一幼儿园就读。我每天早晨用自行车驮女儿去幼儿园并且在傍晚接她回家，自行车轮胎沙沙沙地响在宽阔无比的嘉兴中山路与中山西路上，只感觉每天的晚霞都如晨晖一样壮丽，每天的夕阳都有旭日的新鲜，只感觉车轮下的"浙北第一街"时时刻刻在奔腾，如飞龙，如骏马。

总之那几年里，我的工作条件与生活条件都有鸟枪换炮的感觉。我经常回忆起改革开放初期嘉兴城市建设起飞的那种雄壮与锐气，那是个几乎天天都有新鲜事情发生的年代，我至今对第二故乡充满感情。

我是1990年从嘉兴调回杭州的。告别我那间窗明几净的编辑部办公室之时，自然很有些依依不舍。但后来当我得知，我留下的那把办公室钥匙，以及那张办公桌的抽屉钥匙，都一起被移交给了从海盐县调来嘉兴市文联的余华，又特别开心。事实证明，嘉兴文艺界后来人的文学爆发力要大大优于我们这些人，嘉兴当代文学事业的前景已是无限开阔。当然，余华在我坐过的那张办公桌旁也没坐多久，他也留下两把钥匙去了北京，又从北京迅速走向了世界。他后来连续发表的小说《活着》《许三观卖血记》，惊动了东半球与西半球。

"浙北第一街"牵系着嘉兴城市建设的雄健起飞，也牵系着我刚才介绍的这个小小的"编辑部的故事"，至今说起来都很令人感慨，也很激动人心。

改造后的奔腾起飞的嘉兴中山路，我算是第一批乘客。这第一批乘客里，包括我的刊物编辑部的全体同仁，说得大一点，也包括嘉兴文学界的全体朋友。

请允许我说得再大一点。

请允许我说，全体嘉兴市民，以及当时跑来嘉兴的所有满口赞叹的外地客，都是这条奔腾起飞的"浙北第一街"的第一批幸运乘客！

嘉兴社会主义精神文明建设的一张张成绩单，都十分亮眼

改革开放时期的嘉兴，不仅经济面貌与市政建设面貌焕然一新，社会主义精神文明的建设也是一马当先，成绩十分亮眼。

1984年7月1日，嘉兴人民广播电台与嘉兴电视台宣告成立。电台开播全天7档的《全市新闻联播》节目，接着又推出《上下五千年》《世界五千年》《近代八十年》等历史专题节目，均受到嘉兴听众的热烈欢迎；电视台则在人员少、设备简陋的情况下坚持开播自办的节目《嘉兴新闻》，如今我们还能听见当时的电视台播音员回忆初创时期的情况："演播室非常简陋，就一个房间，有一个背景，设备也不齐全，没有专业的打光、化妆，也没有专业人员指导，拍出来的画面在摄像机里看着还好，但发射播出后，画面都变形了，人也变得很丑。当时没有电脑、打印机，连提词板都没有，跟现在完全不能比。"但不管怎么样，电视画面还是给嘉兴市民带来了每天的激动，嘉兴观众每夜都兴致勃勃地坐在黑白电视机前，观看自己的城市在改革开放春风吹拂下日新月异的变化。

一大批高等专科学校与中等专科学校也你追我赶地在嘉兴相继建立：1983年，建立了嘉兴市教师进修学校，三年后经省政府批准定名为嘉兴教育学院，并请著名数学家苏步青先生为学校题写了校名；1984年，筹建成立了嘉兴高等专科学校；1987年，中国有色金属工业

总公司所属的浙江冶金经济专科学校迁来嘉兴；自1984年上半年始，经省政府批准，嘉兴又先后建立了嘉兴市中等专业学校、浙江省农村金融中等专业学校、浙江省会计学校等一系列中等专科学校。

嘉兴的各项文化事业也开始快步小跑。包括茅盾故居、丰子恺故居缘缘堂、王国维故居在内的一批名人故居得到了全面修葺。名人故居蕴含着丰富的历史信息，是历史的见证与精神的传承。时任桐乡县文化局副局长的鲍复兴在他的一部近作中这样回忆：

> 茅盾故居保存尚好，1981年茅盾逝世后，浙江省人民政府就将乌镇茅盾故居列为重点保护单位，所以住在茅盾故居的人家腾迁费用、落架大修经费、后来的陈列布展经费等，基本上均由上级有关部门专门拨款。而缘缘堂已是一无所有……原址已是一片蔓草杂树。"文革"后，在这片废墟上建造了石门镇弦线印染厂。因此重建缘缘堂要两笔费用，一是安排厂房拆迁、移地新建的费用，再是重建缘缘堂的费用。这不是个小数目，全要由桐乡县安排解决，相当困难。广洽法师三万元的助建费正好成为重建缘缘堂一个很好的切入口。1984年政府原安排要建石门镇文化站，现在改为重建缘缘堂，有广洽法师的三万元，估计也够了，那么县里可将原建文化站的费用作为印染厂搬迁等经费，这样县财政的负担就相应减轻了不少。

总之，千方百计，交叉腾挪，嘉兴的一批名人故居都先后修葺一新，成了人们竞相参观的景点。

嘉兴各区县市都还积极筹措资金新建、扩建了包括图书馆、文化

重建的缘缘堂（桐乡市档案馆提供）

馆、博物馆、影剧院在内的一批文化设施；各地一大批重要的文物古迹也先后得到了修葺，包括嘉兴范蠡湖的西施梳妆台、嘉兴王店镇的曝书亭、海盐南北湖的云岫庵、嘉善的梅花庵；嘉兴子城、嘉兴天籁阁也都被列入了准备修复的名单。

随着改革开放的不断深化，嘉兴市陆续出台相关文件，鼓励文化企业加快发展。嘉兴市的各类文化经营单位很快就达到了3000家，从业人员数万，基本形成了以新闻服务、演艺娱乐、印刷出版、影视音像、休闲旅游、网络、艺术品经营、文化中介服务等行业为主体的文化产业体系。

嘉兴文化教育事业的发展，精神文明建设新风的吹拂，确实十分有助于嘉兴人精神生活质量的提升。

使人感动的是，1990年在嘉兴全市开展的"我为南湖增光辉"

南湖革命纪念馆新馆（嘉兴市档案馆提供）

活动中，嘉兴人民自愿捐资 320 余万元，在面对烟雨楼的南湖之畔，助力建起了一个崭新的南湖革命纪念馆。嘉兴人始终记得，那 11 个匆匆来自上海的中共一大的代表，就是在这里下的船，也是在这里上的岸，他们在船舱里举着右拳喊的那些激动人心的口号，至今都滚动在这锦绣水乡的绿浪、大道、楼宇、园区中，带来了丰收和幸福。

嘉兴人记得"饮水不忘掘井人"的道理。

这应该是常识。

百年蝶变

第七章

跨入新世纪的嘉兴，如虎添翼

嘉兴加速更新迭代

嘉兴的发展速度一直是令人称道的。不言而喻，跨入21世纪的嘉兴，在社会主义建设与改革开放的深度与广度上，又有了新的引人注目的突进。

以更加自觉的姿态主动接轨上海，更加深刻地融入长三角一体化进程，嘉兴经济建设的这种加速度，十分明显。

举几个具体的例子，这些例子都发生在大家熟悉的地方：

海宁作为"皮衣之都"，在跨入了21世纪之后马上就有了自己的新追求，那就是加上"时尚"两字，叫作海宁"时尚皮衣之都"。2008年，海宁推出的一件"远看像时装，摸摸似丝绸，其实是皮装"的重量不到500克的时装新品，体现了这个时尚皮衣之都的最新形象。海宁的皮革生产速度，不断地刷新着纪录：早在2008年，海宁平均1.3秒钟就能诞生一件皮衣，平均3秒钟生产一只工艺复杂的皮夹，平均48秒钟制成一组牛皮革沙发套。这种汹涌的势头，与天天咆哮的"海宁潮"简直没有什么两样。在迎接建党一百周年的日子里，海宁中国皮革城又捧出了亮眼的成绩单：成为当年"双十一"破百亿元的电商基地，成为全品类的时尚潮城服务基地。

桐乡濮院镇的羊毛衫市场之规模，也越见壮阔。进入21世纪以来，这个工业城已经建成了十大羊毛衫成衣交易区和四个配套市场，门市部达上万家，濮院发展成为中国最大的羊毛衫集散中心和中国羊毛衫信息中心。2020年，濮院羊毛衫市场成交额就已超千亿元，物流货运量50多万吨，向打造"中国时尚第一镇"和"世界级针织时尚产业集群"的目标大步迈进。挂在濮院脖子上的奖牌也越来越多：全国千强镇、中国羊毛衫名镇、中国毛衫第一市、中国大型品牌市场、全国百佳产业集群、全国环境优美小城镇。

同样是嘉兴经济奇迹的嘉善木业，在20世纪80年代后期起步之后，由一家龙头企业带动多家木业企业共同奔跑，迅速形成了以城关镇为中心的胶合板产业带；刚跨入2000年，嘉善胶合板的生产数量就已经达到全国生产总量的三分之一，获得了"中国实木复合地板之

濮院国际时装城（沈建伟摄，桐乡市档案馆提供）

都"的称号。嘉善木业的领头人告诉我：我们不能满足于现有成绩，我们的木业家居产业一定要实现智能化、数字化，一定要走上这条产业提质增效发展的快车道。他信心满满地说，他们目前正在与北京林业大学、浙江工业大学、厦门大学谈如何共建产业创新载体、共建研发中心，哈尔滨工业大学也要在嘉善开设机电工程研究院，开展个性化定制、智能化制造方面的研究，他们还要引进上海"数夫智能""沐钛智能"这些第三方工业信息工程服务公司，帮助嘉善木业家居的大量中小企业转型。总之，他们已经认定，数字化是发展方向，粗放型生产向精细化生产转型是必然趋势。

显然，嘉兴的企业家是聪慧的，他们已经认定，"嘉兴制造"必须向"嘉兴智造"迈进，数字化与高科技必将是嘉兴未来经济发展的引擎。

嘉兴各高新技术产业园区里，新科技产业令人目不暇接。我在嘉兴秀洲区的工业开发区，参观过华东地区最大的玻璃深加工企业。这家名为"福莱特玻璃"的民营股份制企业十分神奇，其生产的光伏玻璃看似与普通玻璃相差无几，但厚度只有2～3毫米，拥有极高的透光度，将太阳能光伏组件压入其中后，就能利用太阳辐射发电，源源不断地产生清洁能源。走进福莱特玻璃的生产车间，你只会发出一声又一声惊叹。你会看见巨型的机械臂井然有序地进行着各种复杂的操作，而偌大的车间仅寥寥数名操作员，他们对着电脑屏幕输入一些数字指令，机械臂就会做出相应的精细动作。福莱特的一位技术骨干笑着对我介绍："我们这家企业现在基本实现了自动化生产，从切割、磨边到镀膜、钢化、合片，全交给机器，不用人管，只需少数人员在旁担任监督员就可以了。"他还用很自豪的语气说："我们刚研制成功了超白压花玻璃，这个新产品的意义很大，我们完全打破了国外企业对于超白压花玻璃生产的垄断，实现了光伏玻璃的国产化，我们领跑了中国光伏玻璃产业之路。这话听起来有点夸张吧？但这就是事实。"

更值得一提的是，光伏玻璃产业中95%的设备，都是这家企业自主研发生产的。从石英岩矿开采业务，到装备制造，再到太阳能光伏电站建设，企业内部的产业链闭环极其完善。走出车间的时候，这位技术骨干还意犹未尽，很感慨地对我说："你是一位作家，你要原谅我的激动，我的激动是有道理的。你要知道，我们国家的光伏玻璃产品在没有实现产业化之前，都是被国外垄断的——他们一共是4家企业，有法国的圣戈班，有英国的皮尔金顿，还有日本的2家，一家是旭硝子，另一家是板硝子，就被这4家外国公司垄断了。我们国家的光伏组件公司没办法，只能完全依赖进口光伏玻璃。那时光伏玻璃的进口价格也只能由人家说了算，每平方米高达80元。我们没办法啊，我们吃大亏啊。好了，现在我们福莱特能自主生产了，完全打破了国外的技术垄断，完全实现了光伏玻璃国产化，成为国内第一家由瑞士SPF认证的光伏玻璃企业。真的，想想也高兴啊，我们中国如今已经是全世界最大的光伏玻璃生产国，全世界超过九成的晶硅组件，都采用我们中国生产的光伏玻璃了！你说激动不激动？"

我当然激动，一家原先名不见经传的小型玻璃生产企业，通过自主创新，不懈奋斗，迅速发展成为光伏行业集研发、制造和加工于一体的龙头企业，这也正是嘉兴所有高新企业的一个典型的缩影。

现在我们再来看看乌镇。对我们所有的人来说，乌镇的蝶变都是一个令人兴奋的话题。

乌镇从观光景点转型为休闲度假中心之后，又琢磨着新的蝶变。

这一次的华丽转身，也是来自乌镇的总规划师陈向宏在新时期的一种思考。陈向宏觉得，乌镇不能只供应小桥流水的自然景观，为避免古镇样貌的同质化，乌镇必须导入个性鲜明的文化内容。于是乌镇的开发与保护大张旗鼓地进入了第三阶段，即文化转型阶段。乌镇喊出了既通俗又新颖的口号"一样的古镇，不一样的乌镇"，以一种全新的姿态向文化小镇转型。

2013年，由陈向宏、黄磊、赖声川、孟京辉共同发起的"乌镇戏剧节"，在这个拥有一千三百多年建镇历史的水乡小镇横空出世。这个戏剧节的宗旨是发展国内戏剧文化、繁荣戏剧事业、加强国际戏剧交流。其实早在十年前黄磊于乌镇东栅拍摄电视剧《似水年华》的时候，就与陈向宏议论过办戏剧节这个话题。这一独特的创意当时就深深印在了陈向宏的脑海里，现在，时机基本成熟，陈向宏开始筹划让这个在乌镇东栅酝酿过的创意在乌镇西栅落地。为此，陈向宏专门跑到法国去考察阿维尼翁戏剧节。在那里，一对六旬老夫妻的一句话给了陈向宏很大的启迪。那对老夫妻说：我们每年都会来这个法国南部小城阿维尼翁，我们不一定是来看戏，因为我俩是在阿维尼翁戏剧节认识的，所以我们每年都会来这个小城，为的是重温美好回忆。

这句普通的话却给了陈向宏大大的震撼，陈向宏激动地对他的团队说：戏剧是什么？跟旅游一样，都是生活！

为了再验证一下办戏剧节的可能性，陈向宏又把赖声川请到了乌镇。这位台湾著名剧作家、导演、表演工作坊创始人一看乌镇的东南西北，大为感慨，斩钉截铁地对陈向宏说：你的设想是对的，这个地方有故事，是适合做梦的地方，完全可以办戏剧节！

乌镇戏剧节应运而生。

首届乌镇戏剧节于2013年顺利举办。这个以青年性、时尚性、先锋性著称的戏剧节由特邀剧目、青年竞演、古镇嘉年华、小镇对话（论坛、峰会、工作坊、朗读会、展览）等单元组成，热情邀请全球戏剧爱好者和生活梦想家共聚乌镇，体验心灵的狂欢。

立足于乌镇的这个崭新的戏剧节，以其先锋性、专业性与各演出场所的多元性，果然赢得了全球戏剧界的青睐，一炮打响，成功非凡。由著名建筑师姚仁喜设计的乌镇大剧院被称为"全国最美大剧院"。7个瑰丽的大小不一的室内剧场、1个大型户外剧场，以及许多可供演出的户外广场，形成了全国乃至世界戏剧节中罕见的表演空间群体。

显然，乌镇戏剧节不仅是艺术家的专业戏剧节，更是一个代表年轻人、代表未来的戏剧节，一个展示小镇文化自信与中国传统文化自信的戏剧节。而且，参加乌镇戏剧节还有别样的令人想不到的"遇见"。关于这个有趣的话题，我们还是听听陈向宏自己是怎么说的："戏剧节期间，你会看到演员林青霞、胡歌，画家陈丹青这些著名人物出没在乌镇的街头巷尾，这就很有趣味。为什么很多大城市的戏剧节办不出乌镇的影响力？因为这些演员到大城市去，参加完戏剧节就走掉了，但是他们来乌镇，就可以与游客朝夕相处，这当然是一种非常有深度的独特体验！"

诚如斯言。

如今，乌镇戏剧节已跻身"世界五大戏剧节"，成为乌镇文化独树一帜的核心标签。

乌镇在2013年引爆的"首届乌镇戏剧节"话题热度还没消退，2014年又迎来了"首届世界互联网大会·乌镇峰会"这一更为劲爆的

首届世界互联网大会·乌镇峰会开幕式（桐乡市档案馆提供）

话题。

陈向宏动足了脑筋。

世界互联网大会入驻乌镇，且宣布乌镇为大会的永久举办地，这不能不看作乌镇魅力的强劲显现。

实际上，乌镇在全国小镇中脱颖而出，也是一种众望所归。当时，陈向宏就说：我们乌镇要有静气，等待着国家的挑选吧。我觉得会有这一天的。

他的话果然应验了。

就在2014年，中外互联网专家与从业者在议论新一年的互联网发展时，纷纷提出，中国作为世界上网民最多的国家，应该举办一次世界互联网大会，来体现中国是一个负责任的大国。这个建议获得了国家互联网信息办公室的高度认可。网信办随后便组织了专家组，在全国寻找会址。专家们提出了举办地的几个条件，一是当地互联网经济比较发达，二是最好是像瑞士达沃斯那样的小镇，三是这个地方能代表中国几千年的传统文化。

似乎，三个条件，唯乌镇兼备。

当时，不少专家都提到了乌镇，但还是有些专家说，再看看吧。

陈向宏为此使了很多的劲，他知道风头正健的"互联网＋"，最终是一定能够把乌镇"加"上去的。他有三个很充分的理由：第一，世界互联网大会既然是由中国主导的，就必须有一个能展现中国特色的会址。乌镇处于长三角的上海、南京、杭州中间，能充分展示中国的经济发展面貌，而且乌镇具有一千三百多年的建镇史，是一个历史气息非常浓厚的地方，能够代表中国的传统文化。第二，乌镇交通便利，会展旅游业成熟，属5A级景区，完全适合举办世界级盛会。乌镇距桐乡市区13公里，与周围嘉兴、湖州、吴江三市的距离分别为27公里、45公里、60公里，距杭州、苏州都是80公里，距上海140公里，无论从南京、杭州还是上海到乌镇都很便利。第三，乌镇具有互联网行业的基础，2012年互联网就已经完全融入乌镇，而且距乌镇仅80公里的杭州，本身就是中国互联网第一城。因此，陈向宏预计世界互联网大会必落地乌镇，他认为这是顺理成章的事，跑不了。

每个嘉兴人提起2014年的10月30日，都会显得兴高采烈。就在那一天，国务院新闻办公室举行新闻发布会正式宣布：浙江省嘉兴市桐乡市的乌镇，将作为世界互联网大会的永久会址。

乌镇以自己的魅力与代表性，果然脱颖而出！

陈向宏在喜讯传来后也跳了起来，大笑着说：所以说，我们要自信嘛，要有这个静气嘛！

真是有点振奋人心：每年的深秋，全世界的目光都将聚焦于中国杭嘉湖平原正中心的这个风景如画的小镇。

显然，将世界互联网大会的永久举办地争取到乌镇这一举措是极其成功的，从呈现的效果看，也相当令人满意。各国的专家们在参加了世界互联网大会之后，都异口同声说中国这个地方选得太好了，都说明年还要来，有机会的话年年都想来；都说中国静谧的南方水乡与热烈跃动的互联网，如此有机地结合在一起，感觉真是奇妙。

确实，这个奇异的插着互联网翅膀的江南小镇，由于及时把握住了发展机遇，不仅成了全球的"网红"，还成了数字城市建设、数字经济发展的"窗口"，成了网络空间的"世界客厅"。在乌镇以及乌镇所在的桐乡市，AI汽车、互联网医院、智慧公厕、无感支付，各种数字化应用场景随处可见。

2014年，乌镇景区的营收约10亿元，到2021年，这一数字增长为17.58亿元，社会效益与经济效益都令人赞叹；而桐乡市承接乌镇世界互联网大会的红利，其数字经济核心产业企业，也由2014年年底的355家，增长到2020年年底的2443家，规模以上数字经济核心制造业产值从49亿元，增长到164.1亿元。

嘉兴市的数字经济也由此获得一次醒目的飞跃。据统计，嘉兴市数字经济核心产业增加值，从2015年的225.0亿元，增加到2020年的506.9亿元，年均增长17.6%；数字经济核心产业增加值占全市GDP的比重从2015年的6.4%上升至2020年的9.2%，占比2018—2020年连续稳居浙江省的第二位。

嘉兴5G基站的室外覆盖密度，在浙江省也是第一位的，2021年已实现了嘉兴市区、县（市）主城区、镇（街道）中心区和重点场景的5G网络全覆盖。

据统计，到2020年，嘉兴的智能终端产业产值已经超过350亿元；集成电路产业产值已超过80亿元；软件业务收入超过70亿元；智能光伏产业产值，超过300亿元，占了全省的三分之一，跑在浙江省的最前头。

由于嘉兴数字经济的飞速发展，这一领域的一大批荣誉也接二连三到来：国家信息经济试点城市、全国首批服务型制造示范城市、全国新型智慧城市标杆市、"宽带中国"示范城市、首批"科创中国"试点城市、国家跨境电子商务综合试验区——都是"国字号"名片。

建党一百周年之际，又有一个好消息传来，有浙江"最强大脑"之称的"乌镇之光"超算中心，也在嘉兴落成。作为全国算力布局重要枢纽，"乌镇之光"超算中心将为长三角的飞速发展提供强大的算力服务。它每秒能进行18亿亿次计算，相当于全国14亿人每人每秒

"乌镇之光"超算中心（嘉兴市档案馆提供）

进行1次运算，要不眠不休算上4年。2023年最新排名显示，"乌镇之光"峰值算力位居全球前十。

显然，乌镇不仅自己呼啦啦起飞了，也带动了一大片土地呼啦啦起飞了。

嘉兴的乌镇，已经成为中国的乌镇，更成为"世界的乌镇"。

嘉兴经济发展与社会发展的更新迭代，由此可见一斑。

显然，嘉兴未来发展的火车头，只能是科技创新

事实证明，科学技术是民族兴旺和国家强盛的决定力量，也是破解经济发展中的瓶颈、深层次矛盾的关键力量。目睹了乌镇奇迹的嘉兴人越来越明白，嘉兴经济与嘉兴社会的未来发展之路，不是别的，只能是科技创新。

朝气蓬勃的嘉兴科技城，是嘉兴跨入新世纪后于2003年决策兴建的，战略目标便是"引进大院名校，共建创新载体"。这一年的年底，浙江省人民政府与清华大学共建的"浙江清华长三角研究院"签约仪式在杭州举行。对嘉兴而言，这当然是一个重大契机，也是一个难得的历史性机遇。这个研究院最终落户嘉兴，对嘉兴推动人才科研资源集聚，推动区域经济转型升级，意义之重大自不消说。同时，嘉兴科技城应运而生。这个科技城的一期规划，面积就达3.65平方公里。2004年，中国科学院嘉兴应用技术研究与转化中心（现名浙江中科应用技术研究院）宣布落户嘉兴科技城；之后，上海大学（浙江·嘉兴）新兴产业研究院也宣告在科技城挂牌。

十几年过去了，当初建立在嘉兴城郊不毛之地的嘉兴科技城，如今已成长为高科技人才、高新产业密集的微型"中关村"。2016年，嘉兴科技城陡然"长了个儿"，从第一期规划面积的3.65平方公里扩容至29.5平方公里；接着，继续"长大"，2020年的面积已经扩容到85.73平方公里，而且经过一番整合提升，科技城的名字也重新取了，上了一个台阶：嘉兴南湖高新技术产业园区。

这个园区现在了不得，获得了一连串的光荣称号：国家双创示范基地、国家级专家服务基地、浙江海外高层次人才创业创新基地、首批浙江省高新技术产业园区。国家互联网产业国际创新园、国家环杭州湾检验检测高技术服务业集聚区等特色产业平台相继获批设立在园区。

而且，这个园区的辐射与带动效果也是十分明显的：截至2020年年底，嘉兴已建成省级以上高新区8家，实现了县（市、区）全覆盖，并且与上海松江、杭州共同建设长三角G60科创走廊，支持浙江清华长三角研究院、浙江中科应用技术研究院持续深耕嘉兴，高起点地推进中国电子科技南湖研究院、南湖实验室、清华航发院嘉兴分院等一系列高端创新平台建设。嘉兴的国家高新技术企业累计认定数从2015年的567家上升至2020年的2416家，五年实现翻两番；省科技型中小企业累计认定数，从2015年的1624家，上升至2020年的6064家。

我这里再举几个来自高科技领域的嘉兴成就：浙江信汇新材料股份有限公司的卤代丁基橡胶产品国际领先，国际市场占有率第三、国内第一；浙江蓝特光学股份有限公司2016年成功实现玻璃非球面透镜量产，填补了国内行业空白；斯达半导体股份有限公司打破了国外功率半导体巨头长期以来对IGBT芯片的垄断局面，成为国产化先锋。

当然，高科技要发展，关键是人。

在引进人才方面，嘉兴的努力也是持续的，各种"筑巢引凤"的政策不断出台。嘉兴有关组织部门以"重点人才工作清单"和"人才服务清单"这两张"清单"为抓手，精细推进人才工作，以求形成强大的人才磁吸效应。

嘉兴人本身聪慧，所以在观察与判断人才方面也可谓慧眼独具，引进的人才绝对不俗。

我举一下欧阳明高的例子。

欧阳明高教授来自清华大学，曾担任清华大学汽车安全与节能国家重点实验室主任、清华大学汽车工程系主任，长期从事节能与新能源汽车能源动力系统研究。嘉兴科技城的领导北上清华，诚心诚意聘请欧阳教授担任浙江清华长三角研究院的新能源汽车研发中心主任。欧阳教授来嘉兴后，带领团队刻苦攻关，成绩斐然。由新能源汽车研发中心自主研发的智能互联新能源概念车，在2016年乌镇世界互联网大会一亮相，就引起了不小的轰动，也获得了国家有关方面的充分肯定，认定具有开阔的应用前景。

接着，喜讯传来，欧阳明高教授光荣当选2017年中国科学院院士。

这个例子，充分说明了嘉兴在引进科技型高层次人才方面的眼光之"毒"。

2020年，嘉兴引进硕博人才超5000人，大学本科以上人才超10万人；省海外工程师入选数列浙江省第一位，省领军型团队入选数列浙江省第二位。这样的统计数字令人吃惊，也令人欣喜。

尤其要指出的是，嘉兴在发展高科技产业方面，特别看重民营经济的引擎作用，视民营经济为嘉兴经济的半壁江山。

2018年，嘉兴召开了全市民营经济高质量发展大会。这次大会，是一次眼睛瞄准新科技的誓师大会，以大规模、高规格、强动员的姿态，在全嘉兴吹响民营经济高质量发展的号角。

应该说，嘉兴的广大民营企业家一直是走在时代最前列的，改革开放以来一直如此。这一次，他们更是咬定"高质量""新领域""黑科技"这些词语，在各级政府的全力扶持下，创新求变，各自插上高飞的翅膀。

我们可以去海盐县的"海联锯业"看看。这是一家具有专业化、精细化、特色化、新颖化特征的"小巨人"企业，生产上千种不同尺寸规格、造型外观、功能用途的锯类产品。小小的锯条，在他们手里有千奇百怪的变化。我一走进磨削车间就很吃惊，我看到了飞速运转的机器，看到了由这个"小巨人"企业自主研发的自动磨削一次成型设备——钢片从设备的一端进入后迅速成型，同时飞快地完成锯齿开刃的工序，从机器的另一端出来时，已是成排成排的精细的钢锯。这一设备的效率也很高，每天可完成5000把钢锯的开刃。当然，设备的研发之路也是艰难的。这家企业的总经理介绍说：这道锯齿开刃的工序非常关键，它直接决定了锯子的锋利程度。我们曾经一遍又一遍试制这台设备，从2010年起，我们先后投入了将近300万元，连续五年攻关，但锯子的锋利程度跟海外客户的要求还有差距。怎么办呢？说实话，我们企业每年的出口量高达九成，所以海外客户的意见对我们至关重要。他们要求锯子的品质更好，寿命更长。那么我们做何打算呢，是坚持自己试制，还是放弃，直接以高价从海外进口设备？我们开了无数个会，最后决定，还是自己来，我们坚信我们能想出办法，自主研发之路能走通。接下来，我们与国内另一家专业设备制造商合作，持续研发攻关，终于在两年之后，造出了过硬的设备，从每天最多生产600把钢锯，一下子跃升到每天生产5000把，效率提高了7倍。告诉你一个好消息，最近，我们的第二代可调式自动磨削一次成型设备，也投入使用了，这又大大提高了生产效率。

位于嘉兴经济技术开发区智慧产业创新园内的"恩碧技电气"同海盐的"海联锯业"一样，也是一家专精特新"小巨人"企业。这家企业从事信号传输器件的研发、生产和销售，产品主要用于风力发电、医疗健康等领域。"CT机专用电容耦合无线高速滑环"便是企业花了五年时间攻关所获得的战果，此举打破了这一产品长期被国外垄断的局面，实现了国产替代进口。这家企业的严董事长对我说：其实，不光是这个"滑环"，我们企业还有几个规划中的攻关产品，瞄准的都是技术、市场掌握在外国企业手里的硬骨头。我们不怕，我们就要知难而进，扭住高科技不放，扭住自主创新不放。我们就是要攻克"卡脖子"技术，这是我们民营科技企业义不容辞的责任！

严董事长说得真好，真有气派。

嘉兴民营经济自2018年起，凸显出了澎湃的动力，连续三年，民营经济增加值年均增长9.4%，高于同期GDP增速1.2%，占GDP比重达68%，对经济增长的贡献达到76%。

据2021年统计，嘉兴共有市场主体65万户，其中民营主体63万户，比2018年增长27%；有12家国家级单项冠军企业和34家国家级专精特新"小巨人"企业，数量均居全省前列。

显然，嘉兴民营企业的发展势头是惊人的，尤其是高科技企业的发展，更是一马当先，成绩十分可喜。

2021年5月，嘉兴成功入选"科创中国"创新枢纽城市。这里有一个重点：这一名单，全国仅有4个城（区）入选，而嘉兴，是长三角唯一入选的城市。

显然，告别曾经粗放式的发展，步入21世纪的嘉兴，从科技快速入手，已然实现了脱胎换骨般的蝶变。

嘉兴已经是一个花园般的存在

嘉兴是我的第二故乡，我常会回嘉兴看看。尤其是近年来，为创作电影剧本《红船》与电视剧剧本《中流击水》，为筹备设于嘉兴的影视文学基地，我常行走于嘉兴各地。嘉兴城乡面貌种种神奇的变化，每每使我瞠目结舌，情不自禁出口一声：哇，这里变成这样了！

嘉兴的面貌，变化得简直叫人认不出了。看看南湖、西南湖、秀湖，看看子城、中山路、老火车站、城市驿站，看看市郊那些花团锦簇的美丽乡村，处处让人惊艳。

城市的每条街巷都如一支曲子，楼群优雅，绿树成荫，公园星星点点夹杂其中；各类商场货品琳琅满目，有"高大上"的，也有"烟火气"的；颇负盛名的月河古街韵味倍增，更加切合"其水弯曲，抱城如月"之意境；哪怕是街巷公厕，也变身为一座座如会所般明亮宽敞、功能完备的"禾城驿"，盥洗区、休息区、购物区等配套呈现，如厕盥洗、直饮水供应、物品寄存、伞具租借、图书借阅诸功能皆备，便民利民。

嘉兴市南湖区的一位作家朋友告诉我，光是南湖区，就有390处老旧小区、背街小巷蝶变了，跃升了，漂亮得都不认得了。

其实我知道，南湖区不仅城市面貌焕然一新，那里的村庄也都蝶变了，许多都成了省级3A级景区。湘家荡区域还成了城乡风貌的省级样板。那些桃红柳绿的村庄，譬如镇北村、民丰村、联丰村、永红村、竹林村、胥山村、由桥村，都美丽得不得了，外地游客成群，或嬉戏，或品茗，或大快朵颐，都喜欢在这里感受中国的丝竹江南、水墨江南与美食江南。

朋友提到的那个胥山村我知道，我对那个小村子情有独钟，前后走过许多趟，还邀请一批作家与书画家在那里开过"笔会"。那里大片大片的草坡、繁花、湖泊、溪河与石桥，以及当年伍子胥练兵留下的"试剑石"，都进入了我们的诗句与书画，一片缤纷。其实胥山景观的魅力，元代就已呈现。"元四家"之一的嘉兴画家吴镇画过《嘉禾八景图》，八景里就有胥山：空翠风烟、龙潭暮云、鸳湖春晓、春波烟雨、月波秋霁、三闸奔湍、武水幽澜、胥山松涛。只不过，如今胥山的美丽，远不止松涛，水、桥、舍、林、花皆美。若吴镇还在世，光是胥山村，就够他选出"八景"。晚清"海上画派"的代表人物蒲华也特别钟情家乡的胥山，自号"胥山野史""胥山外史"。他写胥山的诗也很有味道："瑶天雪影照琼姿，珍重山村看几枝。"近年来，嘉兴市委宣传部、嘉兴市文联致力于"艺术乡建"，将精致的胥山村打造成"影视文化村"，还邀请我这个嘉兴市文联名誉主席兼任"文艺村长"，我也接受了任命，走马上任，一定当好这文艺"村官"。

"笔会"那天，我还走了南湖区的由桥村，满眼的芳菲。我为那里的美景所醉，当即就写下几句诗，估计读者能从我这几句诗里想象出此村之美："是谁突发奇想，掰下一小块杭州西湖，又掰下一小块苏州园林，拼装出了今天的村容村貌？今天的秋风一路牵我，穿过绿柳、香樟、花丛，穿过那棵千年银杏树举着的叮叮当当的小伞，并且，一路指点去年这里的地名：臭水塘、垃圾堆、泥坑路。村支书姓魏，他告诉我这个村的经济有四大支柱——龙虾、葡萄、茭白、水稻，又告诉我这四根支柱，全由一根更大的支柱撑着，那就是全体村民建设新农村的强烈的意志。"由桥的村民朋友很喜欢这首诗，问我：我们由桥真的像杭州、苏州那么漂亮了吗？我说是的，肯定是的。他们很开心，于是拉着我非要题字不可。我虽字不好，但也为由桥村题了这样一句话："由桥，一座由你走的桥，一生任我享的福！"后来听说，他们把我这句话刻成了大字，搁上了村委会办公楼的屋顶，说这是他们乡村"共富"的一块很恰当的招牌。

之后，我去嘉善采访，去了那个声名鹊起的横港村，同样颇有感触。这个村子有同由桥村一样如诗如画的苏杭景观，一进村，就听得一阵阵的欢声笑语：但见村民马冬梅家门口架着几口大锅，周围坐满谈笑风生的上海客。上前一问，都异口同声说这里风景好，空气好，饭菜好，说他们住在大城市实在是挤，开车没踩几脚油门就到嘉善这里了；说在这满眼花草的乡村吃几顿、住几夜，真是享受，他们也是听人介绍说这横港村的饭菜特别好，才赶来这里的，一吃，味道果然特别赞，价格也实惠；说他们下回还要来，每个月都来，还要叫朋友一起来！我打听了一下，就马冬梅这一户，每年光经营"农家乐"收入就达15万元。这位"马老板"一边端菜，一边笑着对我说：收入还在涨呢！外地客越来越多，真忙不过来呢！来来来，你坐这桌，给你打折。你看这泥鳅这么肥，田里刚捉的，马上下锅！

总之，"美丽乡村"目前已遍布嘉兴全市。嘉兴各县（市、区）

的任何一处乡村，一眼看去，桃红柳绿、粉墙黛瓦，皆有景区的感觉。

我去嘉兴南湖时，顺便也看了新建成的西南湖。这个面积达160万平方米的区域，原先近乎野生状态，现在已经是嘉兴最大的公园，也是嘉兴人心驰神往的"网红打卡地"。景区分布着葡萄园、枇杷园、桑果园、竹林、银杏林、香樟林、杉林等30多个植物园林，绿荫蔽日，鸟鸣声声，更有一条长达数公里的蜿蜒曲折的高架"鸳鸯廊桥"，把一个个风景优美的景点穿成了一串，整一个叫人流连忘返的生态公园。我想，八百多年前宋代词人朱敦儒在这里所喜见的香荷、翠竹、瘦石、幽溪，如今已被成百上千倍地放大，早不是当年陆游一个人孤零零坐着小船来看他时的模样；如今满眼见的，是林木葱茏里处处欢笑的百姓。

嘉兴城里修旧如旧的月河历史街区，也是我多次流连忘返的地方。这个街区以几乎平行的三条河——大运河、外月河、里月河，以及紧邻运河和府城的中基路、坛弄、秀水兜街三条街为基本格局，仿佛原样不动地移来了嘉兴昔日商埠的繁华。三条街均铺号林立，粉墙黛瓦，一家家嘉兴人熟悉的"老字号"店旗招摇。走在长长的青石板路上，嘉兴粽子与桂花糕的浓香一路跟随；而小巷小弄也迂回曲折，纵横交错，风情独具；一片片古朴的旧民居，丝丝入扣地还原了水乡古城风貌；昔日的江西会馆、金鱼院、大昌当铺、嘉禾水驿、高公升酱园、财神堂，都在景区内得到了质朴的还原。兴高采烈的嘉兴人走在这些街巷里，一不留神，就拐进了历史的深处，一时半会儿走不出来。

我也常是这样，一边咬着我最喜爱的"五芳斋"与"真真老老"

豆沙粽，一边就迷了路，不知身处哪个历史阶段。

说到嘉兴建设社会主义文明城市的力度，也令人印象深刻。"文明嘉兴"，亮点颇多。譬如，截至2022年，嘉兴的注册志愿者人数已经达到144万人，"有困难找志愿者，有时间做志愿者"蔚然成风，在助老扶弱、文明交通、绿色环保、卫生健康、科普宣传、移风易俗、法律维权等方面，处处都可看到志愿者活跃的身影；譬如，在2022年的浙江省秩序测评抽检中，嘉兴市的斑马线礼让率达94%，在浙江全省位列第一；譬如，"席地可坐"的城市客厅遍地开花，举目皆是，而打造"最干净城市"只有一个目的，就是让市民能随时坐下来放松和休息；譬如，连热闹的农贸市场也普遍装上了空调，保证拎菜篮子的市民能享受到冬暖夏凉的购物环境。

嘉兴在尽心尽力服务市民方面的举措，我再举一个图书馆的例子。

近年来，嘉兴初步构建了城乡一体化公共图书馆服务体系，推动了图书馆总分馆建设，首创的市、镇、村三级图书馆服务体系，颇具特色。目前，我们看到，除了崭新的嘉兴市本级总馆，嘉兴所有区县、乡镇都已建立起漂亮的分馆，且所有分馆皆与总馆联网，对文献资源进行统一采购、统一编目、统一配送，并实现全市通借通还，一卡多用。这一旨在"普遍均等，惠及全民"的城乡一体化新型公共图书馆服务体系的探索实践，已被业界誉为"嘉兴模式"。中国社会科学院还专门出版了《公共文化服务的"嘉兴模式"》一书，把嘉兴的这一做法向全国推广。经验一经分享，便在全国造成了广泛影响。

由于嘉兴市图书馆为民服务的成绩卓著，这个市级图书馆与北京故宫博物院等单位一起，登上了"2019中国最佳创新公司50强"榜

嘉兴市图书馆（嘉兴市档案馆提供）

单，胸口戴上了一朵红色光荣花。

嘉兴市秀洲区洪合镇良三村的村民葛祥荣一听我提起图书馆借书这个话题，就笑得合不拢嘴。他说：去嘉兴城里的图书馆看书，过去想都不敢想，我五十多岁了，还不晓得嘉兴市图书馆在啥地方呢！而且那时候村里啊，镇里啊，图书室的书品种太少，没啥可看，人也就不大去。现在你看，倒是好了，嘉兴市图书馆有一百多万册书啊，我在村里的图书流动站就能借到，统统都能借到。你说，我跟城里人还有啥两样呢！老葛的孩子听父亲说到这里，也插嘴说：我们洪合镇图书馆的面积比以前扩了好几倍，而且，镇图书馆看不到的书，只要打个电话，嘉兴市图书馆就会把书送过来，太方便了。

我那天还兴致勃勃地参观了南湖区大桥镇图书馆，原因是热情的镇党委书记非得拉我去这座新建的图书馆坐坐，他说：你是作家，全国的图书馆走得多了，但我们镇的这个图书馆肯定超乎你的想象，你相信吗？你一定要去，你如果看得高兴，就一定要给我们题一个"大桥图书馆"的馆名。这么一说，我当然去了。我能看得不高兴吗？这座颇为气派的三层图书馆楼确实大大超出了我对乡镇级图书馆的想象。一进图书馆，我就看见了长长的吧台。吧台前的沙发，以及一张张乳白色的椅子，组合成了一个很温馨的空间，猛一看，还真不像是图书馆，像咖啡厅。馆内除了吧台，还有卡座。卡座的中间是茶几，一侧则是视野开阔的落地窗。我在卡座坐下，要了一杯龙井，翻看了两页书，再转眼看看落地窗外金灿灿一片的油菜花，真是惬意至极。接着我又去楼上，参观了摆有一排排电脑的电子阅览室。阅览室里，早有几个少年男女在和煦的玫瑰灯下，聚精会神，移动着各自的鼠标。我还没有去少儿阅读厅参观，就急着对镇党委书记说：你的文房四宝摆在哪里？我要题字了，只是我的字笔墨比较差劲，写得不好就千万别用。

其实，不光是大桥镇图书馆，嘉兴各区县的乡镇图书馆都为勤奋好学的嘉兴人提供了功能齐全、使用便捷、温馨舒适的文化空间，着实令人感叹。

这里举的仅是图书馆之例，其实嘉兴的文化事业与文化产业都在快速起飞。现在，独具一格的文化产业园区已经遍布嘉兴的各区县：嘉兴国际创意文化产业园、嘉兴现代文化创意产业园、嘉兴创意创新软件园、中国归谷嘉善科技园、平湖服装文化创意园、海盐横港印刷工业园、海宁中国皮革城品牌风尚中心、桐乡濮院320创意广场。至于嘉报集团、嘉广集团、浙江海利集团、乌镇旅游股份有限公司、浙江鸿翔集团这些充满活力的龙头企业，早已成为嘉兴新兴文化产业的领跑者。

嘉兴蝶变最坚实的基础，当然还是嘉兴的农业，是"禾兴"，是"嘉禾"，是稻谷飘香。

这些年来，嘉兴始终重视粮食的增产保供工作，坚持粮食生产的绿色高质量发展。嘉兴全市的粮食播种面积多年来一直保持在220万亩以上，年产量近百万吨。嘉兴以全省一成的耕地，贡献了全省近六分之一的粮食。嘉兴的粮食播种面积和产量，连续十七年位居全省首位。

嘉兴作为"鱼米之乡""浙北粮仓"，在浙江，依然有口皆碑。

再说说嘉兴的交通。

嘉兴交通领域的发展，也是极见气势的。当前，嘉兴人正铆着劲儿要把嘉兴建成"枢纽型城市"，即成为高速公路枢纽、铁路枢纽、航空枢纽、海河联运枢纽这"四大枢纽"，实现对外交通网、市域快速网、都市公交网、水乡碧道网的"四网融合"，实现海港、陆港、空港、信息港的"四港联动"，基本形成城际、市域、市区三个"半小时交通圈"。

现在，过境嘉兴的沪杭、乍嘉苏、杭浦、申嘉湖、杭州湾跨海大桥等7条高速公路，已将沪苏浙三省（市）紧密连接。截至2023年，嘉兴高速公路的总里程已达到422公里，密度达到每百平方公里10.8公里，高居全省第一，实现了与上海、杭州、宁波、苏州、绍兴、湖州等城市的60分钟高速路网。

"米"字形的铁路交通枢纽也在紧锣密鼓建设中。杭海城际铁路已建成投用，通苏嘉甬高铁浙江段，嘉兴至枫南、嘉善至西塘、金山至平湖的市域铁路等一批重大工程，纷纷开工建设。

嘉兴的华东铁路交通枢纽地位，几乎已经是呼之欲出的事实。最近有一位在浙江做城市规划的朋友甚至透露给我这样一个消息：未来京沪"真空管道运输"的出口很可能将放在嘉兴。这个信息真让我大吃一惊。我知道真空管道运输是一种非常理想的运输形式，运输时无空气阻力，无摩擦。其技术原理是在地面或地下建一个密闭管道，抽成真空或部分真空。在这样的环境中运行的车辆，不仅行车阻力将大大减小，同时噪声也将大大降低。这简直太叫人兴奋了。据那位做规划的朋友说，我们国家研究"真空管道运输"已经走在世界前列，我们的规划是在北京和上海之间铺设真空管道，这样两地的交通20分钟便可达成，比飞机快多了。出口为什么放在嘉兴呢，因为嘉兴将是一个四通八达的铁路枢纽，出了嘉兴站便可搭乘高铁东去上海、西去杭州、北去南京与苏锡常、南下宁波，分赴长三角的这几个重要城市都将十分方便。

这可太厉害了！入嘉兴站出北京站只需20分钟，这是一种什么样的交通前景！

但愿这个方案是切实可行的，但愿它早日付诸实施。

再来说说水运。

水乡嘉兴不仅具有"前河后海"的优势，航道也是如蛛网般四通八达。嘉兴长三角海河联运枢纽港总体布局为"一枢纽、十通道、八联"。2022年，嘉兴港的全球百大集装箱港口排位，已提升至第75名，全年累计完成货物吞吐量1.32亿吨，并于6月开行首趟海铁联运集装箱班列。滨海新区的开发势头也很喜人，嘉兴以乍浦港区为中心，全面开发独山港区和海盐港区。

嘉兴的"航空梦"，也是曙光初见。2018年12月，嘉兴机场军民合用工程奠基，配套工程开工；2022年11月，机场工程全面开工，预计于2025年投入运行。届时，这个机场将成为长三角地区世界机场群中重要的功能配套机场。同时，在机场同步建设圆通全球航空物流枢

嘉兴港（嘉兴市档案馆提供）

纽项目，打造集航空物流枢纽、口岸服务及商贸集散中心于一身的综合服务型空港物流园区。

到2023年，嘉兴的综合交通网密度，已经达到266公里每百平方公里，是全省平均值的2倍；公路密度、高速公路密度、航道密度、航道总里程、高等级航道总里程等5个重要指标，连续多年保持全省首位。

上面提到的嘉兴军用机场的民用，确实也是嘉兴人民多年来心心念念的事情。记得我曾经工作过五年的桐乡濮院丝厂，就离嘉兴机场很近。我每次坐汽车去嘉兴城区，路过公路边那长长的围墙，就想什么时候这里有客机起飞，那就太方便了。那时候我所在的千把人的知青企业里，九成都是年轻姑娘，正逢适婚年龄，因此姑娘们都不太好找对象。我记得曾有女工就找上了嘉兴机场的飞行员。那天，那一对来我的办公室开结婚介绍信——我当时负责企业的党委办公室工作，管着公章。我就顺便问那位瘦瘦的飞行员是开什么飞机的，他说是开歼-6的。我之前看过歼-6的起飞与着陆，这飞机在当时很先进，由于着陆时速度太快，要在尾部抛减速伞。我说你太了不起了，人这么瘦能开这么快的飞机。又问：你们这个机场以后能降客机吗？那飞行员一听就摇头说不可能，不可能，他们是要备战的。

但是飞速发展的社会让一切改变都成为可能。在不影响战备的情况下，深挖机场潜力，以适应社会经济发展需要，更好地服务于人民，真是值得点赞的事情。想来，那对飞行员夫妻的孩子，如今也是人到中年了，不久的将来，或许就会带着他的孩子在嘉兴机场腾空而起飞往首都，并且对孩子说：这就是你爷爷当年开歼-6的地方！

这也是嘉兴交通腾飞的一个富有诗意的时代注解。

讲到濮院镇，这个印有我五年青春足迹的地方，我当然是经常会去看看的。当年那个白墙黑瓦的镇政府办公院子，是我办理结婚证的地方。但是现在，说句实话，这个镇子已经漂亮得我认不出了，凭我的记忆行走，一定迷路。

濮院镇的蝶变，特别叫人眼花缭乱。

这一蝶变方针，叫作："以全域土地综合整治与生态修复为载体，着力推进运河现代农业园区、运河水乡田园综合体建设，在实践中把文化、文明作为全方位提升濮院硬实力和软实力的重要抓手，实现城镇品质从'外在'向'内涵'延伸。"

可以简单介绍一下：

先是围绕镇子的交通内外循环下功夫，投资3亿元，实施濮院大道、新星大道、桐星大道、滨河大道、中兴路等一大批道路的新建、改建工程；再是综合建设道路绿化、单位绿化、公园绿化，实施幽湖公园、毓子港绿地、濮新学校周边等绿化项目，打造濮院大道、滨河大道、桐星大道等"林荫路"，建设京杭运河、王母桥港、永兴港等生态绿廊与梅泾湿地生态区。

力度不可谓不大。

同时，濮院镇启动"美丽田园"创建，全面提升田园"清洁化、绿色化、美丽化、品质化"水平。目前，全镇的绿化覆盖率接近50%，人均公园绿地面积超过8平方米，令人惊喜的现代农业新格局"一带四区"赫然展现："一带"是休闲观光旅游带，"四区"是精品水产示范区、果蔬产业示范区、粮菜轮作示范区、农旅融合示范区。同时，围绕"历史街区再利用"理念，大力实施古镇有机更新项目，打造核心景区、生态生活区、时尚创意区这三大功能区，多元发展旅游休闲、颐养生活、商务会展等多种业态，让千年古镇"留得住乡愁、看得见新貌"。

这种蝶变确实叫人目不暇接。记忆中湿漉漉的石板路与深褐色的木板房早已消失，放眼看去，处处白墙花海、石桥藤蔓、古迹廊架。如织的游人在时尚区购买新品羊毛衫，在如梦如幻的遗址公园，迈着宝玉或者黛玉般的闲步，探访江南"大观园"。

我曾经带一批在濮院丝厂工作过的"老知青"，专程走访如今焕然一新、充满诗意的濮院镇。大家才走几步便发出惊呼：认不出了，认不出了，这还是80年代后期的那个濮院吗？这还是那个镇政府大院吗？这还是我们当年讨价还价买老母鸡的那条小街吗？这棵老银杏树还是原先桐乡三中校园里的那棵吗？

这里必须提及，对濮院古镇进行大手笔保护与开发的规划者与设

如今的濮院镇（陈建钟摄，桐乡市档案馆提供）

计师，就是成功地改造了乌镇的陈向宏。

陈向宏在改造了乌镇古镇之后，又欣然领命改造濮院古镇，是有他自己的情感原因的：他的奶奶是乌镇人，他的外婆是濮院人。

那么现在，顺便再提一下与濮院镇相距20公里的那个成熟而漂亮的乌镇。乌镇是个永远说不完的话题。

建党一百周年的2021年，我作为受邀嘉宾，参与了当年的世界互联网大会，"沉浸式"地体验了一把金秋时节的乌镇。这次"世界互联网大会·乌镇峰会"已是第八届，照例由国家网信办与浙江省人民政府共同主办，由联合国经济和社会事务部、国际电信联盟、世界知识产权组织、全球移动通信系统协会协办。

在此次世界互联网大会召开的日子里，我每天都饶有兴致地奔走于繁花盛开的主会场与各分会场，倾听来自不同的国际组织、各国政府、行业机构、中外互联网企业、高校智库与科研机构的近2000名代表在线上与线下的热烈讨论。20个分论坛的讨论主题设置得颇具挑战性："网络空间国际规则：实践与探索""企业家高峰论坛：助力抗疫　复苏经济""5G赋能：创新驱动经济高质量发展""乌镇论道：互联网企业社会责任论坛""互联网公益慈善与数字减贫论坛""网络法治：法治护航数字经济高质量发展""网络数据治理论坛""网络安全技术发展和国际合作论坛"等等。那几天，我刻骨铭心的印象是，小桥流水、万紫千红的乌镇，俨然已成为世界互联网中心，全世界的互联网经纬线都由于她的牵动而微微颤动。

那几天，我写下了这样的诗句："最喧嚣的互联网，派出自己最安静的代表，来乌镇开会。他们镇定的脚步，踩过芦苇与荷叶。乌镇照例端出自己的黑瓦、拱桥、垂柳、蔗林，以及一条又一条满身鱼鳞的水流，配合他们的网状心情。他们，愿意在一个特别宁静的地方，研究喧嚣；他们，要从河里的水草与卵石出发，研究空间的闪电与滚雷；他们，特意挑选互联网里不甚明亮的乌镇区域住宿，以便悄悄，从窗口，伸出望远镜。经纬线作为互联网的早期形象，很早就缠住了地球，这个网上世界的首都，应该就是乌镇。作为一枝水草，我今夜，也摇曳在乌镇。我不太懂互联网，但我知道，这张特别缠脚的大网，已经使人类，变成了蚂蚱。"

虽说我在诗句里，把人类形容为互联网所束缚的小小蚂蚱，但这个小小的乌镇，却始终给我一个调度、指挥世界大网的"首都"的感觉。

嘉兴经济实力的增强，也如乌镇的展翅高飞一样，逐年攀上新的高度。好消息是，嘉兴5个县（市）目前均已成为"全国百强县"。嘉兴毫无疑义地成了长三角一体化发展中一个崭新的增长极，也找准了自己在长三角一体化发展中的战略定位。嘉兴市发改委的一位朋友告诉我：长三角一体化发展现在已上升为国家战略，我们已经进入国家战略的核心区，这是嘉兴百年未有之大机遇，所以我们目前正在进一步谋划，以便确定这一国家战略的总体思路。他介绍说，关于如何答好这份一体化示范区的"联考卷"，嘉兴的思路是明确的。他们现在已经建立了由市主要领导担任双组长的领导小组，还建立了一个联考机制，出台了一套联建政策，推进了一批联动合作项目。他们相信自己能打好枢纽嘉兴、品质嘉兴、创新嘉兴、开放嘉兴这"四大会战"。

确实，嘉兴答卷是令人欣喜的。目前，嘉兴已经用全国文明城市"四连冠"的答案，向世人展现江南水乡"人文璀璨"的时代风尚，而"世界互联网大会永久举办地""全国社会心理服务体系建设试点城市"，均已成为嘉兴值得自豪的新名片。

最后，我还想提及一个古镇，那就是嘉善县的西塘。西塘也与乌镇、濮院一样，是我愿意一走再走的地方。我不仅会在西塘古老的街巷里迷路，也会在西塘焕然一新的街巷里迷路，这也是一个蝶变得叫人心生欢喜的镇子。

西塘也是一个特别叫人欢喜的古镇

确实，一走进西塘，就容易"乱花渐欲迷人眼"，逛着逛着甚至会迷失方向——起码在我而言，是这样。

我逛西塘古镇容易迷路，除了因为四面八方的迷人景致之外，也因为这个镇子实在是河、桥、街、巷太多，纵横交叉，常常闹不清自己过的是哪座桥，进的是哪条巷。

西塘号称"活着的千年古镇"，有9条河道、104座桥与122条小巷在此交汇。道路如蛛网似的纵横交错，而那些古意盎然的桥如安善桥、安境桥、安仁桥、鲁家桥、来凤桥、环秀桥、卧龙桥、永寿桥、狮子桥、永宁桥、秀径桥等等，不是建于明代就是建于清代，如此似曾相识，当然容易叫人迷路。古镇处处飘拂着极生动的当代烟火气。放眼望去，似乎每条街巷、每个桥头、每处河滨，都有小吃糕点在售卖；侧耳倾听，似乎哪里都有锅铲声、油炸声与叫卖声。而那条2000多米长的烟雨长廊，几乎每一处都是最佳拍照点，照片背景里都是水、桥、廊檐、船埠、灯笼、亭台、舟橹，都是烟雨，都是江南，都是传统旗袍与现代旗袍，都是灯笼高挑的民宿客栈，都会让你摆完照

西塘古镇烟雨长廊（嘉善县档案馆提供）

相姿势之后找不到北，恍惚之间，不知身在何处。

西塘的历史确实是有千年可供追溯的，甚至比千年更为长久。连西塘的取名渊源，也与春秋时期的吴越争霸有关。据称，西塘原为"胥塘"：吴国宰相伍子胥曾在此屯兵，为水利而挖塘，故百姓称此塘为"胥塘"；又因吴语将"胥"念作"西"，叫久了以后，自然就成"西塘"了。我是很相信这一说法的，因为这一带的百姓纪念伍相国的传统民俗活动实在是太多太闹猛了。

"春秋的水，唐宋的镇，明清的建筑，现代的人"，历史长河就这么绵延下来，一个"活着的千年古镇"精彩纷呈。

西塘的蝶变当然也是在改革开放的洪流里发生的，这种蝶变与嘉兴其他水乡古镇的蝶变相比，有其独到之处，人们称之为"西塘模式"。其特征，简言之，就是"景区与社区共存"。

其实，为了取得对这一模式的共识，二十年之前，嘉善县还是出现过一番很大的争论的。

自然，西塘要蝶变，要发展，要像其他古镇那样走出衰败，要从"萧条""迷茫""失落"这类形容词中设法突围，一跃而成为旅游重镇、打卡热点，那是没有争论的。西塘当然应该从春秋时期的"吴根越角"，从唐代的村庄聚落，从宋元的商贸集镇，从明清的江南手工业与商业重镇，从民国以来长时期的停滞、安守一隅与经济发展阻滞中，迅速脱胎换骨，这绝对没有分歧，且有一种迫在眉睫的使命感。争论的问题是，古镇的核心区生活着2600多户原住民，共计8000余人，是否必须整体搬迁、异地安置？如果是，巨大的开发成本又如何筹措？而且，消弭了一个古镇千年来所拥有的浓浓的人间烟火气，效果一定好吗？

得走一条西塘自己的路子。

经过反复讨论与再三权衡，嘉善对于西塘古镇的开发终于有了一种"模式"层面的方案：不搞大拆大建，沿袭古镇历史存留的空间布局、道路交通以及原住民的生产生活方式，完整保留2600多户原住民；通过"微改造、精提升"，打造集古城镇和新镇区于一体的理想人居环境，实现古镇与居民、游客的和谐共生。

这就是景区与社区共同发展的"西塘模式"，浙江古镇开发的一条特色路径。

显然，这一模式是成功的。

1997年的初春，"活着的千年古镇"颇有信心地接待了第一个旅游团队，大获好评。1998年，信心十足的古镇又举办了第一届古镇西塘风情旅游节。

西塘古镇千年来的炊烟依旧日日飘拂，河湖港汊依旧为日常的淘米洗菜提供水源，粉墙黛瓦间依旧回响着嬉闹声、呼唤声、弹唱声、叫卖声。千年古镇既没有整体搬迁也没有刻意翻新，依旧如原来的样子活着。多达25万平方米的明清古建筑得以完整地保存，其修复的要求当然也相当严格：必须遵循"整旧如旧，以存其真"原则，一律采用原结构、原材料、原工艺，一丝不苟。

在非物质文化遗产的保护与传承方面，西塘也同样一丝不苟。他们将越剧、田歌、七老爷庙会、跑马戏、摇燥船、荡湖船、踏白船、杜鹃花展、剪纸等民间传统文化都加以仔细的发掘、整理，有的放在博物馆展陈，有的就由西塘艺人进行现场的生动演绎，再现西塘人绵延千年的生活脉络。

古镇既活在历史里，也活在现实里，当然，添了几倍的朝气。

联合国教科文组织世界遗产中心的专家专程来西塘考察，他们在青石板路上一走就有了感觉，无处不在的古镇烟火气使他们交头接耳，欣喜不已，评价也十分中肯："西塘的文化内涵不仅仅体现在建筑上，还蕴含在生活中！"

自2013年起，这个"活着的千年古镇"又别出心裁地打造了"汉服文化"特色文旅IP，每年都举办"西塘汉服文化周"。"穿汉服游西塘""看汉服到西塘"迅速成为汉服爱好者的共识，也成为爱好传统文化的游客从四面八方涌来的驱动力。据不完全统计，2013年至2023年，"西塘汉服文化周"所带动的相关产业收入，超过了3亿元。

2012年，西塘古镇被列入《中国世界文化遗产预备名单》；2017年，西塘古镇晋升为国家5A级旅游景区；四年后，西塘古镇成功入选首批国家级夜间文化和旅游消费集聚区名单，迈入了国内古镇旅游景区的第一方阵。近年来，全镇年均旅游人次超千万，年均旅游收入近30亿元。早在2015年，古镇居民的人均可支配收入就超6万元，超越了嘉善县城镇居民的平均收入，结结实实地享受到了"旅游红利"。

古镇真是"活"得精彩。

说真的，虽然我每次去西塘确实都有迷路的感觉，经常在水、桥、巷、廊的曲折里恍惚，摸不清方向，也摸不清朝代；但是有一个地点我却是从不迷路的，每临西塘，我总要怀着虔诚的心情，甚至会噙着热泪，去那个精致的院落做一次祭拜。

那个我不能不去的院落，建于"四贤祠"遗址之上，唤作"顾锡东戏剧艺术馆"。

顾锡东是我的老师。

我是认认真真拜他为师的。拜师那年，记得是1979年。

顾锡东戏剧艺术馆（嘉善县档案馆提供）

其实这个纪念馆在筹建的时候，我就去过那里了，我还答应过那里的筹建负责人，要将我珍藏的顾锡东在我笔记本上亲笔写下的一首题诗，捐献给纪念馆。但是我至今还没能兑现承诺，因为搬过几次家，我实在记不清将那个笔记本藏在何处了。

顾锡东是当代剧坛的泰斗级大师，我每到西塘必得去纪念馆恭敬鞠躬，行弟子礼。想当年，我能拜顾锡东为师，还是嘉兴地区的宣传部部长陈祖松搭的线。那天，就在嘉兴群艺馆《南湖》杂志编辑部的一间办公室里，陈部长当着顾锡东的面直截了当地对我说：小黄，把你从工厂调到地区文化局群艺馆办文学刊物，是顾局长专门点的名，他很重视你。我看你今天就拜师吧，拜他顾局长做老师，你看好不好？事出突然，我当时有点发蒙，有点发窘，也有点胆怯，一时没敢吱声。这时候，顾锡东就笑眯眯地看着我问：愿意不愿意啊？我马上小声说：愿意，愿意。又说：好，好。现在想来，真有些后悔，我当时其实应该马上从椅子上站起，然后退一步，跪下去，磕个头，走一遍通常的拜师程序；或者，起码站起来，规规矩矩行个90度鞠躬礼，也算是拜了师。但"文化大革命"结束以后，当时好像不作兴这一套了，所以我当时只红着脸小声说"愿意，愿意"，一副很难为情的样子。幸亏当时两位领导也不在意，只听陈部长说：好，既然是师生了，以后，老顾呢，业务上多带带你，你呢，年纪轻，老顾他呢，年纪慢慢大了，以后他出差，小黄你就跟着他，生活上多照顾照顾他，你说好不好？我又小声说：好，好。

顾锡东一直看着我，脸上也一直有笑意。

我知道是他下决心把我从桐乡县的濮院丝厂调到地区文化局群艺馆的，甚至专门派许胤丰去我所在的工厂，跟厂领导软磨硬泡一番，大说一通文化的重要意义。

幸亏有了这样一个光见言语不见动作的"拜师"过程，有了一个跟老师出差"沿途照顾"的工作，我后来才有幸目睹了顾锡东创作越剧《五女拜寿》的全过程。顾锡东当时的职务是嘉兴地区文化局副局长，但是文化局上上下下、老老少少都管他叫"顾伯伯"。这样的称呼，是由于顾锡东德高望重又和蔼可亲。顾锡东艺术造诣极深。他一生创作并且搬上舞台的剧目有60余部，电影也有5部，还发表各类戏剧、曲艺理论文章200余篇。早在20世纪50年代，顾锡东就把嘉善田歌的代表作《五姑娘》改编成了大型越剧，在浙江省第二届戏剧会演中荣获剧本一等奖。他还是20世纪60年代初风靡大江南北的水乡题材电影《蚕花姑娘》的编剧，绍剧电影《孙悟空三打白骨精》的执笔编剧。此外，在走上嘉兴地区文化局副局长的岗位后，他在指导杭嘉湖水乡各戏剧院团的业务发展中极其负责，对戏精心扶植，对人循循善诱，工作实绩卓著。他自己的生活却极其简朴，甚至到了清贫的程度：家庭人口众多，却一直住在面积不大的老旧木楼里，木楼梯陡峭且吱嘎吱嘎响。有一次，他还真在木楼梯的转角处摔了，伤了腰，即便如此，他也没有向组织伸手，申请好房子住。顾锡东的"德高望重"在嘉兴地区是一种共识。顾锡东的和蔼可亲，则体现在他对任何人都彬彬有礼、和颜悦色，对前来求教的文艺爱好者更是循循善诱，无论是熟悉的还是不太熟悉的，甚至是陌生人。

　　顾伯伯对人的和蔼可亲，我在他创作《五女拜寿》时亲眼见过。记得那是1982年的初春，顾伯伯去杭州出席省文化厅召开的文化工作会议。我虽不是受邀代表，但却有"陪同顾伯伯出差"的工作要求，可以当"列席代表"，于是就跟着去杭州了。我们住在当时条件比较简陋的位于杭州武林门的省文化厅招待所二楼，一个摆放着四张木床的小房间里。顾伯伯睡靠窗的一张木床，我睡靠门边的一张。其实到杭州之前，顾伯伯已经写下了《五女拜寿》的前两场戏，因为要赴省城开会，只好停笔，急得当时的嘉兴地区越剧团团长查康国大冷天满头大汗，专门跑来杭州找到省文化厅招待所，求顾伯伯赶快写，说前两场的剧本已经刻了钢板，印出来了，唱词也已谱好曲子，而且已经交给演员练唱，第三场戏再不写就接不上了；又说，地区越剧团的"小百花培训班"就指着这一台有着"五个女儿五个女婿"的多演员新戏作为"毕业"演出，不然大家就很难顺利毕业。我当时也很理解查团长的焦急，就跟顾伯伯提议能不能当晚就写第三场戏，还给顾伯伯买了一瓶六角钱的啤酒——我当时经济能力有限，每天买一瓶顾伯伯喜欢喝的啤酒就算是对他唯一的"生活照顾"了，说实话，别的方面我也照顾不了啥。因为我知道，只要顾伯伯能安排出时间写，一个晚上他是能写完一场戏的，而且也不耽误11点钟前熄灯睡觉。果然，顾伯伯当天就写完了第三场戏，而且稿子上的字端端正正，写得就像电脑里的印刷体，没有一句甚至一个词、一个字的涂改，相当神奇。这也是他的写作习惯，写时绝对一气呵成。我曾问过他：顾伯伯，你既没有剧情提纲，也不准备人物表，怎么方格稿纸一摊在桌面上就能掏出钢笔来写，不会忘记吗？不会前后矛盾吗？顾伯伯当时就神情奇怪地看着我，说：怎么会忘记呢，都在我脑子里啊。

敢情顾伯伯的脑子就是电脑。

越剧团的查团长一听说顾伯伯写毕第三场戏，当日就赶来杭州取走，一叠声说太好了，太好了。他说马上叫人刻蜡纸、谱曲、练唱，明天再来杭州取第四场戏的剧本，又说小黄你可要看着顾伯伯写啊，要提醒他啊。谁知当日晚上，顾伯伯吃完会议安排的工作晚餐后回到文化厅招待所，一边小口喝着我买来的啤酒，一边摊好方格稿纸要写第四场戏的时候，忽然就有人敲门，原来是有人来找顾伯伯哭诉自己遭遇的不公。记得是安吉越剧团的一位女主角，哭得眼泪一把一把的，好像在剧团受了很大的委屈。那晚顾伯伯义不容辞的任务，就是不停地安慰对方，直到几个钟头后对方主动把眼泪擦干。那时，我虽然着急，也只能坐在门边木床上干瞪眼，心里想，查团长真是可怜，他明天不能来杭州取稿子了。还好，那次省文化厅的工作会议开了一个多星期，在这期间，顾伯伯虽然遇到两三次"干扰"——因接待各色人等无法动笔，但其他几个晚上都一天写一场戏，终于完成了整个《五女拜寿》七场戏的创作任务。当嘉兴地区越剧团"小百花培训班"

举行毕业汇报演出的时候，《五女拜寿》既满台花团锦簇，又一场戏接一场戏的那种动人心弦的演唱，叫整个剧场都轰动了。紧接着，省城也轰动了；再接着，香港也轰动了，而且那个去香港演出的临时拼凑的班子"浙江越剧赴港演出团"，后来也因为顾伯伯的建议，并未在演出后解散，而成了后来颇负盛名的"浙江小百花越剧团"。当然，全国人民熟悉《五女拜寿》，则是因为长春电影制片厂于1984年将这部剧拍摄成了电影，电影由"浙江小百花"的董柯娣、何赛飞主演。一时间，全国影院爆满，一票难买。

我还深深铭记着顾伯伯在文学创作上对我的悉心指点。最难忘的一次，是在1980年的元旦，那时，我在顾伯伯的鼓励下飞赴西安，住进西安电影制片厂招待所，开始按照西影厂文学部的要求修改我的电影剧本处女作《R4之谜》。当时，作为出差汇报，我在信上将厂方的修改要求简单地跟顾伯伯提了一下。谁知，一个多星期之后，我竟然收到了顾伯伯的一封颇有分量的回函。回函密密麻麻写了整整四页，里面详细提出了如何修改的建议，前后有十四条之多，有点子，有分析，有方法。这封回函不仅让我大受感动，连西影厂的责任编辑邵立成与导演李云东都大为吃惊，说："哪里都没见过这样的文化局局长，小黄你太幸运了。"我赶紧解释说，顾局长不光是我的领导，还是我的老师，我是拜过师的，尽管当时没有鞠躬磕头。邵编辑与李导演齐声说，难得，难得。

后来，顾伯伯上调到省里，在1990年担任了浙江省文联的主席。我则于1995年由省作协副主席上调为省文联驻会副主席，有幸与我的老师同在一个党组班子，一起工作了整整两年。在那期间，我事事均得到他的指点与教诲，受益匪浅。当然，顾伯伯有时也会调侃我。记得有一次，我们两人同去萧山出席第二次县文代会开幕式。在致辞时，我顺便提及"我的祖籍是萧山，我的爷爷是年轻时从萧山乡村到杭州谋生的"，身旁的顾伯伯马上就插了一句话，对全场代表说："听见没有，他自己说的，他是萧山人的孙子。"他的话顿时激起全场大笑，弄得我也笑了，思路被打断，差点接不下去后面的致辞。现在想来，我也还是热泪盈眶。顾伯伯待我真是视若己出。

顾伯伯不幸于2003年6月29日在浙江医院去世。那天，我是与他的亲属一起推着他的灵床从病房去医院太平间的。记得我当时一边推车，一边附在他耳边说：顾伯伯，你家里还有什么要办的事，我一定尽己所能帮助办好。

但是说来惭愧，我至今也没能帮助顾伯伯办成什么像样的事。

现在，我也只有每次造访美丽的嘉善西塘古镇之时，虔诚地走一趟顾锡东戏剧艺术馆，向我面容慈祥的老师像三鞠躬。

我一边鞠躬一边不无悲怆地想，当年在杭州同住一室的那一个多星期，我每天给他买一瓶啤酒的时候，为什么不同时再买一包花生米或者二两牛肉干呢？

要说我在"活着的千年古镇"还有什么遗憾，显然，就只有这一点了。

新的"编辑部的故事"以及编辑部外的城建故事，必须再提一下

我还是关心着我曾经工作过的《烟雨楼》编辑部。因为她从无到

有的过程，我是亲历者。

当然，《烟雨楼》文学杂志如今越办越好，作品质量越来越高，继续担负着发现、培育嘉兴作家的职责。然而使我万分惊愕的是，编辑部的办公条件，竟然发生了三级跳，现在的办公地简直是一个天堂般的存在了。

那一刻我真是目瞪口呆。

一日，嘉兴市文联的领导热情邀我去市文联的办公楼坐坐，说：你那么多次来嘉兴，走区县，走乡村，也不要忘了回自己的老单位坐坐啊，你还是我们文联的名誉主席啊，我们文联现在的办公条件跟过去相比真的是大不一样啦。

那一刻，我脑海里立刻就浮现出当年中山西路文教大楼东侧底楼的空间形象，那里是属于我们嘉兴市文联的4间办公室，其中一间摆有两张崭新的办公桌、一个文件柜、一张黑色皮革长沙发，是我的办公室。那年头，那样的办公条件，也算是很不错的了。我想，这么多年过去，市文联搬了办公楼，那办公条件起码也该"翻一番"了，4间办公室变为8间也未可知，甚至变为16间也有可能；若是真拥有16间，那估计就是幢独立小楼的概念了，是在仙境里办公了。

嘉兴市文联的朋友们跑出来迎接我，都飘飘欲仙的，犹如步出广寒宫的嫦娥与吴刚。

其实，还没进大院，汽车刚拐到紫阳街的街角，我就开始傻眼了。那个地点，我应该是熟悉的，那栋有历史沧桑感的老楼，我也是见过的——那是"高家洋房"，是民国时期嘉兴的知名老楼，是解放军进入嘉兴之时全城仅存的12栋小洋楼之一，只不过现在修葺一新，以其青、红两色的优雅颜容，静静耸立在两条马路的交叉处。

原来嘉兴市文联目前的办公场所，竟然就是当年嘉兴商人高如澧建造的民国名楼，且已修葺如新，美轮美奂。

这楼当年就修得优雅气派，砖木结构，坐北朝南，二层，平面布局呈一"回"字，灰砖墙体，红砖角线，窗的顶部是拱形彩色玻璃，连廊拱券，石膏堆塑，花卉图案极其精美，整个风格中西合璧，具有强烈的"民国风"。这栋洋房的建造者高如澧，因建造时刚从日本法政大学留学归来不久，满脑子的东洋西洋风格，故在建楼时兼顾了中西两种审美，用材是中国砖木，结构则取西洋化风格，中式的典雅与西式的明丽有机共存。

高家洋房本身就故事多多，开始是高如澧的私宅，宅内经常传出悠扬的曲声，因为颇有雅兴的高家子弟专门成立了南薰曲社，宅内三天两头响起乐声，余音绕梁。高如澧住在这么亮丽的名楼里，听着丝竹弦乐，估计心情大好，所以他的嘉兴商业储蓄银行也创办得顺手，高锦华绸布商店也开办得兴隆，他后来甚至还出任了嘉兴县的商会会长。全民族抗日战争初期，高家人为避战乱远走国外，高家洋房则成为国民政府用房，进驻了国民革命军第八集团军兼右翼军总司令张发奎的司令部。嘉兴沦陷后，高家洋房被日军占领，用作营房。1949年后，高家洋房又依次作为嘉兴新老兵中转站、嘉兴日报社社址、嘉兴市军供站。现在，故事有了一个特别可喜的结尾：高家洋房成了嘉兴市文艺家们的写字楼与雅聚地，又得政府拨款重新修缮，焕然一新。

嘉兴市文联的朋友兴致勃勃地带着我参观了洋房的回廊房间，又参观了一栋新建的风格统一的相连附属楼。整个大院高低错落，回环有致，办公室、会议厅、茶室、天井、多功能厅，处处都在散发优雅气息，若含隐隐花香。

　　这太出乎我的意料了，办公条件哪里只是"翻了一番"，办公室哪里只是8间或者16间，我看连32间都不止了，而且还如此高雅。

　　我第二故乡的文人们真是有福了。

　　市文联的朋友满脸笑容地说：确实每天都有幸福的感觉，能搬入高家洋房办公是政府对我们文艺工作者的关心，也激励我们把文艺工作做得更好。又说：这几年陆陆续续有来自全国各地文艺界的朋友来参观访问，一致评价说我们嘉兴文联的办公条件是全国市级文联办公条件中首屈一指的。这话说得我们真开心，我们的开心也是实事求是的。黄老师你再到《烟雨楼》编辑部的房间坐一坐，找找当年办杂志的感觉。

　　当然，如今主持着《烟雨楼》的各位编辑，也都是颇有声名的文学新生代了。早年调来的小说编辑朱樵早已调去市政协的专委会当了领导，如今不仅文字了得，而且也是蜚声浙江画坛的著名画家了。至于眼前一间又一间的宽敞明亮、格调雅致的办公室，我就不必再细细描述坐于其中的体会了。"编辑部的故事"说到这里，已够圆满。

　　光从这一点，也可看出自跨入21世纪以来，嘉兴的城市建设与城市风貌变化是如何的神奇与翻天覆地。

　　从高家洋房的窗口往外瞭望，嘉兴的街市与往日相比，早已迥异，呈现出一派旷达、雅静与秀美的新格局。

　　当然，我知道，嘉兴的城市规划，一直是与时俱进的，甚至实现了"弯道超车"。20世纪90年代，由于嘉兴国民经济和社会事业加速发展，原先的城市规划已无法满足发展需求。于是，1994年10月，嘉兴着手对1982年编制的城市总体规划进行修订。新规划充满激情地指出，嘉兴的城市性质为"嘉兴市域的政治、经济、文化中心，浙北的主要交通枢纽，长江三角洲南翼重要的工贸城市"，也因此，新规划决定，跨越铁路的限制，城市往东、往南拓展。

城市往西延伸的行动也在继续。1997年，宽阔的中山路从中环路再向西延伸2公里，一举跨过320国道——那时，中环西路还叫320国道。同时，位于中山路中环西路口的阳光大酒店也已建成，其玻璃幕墙的设计使得这栋大楼成为当时嘉兴的地标建筑。而中山路两边的建筑更新，也一直没有停止步伐。一栋栋气派的高楼相继在田野上拔地而起，香溢大酒店刚刚开业，耀城广场又告建成。

在南面，为了跨越铁路，1999年5月7日，嘉兴城建史上最大最宽的桥梁"嘉兴大桥"竣工通车；四个月后，南湖大桥主体工程也宣告竣工通车。这两座宏伟的大桥以相同的"一天两地"立交结构和长虹般的气势，将嘉兴的老城区与南湖区紧密相连，一举解决了嘉兴长期以来因被沪杭铁路切割而导致的城市发展受限问题，使嘉兴的城市面貌呈现出了前所未有的壮阔景象。

紧接着，嘉兴市的行政中心也由中山路向南湖畔迁移。在新世纪初的2001年9月，坐落于风景秀丽的南湖西南区域的嘉兴市行政中心，也告竣工。

随着市政府的搬迁，城市东南方向的区域面貌也发生了巨大的变化。2001年，万家花园、府南花园等小区相继开发建设。2003年10月，由嘉兴大剧院、嘉兴博物馆、嘉兴市图书馆和嘉兴市群众艺术馆组成的嘉兴市文化中心也宣告竣工，成为当时浙江省地市级中规模最大、设施最全的文化项目。

如此，嘉兴的城市发展已经跨过了自然的阻隔，伸展到了南湖东面。

2001年10月1日，中共嘉兴市委、市政府举行庆国庆、升国旗暨市行政中心及南湖市民广场启用仪式（嘉兴市档案馆提供）

　　南湖景区的开发建设，自然也提上了日程。这也是一个系列工程：精心制订南湖的周边规划、动迁环湖居住的农户、全面打通环湖路。

　　美丽的南湖会景园是在2003年6月建成并对外开放的。这个园区占地面积3.36万平方米，建筑面积2276.94平方米，建有入口广场、假山瀑布、渡口码头、醉仙楼、旅游接待中心、红菱花架廊、候船亭等景点和设施，成为南湖风景名胜区的主要入口。同时，嘉兴市南湖风景名胜区管委会宣告成立，并迅速将南湖风景名胜区带入了新一轮的开发建设，在修缮烟雨楼、仓圣祠、揽秀园这些古迹的同时，又新建了西南湖生态绿洲、南湖渔村、放鹤洲等一大批令人流连忘返的新景观。

　　城市的东拓是极迅速且极喜人的。东栅街道华丽转身为南湖新区后，城市继续大踏步地向东延伸，迅捷地跨过了三环东路。而随着嘉兴科技城的扩容，大桥镇、余新镇、七星街道的部分区域也都补充了进来。嘉兴万达广场的建成开业，以及万达商圈的辐射力，又使得嘉兴东部的影响力不断扩展。"东部新城"的前景一片辉煌。

城市的南进步伐也是声势浩大的。2010年嘉兴南站的正式启用，标志着嘉兴进入了高铁时代。姚家荡边的城南板块，迅速成为仅次于南湖新区的热门居住区域。

同时，嘉兴的城西片区也持续拓展，步伐毫不减速，且一举跨过了常台高速。东升西路延长到新塍路段，并顺利通车。中关村广场购物中心在2015年年底的落成开业，为这一区域的迅猛发展，带来了强大的推动力。而随着嘉兴军用机场改为军民合用机场，城市西面临空板块的发展，也呈现出一片光明的前景。

就这样，嘉兴市区的面积以神奇的速度迅速扩展，由进入21世纪时的20多平方公里，扩大到如今的100多平方公里，目前已形成以嘉兴市区为中心，以县（市）中心城市为骨干，以中心镇和一般建制镇为支撑的市域城镇网络。"大嘉兴"城市格局俨然成型。

到了21世纪20年代，嘉兴的城市规划又不满足于以往的格局了，而是大胆地提出了建设现代化网络型大城市、打造长三角城市群重要中心城市的战略构想，并迅速开始了新一轮的城市总体规划方案编制工作。

这一崭新的规划，是立足于对现状的分析和对城市未来发展的预测，是在嘉兴历经建设"长江三角洲的经济重镇、上海南翼的港口新市、江南水乡的文化名城"的基础上，郑重提出并大胆实施的。

我就站在高家洋房的窗口，思索着这一切，也遐想着这一切。

确实，眼下花团锦簇中的《烟雨楼》编辑部，与我曾经工作过的老旧人民剧院三楼的那个《烟雨楼》编辑部、中山西路上只有一个办公室的《烟雨楼》编辑部，早已不可同日而语；而嘉兴当下雍容大气且五彩缤纷的城市面貌，与当时"撤地建市"时的小县面貌、刚改造完中山路而万民欢呼"浙北第一街"横空出世时的城市面貌，也完全不可同日而语。

一个发展得更漂亮、更科学、更有竞争力、更有吸引力的现代化网络型田园城市，已经隐约出现在前面的地平线上了！——这已经是我站在高家洋房的窗口时，所能清晰看见的。

这就是嘉兴！

一个早已不满足于"鱼米之乡""丝绸之府"之名的嘉兴！

再重点说一说子城的蝶变

子城在21世纪的脱胎换骨，也是嘉兴人津津乐道的话题之一。

子城的变化确实大，完全可称蝶变。2017年岁末，嘉兴对子城的谯楼及城墙进行了一次修葺。那时候，嘉兴人便纷纷跑来子城观看，都说，想不到子城也会有这么漂亮的辰光，照相机咔咔咔响。谁知更叫人惊喜的修葺大手笔还是在次年，"子城遗址公园改造项目"于2018年被正式提上日程，以更大的力度开工建设。这项叫嘉兴人怦然心动的工程是作为嘉兴市"百年百项"重点建设项目来做的，也列入了"品质嘉兴大会战"的"十大标志工程"。

经过两年多的精心修葺，嘉兴人终于迎来了锣鼓喧天的"嘉兴子

子城遗址公园（嘉兴市档案馆提供）

城遗址公园"正式开放日。那一天是2021年6月25日，兴高采烈的嘉兴市民一群群汇集于这座满是历史烙印的千年古城，欢庆曾被历史烟尘掩埋的断壁残垣重新焕发老嘉兴风采。

嘉兴人对子城的感情是刻骨铭心的。因为，子城是嘉兴历史发展的"活字典"。

子城是巍峨的，甚至带有某种神圣意味。子城始建于三国时的吴国黄龙三年，也就是公元231年，距今已近一千八百年。当时的吴大帝孙权听说由拳这个地方"野稻自生"，心头一喜，不仅当即下诏改"由拳"为"禾兴"，还令修筑城池，将县治由原先的海宁硖石附近移来新地，于是一个周长"二里十步"，高、厚各一丈二尺，占地7.5万平方米的嘉兴城应运而生。

城不大，但傲然、漂亮、坚固。

自此，历代县、州、郡、路、府的衙署都设于城中，古代官员均在此处理政务。

唐末之时，稍有变化。由于政治、经济、军事发展的需要，在原城池之外又建了一围城墙，周长12里，称"罗城"，因而原先修建的小城便被百姓称为"子城"。"子城"的叫法，符合逻辑，干净明确，比当时的另外几个叫法"牙城""衙城""内城""小城"似乎更科学，更易为人接受，因此一直沿用至今。

宋时，子城上还曾增建箭楼、天王殿，城内也修建亭台楼阁多处，据说皆美丽绝伦，尤以花月亭为甚。宋代著名词人张先在为官嘉禾通判时，曾夜游子城，乘兴作《天仙子》一首，此词的后半阕为"沙上并禽池上暝，云破月来花弄影。重重帘幕密遮灯，风不定，人初静，明日落红应满径"，所以这位以"云破月来花弄影""帘幕卷花影""堕絮飞无影"著称的"张三影"，也得感谢这一次于嘉兴子城的乘兴夜游，一不小心，就让自己拈出一句"花弄影"，成全了"张三影"的雅号。千古名句"云破月来花弄影"，就是他蹀步花月亭之时的灵光一现。由此也可想象，当时位于子城东北角的花月亭，月夜之时，景色有多梦幻。

至元代，子城又添了一处令人印象深刻的标志性建筑，那就是在子城正门上方建起的一座谯楼，取名"丽谯"。此楼建得雍容大气，十分堂皇，明清两代对这座漂亮的谯楼都有修缮。此楼存留至今，算是浙江省现存唯一的城墙上的古城楼。

太平天国时期，忠王李秀成部队的"听王"陈炳文、"护王"陈坤书所部攻占嘉兴，亦对子城情有独钟，次年便在城内大兴土木，计划建一栋深达七进的"听王府"，号称"七重天"。但直至三年之后太平军逃离，这一浩大的工程都还未竣工。清兵复占子城后，自然毫不留情，将"七重天"彻底毁掉，雕花门窗统统拆卖。此后，子城又恢复为清知府衙门，辛亥革命时改"嘉兴军政分府"。由于当时浙军第二十一团营房也筑在城内，子城便有了一个俗称：西大营。

日伪统治时期，子城经受了自己的至辱时刻，称"绥靖司令部营房"。解放战争时期，子城又作为蒋经国兴办的"国防部陆军预备干部局特设嘉兴青年中学"校址、青年军嘉兴夏令营所在地，同时也作为"西大营"驻军。关于这一点，前文介绍过，策动惊心动魄的"嘉兴起义"的贾亦斌，当时就挎着手枪在子城频繁进出。这位国民党陆军预备干部训练团的团长、干训团第一总队的总队长，精心地将自己的总队部与第二、第三大队放在了子城。贾亦斌之所以选择嘉兴的这个核心位置驻扎自己的亲信部队，是因为他觉得西大营这地方于嘉兴而言特别重要，牵一发可动全身。他需要在嘉兴的圆心位置筹划起义大事。

可见，在嘉兴悠久的历史中，子城一直是嘉兴政治、经济、文化、军事的中心。"城头变幻大王旗"，不用看别的，就看子城。

1949年嘉兴解放后，子城也曾先后接纳过下列单位：解放军九七医院、一三医院、嘉兴电视台、浙江省荣军医院。子城负担很重，一直忙碌不停，残垣断壁后面的低矮房舍也越发残破，原先存在于各式文字中且令人遐想无限的花月亭、怀书亭、披云阁、嘉禾亭、溢清亭、修斋堂、清香堂、留春亭、秀远斋、浩燕堂、最宜亭、同宣堂、志隐堂、坐啸堂，更是杳无影踪，无处可觅。随着嘉兴社会发展的不断加快，城墙内的萧瑟景象与子城周边生气勃勃的建设现状，反差越来越大。

修缮子城，让盛满历史风云的子城重获新生，是嘉兴人长久的心愿。嘉兴子城，不管怎么说，都是不该被荒废和湮没的。这不是一个地理概念，这是一个精神概念。

因此，2021年6月25日的喧天锣鼓与彩旗飘飘，着实让渴盼子城新生的嘉兴人欣喜不已。那天，参观人群中有不少扶老携幼的嘉兴家庭，一些老人在参观时甚至感慨落泪。打这一天起，藏着嘉兴的"根"与"魂"的子城终于重焕青春，成为嘉兴人早晚锻炼、闲暇散步、怀古思幽的好去处，也成为外地游客的热门打卡地。

游览子城的人们，每一天，每一拨，都那么兴高采烈。

子城的城门修缮一新，恢复了往昔的气派。弧形门洞高达5.4米，跨径4.5米，用青砖联锁的建筑方法平砌而成。城楼"丽谯"也再度巍峨，其平面为三间带回廊，二层屋顶是重檐歇山顶，梁架为五架梁带双下廊。前檐三间辟有格扇门，后檐明间也是格扇门，两个次间都装了格扇窗。

游览谯楼时，楼前那对"百年守望"的石狮必会引起游人注意。这对古老石狮看上去斑斑驳驳，仿佛历朝历代的风云都在石狮的皮肤上卷曲。站在石狮旁俯瞰四方，子城风貌、嘉兴街景、南湖烟雨一览尽收。

关于这对一公一母的石狮，还有一则有趣的"重逢"传说。嘉兴市文物保护所的一名工作人员对游人介绍说：原先，只剩一只公狮，被丢弃在角落，母狮失踪了，也不知丢失在了哪年哪月。公狮被搬回之后，一直独蹲，眼睛直勾勾瞪着前方，孤零零的，模样可怜，可能是在苦苦思念那只母狮吧。2019年我们正在进行修缮，记得那天是10月11日吧，突然有人惊叫，说母狮在这里呀！原来，就在子城城门前方的地下，有人发现了埋在土中的母狮，于是赶紧小心翼翼地挖出来。我们再仔细一看，才发现母狮埋身的地方，正是公狮日夜注视的所在！呵呵，石狮不言，其实心里一清二楚啊！

游人饶有兴致地听罢介绍，然后穿过地标性建筑谯楼。这时，便可以看见子城的中轴线上，有一条距地表1.5米左右、宽1.4米的保存较好的明代甬道，一直向北延伸；还可看见，地下1.8米深处，另有一条宋代甬道。两个朝代的两条甬道就这样叠压在一起，令人啧啧称奇。再仔细看，宋代甬道的铺设，更为整齐考究。

兴高采烈的人们沿着甬道继续北行，仪门、戒石坊、大堂、二堂依次呈现。五代、宋代、明代、清代的砖石层层叠叠、纵横交错，厚重的历史气息扑面而来。

再往北行，就到了子城的北城墙。北城墙宽5.8米，墙外就是中山路。人们沿着北城墙遗址走，能依次看到西城墙和南城墙遗址，也能看清楚城内的衙署布局：礼制建筑区的宣诏亭、颁春亭，以及官署区的厅堂、生活区的后宅与园林。

当代游客游览子城，甚至可以"智能化""数字化"了。手机上的智慧导览系统可以帮助游人轻松了解相关路线和建筑信息，尤其是子城大堂内配置的各种"文物碎片复原""衙署大堂重现""官服换装"AR（增强现实）互动设备，可带领游客"穿越"到千年前的子城，让游客在惊叹中与一个又一个栩栩如生的历史时空相逢。

嘉兴的文化人斟词酌句，将风采重现的子城喻为"千年嘉兴城的朱砂痣、民众共享的城市客厅、运河文化带的金盘扣"。这些情真意切的比喻，体现了嘉兴人对这座千年古城发自内心的喜爱，以及对其现实价值的极度肯定。

我回嘉兴，每次闲步嘉兴子城，都会登上城楼，于"丽谯"前默立许久。瞭望车水马龙、热闹非凡的嘉兴盛景，心间总有历史风雷滚滚而过。宋宣和年间知嘉兴的诗人陆蒙老那首《嘉禾八咏·披云阁》，也便自然涌于胸中："城角巍栏见海涯，春风帘幕暖飘花。云烟断处沧波阔，一簇楼台十万家！"

有人说，读懂子城，也就读懂了嘉兴。

很有道理。

夏家的后代们，纷纷论说幸福

夏三富的孙女儿夏莲莲，现在也是了不得，已是嘉兴日报社的编委。她资深记者出身，笔头快，近年便以自己家族几代人的人生境遇，写了一本新闻体家族史，详细记叙了夏家五代人生活的天壤之别。

她当然写到了自己的曾祖母为解决饥饿问题而外出采挖残菱，却中了军阀混战的流弹；也写到了自己的曾祖父"老夏头"夏阿橹，写了他那死于血吸虫病的悲惨结局；还写到了祖父的大哥夏大富全家的惨死，那天鬼子的刺刀上，是他们一家三口的血。

而祖父的二哥夏二富，其血吸虫病晚期得到根治的奇迹，夏莲莲亦作了绘声绘色的描写。当然，这些描写都采访自她的姑姑们。夏莲莲在这一节的末尾，感慨地写道：确实，嘉兴百姓的生命健康，也只有在新中国成立后才有了根本性的保障。

夏莲莲在描写两个姑姑时，笔端则充满了时代激情，尤其是对她20世纪80年代采访过的"改革开放的弄潮儿"夏小花赞佩有加。读者在夏莲莲的描写里，不仅看到了夏小花当年创办"小花针织厂"的勇气，还看到了她后来成长为嘉兴一家针纺集团董事长的气派。而夏小花的丈夫欧阳，现在还以顾问身份，在嘉兴经济技术开发区的一个农业示范园里，为"鱼菜共生"系统做技术指导。欧阳人虽老了，身子骨却仍像悠然游动的鱼那样健朗。他呵呵笑着说：啥叫幸福？啥叫与时俱进？我这就是啊，我的鱼也是啊。

夏小花的儿子欧阳夏，在浙江大学一直读到博士后，目前在嘉兴市政府极富前瞻性的机构"长三角一体化发展办公室"工作，整日筹划如何紧密对接上海。欧阳夏在接受表妹夏莲莲的采访时说：至于我个人的幸福生活，那就不用多说了：妻子在南湖学院工作，研究中共党史的著作都出了一本了，两年前还与她同事一起，考证出了中共一大南湖会议的准确日期为1921年8月3日；女儿已经上大三了，在浙江传媒学院桐乡校区读书，刚刚还给我报喜讯，说是申请到了杭州亚运会志愿者的名额；我目前的工作呢，则是根据嘉兴市领导"发挥优势、拓展外向、开放乍浦、双线联动、接轨浦东、服务全省"的24字方针，一门心思筹划嘉兴明天的幸福。我个人的幸福，当然就包含在嘉兴明天的幸福里面，这是不用说的。

对于大姑姑夏大花的幸福生活，夏莲莲也做了细致的描绘。夏大花全家务农，丈夫与两个儿子都是踏踏实实的种田能手，不仅大田精耕细作，经常用植保无人机施肥和洒药，温室大棚也搞得红红火火，尤其是绿色生态草莓种植项目，上了规模。草莓的品种有红颜、隋珠、桃熏、粉玉，不仅畅销本地，还远销上海、南京与杭州。他们的草莓种植采用立体式结构，草莓是在空中生长的，这就远离了地表的病虫害，也避免了鼠虫啃咬，洁净且高产。在采用科技手段种草莓成功之后，他们又开始引种"阳光玫瑰"葡萄。这个品种他们是从南湖区葡萄专业技术协会的专家朱屹峰手里得到的。朱屹峰很慷慨，把自己从七种"阳光玫瑰"根系中确认的两种，成功嫁接之后，得的最好的一种，介绍给了他们，而且是无偿的。朱屹峰还让他们免费参加了好几期"屹峰田课堂"，让他们掌握了种葡萄的新科技。夏大花一家种植"阳光玫瑰"又成功了，当然也赚到了钱：一亩葡萄卖得15万元，十亩葡萄便是150万元。

夏大花开心地说：不仅我自己盖了新房子，我的两个儿子也都盖了三层楼的大房子。眼下我们的收入、医保都跟城里人一样，我们是不在城里过日子的"城里人"，你说我们幸福不幸福？

夏莲莲在这部新闻体家族史的最后写道：我爷爷夏三富长期做党的地下工作，新中国成立后一直在嘉兴市政府谋事，担任领导，兢兢业业一辈子，现在虽然过世了，但我们后代一直没有忘记爷爷的教导，我们要在嘉兴这块有着深厚革命历史传统的土地上，为新世纪的鱼米之乡描绘最新最美的图画；我的儿子，作为"老夏头"的第五代夏家人，目前在浙江农林大学读蚕桑专业的博士，儿子明确对我说了，毕业后一定回嘉兴，着力研究丝绸的时尚精品，争取在国际"丝博会"上打响更多的嘉兴品牌。儿子说，嘉兴丝绸般绚丽的未来，就是他的人生之路，也是他的人生之福。

夏莲莲的这本书一出版，就很受读者欢迎，不仅嘉兴读者爱看，嘉兴以外的读者也爱看。

一个月不到，出版社就打电话给她，说要印第二次。

第八章

嘉兴的幸福果实，就是南湖的那条画舫载来的

三个关键性的数字与一个意义深远的结论

我想在本书最后一章的开头，给诸位读者报告三组关键性的数字。

第一，跨入21世纪后，截至2023年，嘉兴农村居民的人均可支配收入已连续二十年稳居浙江全省第一，也居全国地级市之首。2020年，嘉兴农村居民的恩格尔系数已下降到28.2%。

第二，2020年，嘉兴所辖的两区五县（市），所有村集体经济的年经常性收入都已超过120万元，村均经营性收入达到近225万元；教育、医疗、婚育、养老等社会公共服务已基本实现城乡一体化，基本公共服务均等化实现度已达到97.4%。

第三，2022年，嘉兴城乡居民的收入比为1.56∶1，为全国地级市最小。

三组统计数字，意义十分深刻。

正由于这样的三组统计数字，我现在就可以向各位揭示一个已经发生的奇迹，那就是：嘉兴市已成为浙江乃至全国城乡发展最为均衡的地区；嘉兴所辖的两区五县（市）全跻身于"中国城乡统筹百佳县市"，并且皆位列前四十；嘉兴市的城乡一体化建设成就已居全国之首；嘉兴已成为全省乃至全国的共富样板。

因此，这不能不是一个极其令人兴奋的话题：那群于1921年在船舱里举手成立了中国共产党的党代表，离船之后所阔步登上的这块土地，百年后，在实现城乡共同富裕方面，走在了全国最前列。

这不能不是一个象征。

这就是中国共产党人百年来所立志实现的初心。

从百年史看，贫困、小康和富裕，是中国人民生活不断提升的三个历史阶段。我国在摆脱绝对贫困、全面建成小康社会之后，继续共同奋斗创造的、有差别的生活状态，便可称为"共同富裕"阶段。而嘉兴，走过曲曲折折的百年，终于走在了这一奋斗目标的第一方阵。

这个话题确实令人兴奋，也着实令人深思。

究竟是由于什么原因，才出现这个可喜的结果呢？

是嘉兴这个地方本来就水草丰美吗？

是稻禾过于丰盛而胀死鸟雀的天时地利条件使然吗？

是只要战乱平息，这地方就自然领跑全国吗？

是嘉兴人特别勤善和美，且聪慧过人吗？

答案的一部分，可能要追溯到百年前。百年后的人们，总是习惯性地回望百年前的那条起跑线，那条起跑线当时为一道绿树成荫的弯曲的湖岸，并且有一块跳板，搁在湖岸与那条红船的甲板上。

百年前，公元1921年，中共一大南湖会议审议通过了中国共产党的第一个纲领。这个纲领明确提出"革命军队必须与无产阶级一起推翻资本家阶级的政权，必须支援工人阶级，直到社会的阶级区分消除为止；承认无产阶级专政，直到阶级斗争结束，即直到消灭社会的阶级区分"，表明中国共产党在诞生之时，就把共富作为理想追求。而毛泽东主席在新中国成立之初论述国家富强的时候，也说过这样的话："这个富，是共同的富，这个强，是共同的强，大家都有份。"

现在来分析，嘉兴的均衡共富发展之路，大体可分为四个阶段。2007年以前，是实践起步阶段，围绕"城乡一体化"强力推进；2008年至2012年，是重点突破阶段，以统筹城乡综合配套改革试点为契机，找准堵点，强力推出10项相互配套和联动的举措；2013年至2017年，是深化完善阶段，升级城乡一体化理念，建设"现代化网络型田园城市"；2018年以来，则进入深度融合阶段，全面推进城乡、区域一体化发展，全力打造嘉兴统筹城乡发展的金名片。

我好几次采访嘉兴市的主要领导，我觉得，他们所谈的工作体会里，有这么两条非常突出：第一条，思想上始终明确，生活富裕靠发展，发展是硬道理；高质量发展是大逻辑，必须做大蛋糕、先富带后富；千方百计做大蛋糕，是推动共同富裕的关键所在。第二条，思想上始终明确，共同富裕就要靠实施乡村振兴战略，就是要坚持乡村的全面振兴，坚持城乡的融合发展，而乡村振兴的重要抓手，就是大力推进新型城镇化。

显然，新型城镇化是嘉兴实施乡村振兴战略的要害，也是嘉兴实现共富的要害。

嘉兴的共富密码，或许就是实施乡村振兴战略，推进新型城镇化

实现共富的关键所在，就是缩小地区差距、城乡差距、收入差距。而要缩小这三大差距，大力实施乡村振兴战略，大力推进新型城镇化建设，是最重要的抓手。

这是嘉兴上下的共识，或许也是嘉兴的共富密码。

推进新型城镇化发展，不是简单的摊大饼式地扩大原有的城市面积，而是要求工业化、信息化、城镇化和农业现代化"四化"同步发展，也就是要求空间城市化跟"人"的城镇化相结合，尤其强调"人"的城镇化，注重乡村百姓的收入、生活环境和自身素质的提高。

这就是"新型"城镇化之要义。

说实在话，提出城乡一体化发展思路，就浙江而言，嘉兴算是最早的一个市。2004年，嘉兴就出台了全国地级市首个《城乡一体化发展规划纲要》，明确提出：要推动资源要素向农村倾斜、基础设施向农村延伸、社会事业向农村覆盖。

这就拉开了统筹城乡发展的大幕。嘉兴的手劲很大。

嘉兴重点抓了这样三个方面。

第一个方面就是"产城融合"，即高度地融合工业化、农业现代化与城镇化。按照海盐的实践经验，这也叫"就地城镇化"。也就是说，农村人口不向大城市迁移，而是以小城镇为依托，就地、就近工作与生活。老百姓即便居于村镇，亦可享受到高质量的社会公共服

务，经济收入亦等同于城市居民，与住在中心城市并无明显差异。

要做好"就地城镇化""农民市民化"，政府的"组织力量"是不容忽视的。这就要求政府在总体布局方面，有通盘的考虑、配套的政策；政府财政在基本公共服务上也要有政策倾斜，交通布局、医疗保险、就业诸方面，均需扎扎实实向小城镇覆盖，做到农民在小城镇享受的实惠，不比大城市少。

嘉兴市在这方面，就出台了一系列的政策。政府的规划与要求都是很细致的："鼓励近郊、近镇就近集聚，强化中心城市、副中心城市及小城镇吸引带动功能。把小城镇作为主、副中心城市的有机组成部分和重要功能组团来规划，做精做优小城镇，推进小城镇产业发展、空间拓展、基础设施建设等公共配套建设，提升小城镇综合服务功能及人口吸纳能力。""在摸清自然村落现状的情况下合理预测农村人口规模，结合各地发展实际确定村庄布点规模。保护乡村美景，弘扬传统文化，突出江南水乡特色和田园风貌。""推进农村新社区建设要尊重农民意愿，方便生产生活，与促进农民创业就业和增收相结合，广泛动员农民参与农村新社区建设，保障农民的参与权和监督权。""原布点规划已经确定且已启动建设的农村新社区，要根据农民意愿，注重布局优化、配套完善和规模合理；原布点规划虽已确定但尚未启动建设的农村新社区，要充分听取各方意见，根据农民意愿，进一步从选址、规模、产业布局、交通条件等方面，予以调整或优化。"

嘉兴的各级领导都意识到，加快发展现代农业，加速农业农村现代化，是"就地城镇化"的一个关键。

应该说，嘉兴现代农业的推进，尤其是发挥科技在现代农业中的核心作用，这些年做得相当出色。我在平湖市农业经济开发区的一个农业示范园，就看见过有趣的"鱼菜共生"系统：一个十米见方的水池里，饵料定时自动饲喂，上万尾鲫鱼活蹦乱跳；而叫人感慨的是，养鱼的废水还被引流到旁边的立体式无土化栽培的"菜田"里，成为有机蔬菜的最佳肥料。这套"鱼菜共生"系统是由浙江众信农业科技有限公司打造的，该企业在开发区的这个占地120亩的项目其实是个样板，是以色列农业设施的中国示范中心。正如该企业所介绍的："现在我们看到的'鱼菜共生'系统，还只是'黑科技'的冰山一角，咱们的项目有点像一个大号的'4S'店，只不过展厅里展示的不是私家车，而是我们正在大力推广的全球最新、最顶尖的农业技术和项目。"

那天，我还碰到了平湖市一家菌菇专业合作社的社长，这位社长呵呵笑着对我介绍说："拿我们食用菌培育和种植来说吧，这些年机械化程度不断提高，小型自动化不断推广，我们'培养料'的进料环节已经完全自动化、机械化了，大大减少了人工成本，降低了成本支出。温度控制方面我们也引入了新技术，将一年一次产出变为一年三次、一年四次。我们可是尝到了现代农业的甜头了。"

我还在嘉兴好几个区县的乡野里，看见了令人兴奋的"机器换人"现象。越来越多的农业生产经营组织积极购置植保无人机进行大田作业。空中来来回回、嗡嗡作响的无人机，既解放了繁重的人力，也大大提高了生产效率。对这一农业现代化趋势，各级政府的主动推动功不可没，譬如对购置植保无人机的，每台都给予数万元补贴以资鼓励。

农业现代化的推进、农业科技开发园区的建设、各种优惠政策向乡镇的全面覆盖、各种文化的下沉式服务，已经让嘉兴的乡镇居住体验越来越等同于中心城市，很难有"城市人"与"乡下人"的差异。

我们可以来看看秀洲区王店镇的全民健身中心。这个健身中心，原是镇上一个闲置的老校区，现已改建得堪比大城市的体育中心，拥有足球场、篮球场、门球场，以及一条长达400米的智慧健身步道。镇上近万人注册了"社区运动家"，接受个性化定制的运动指导服务。每当夜幕降临，这个健身中心便热闹非凡。那天晚上，一位老者挥着双臂，气喘吁吁地走在跑步机上，笑着对我说：你不要问我，我也不晓得自己是生活在小城镇，还是生活在大城市。

嘉兴已实现公共文化设施网络全覆盖，艺术普及直沉基层，群众自发组织的文艺团队大量发展，涉及文学、摄影、书、画、舞、乐各领域。2021年时，乡村艺术团就已近5000个。说嘉兴已是文化热土，

秀洲区王店镇全民健身中心（秀洲区档案馆、秀洲区委宣传部提供）

此言不虚。

在卫生与教育这两个重要的公共服务领域，嘉兴的城乡均等化也做得很漂亮。我在桐乡的洲泉镇，饶有兴致地听村民梁新会讲他的"家门口"求医之旅。他说，不久前，老母亲不慎摔了一跤，右腿骨折，原本想在镇卫生院简单治疗后，即转诊去桐乡市医院或嘉兴市医院。但仅仅经过一周的诊治，他就改变了想法："你看，在我们洲泉镇卫生院治疗，医疗服务跟大城市完全一样啊，省城杭州的医生每周都会来，家门口就能看上专家号；我们这里还有中医'互联网＋'远程会诊，看病和城里人一样方便。我妈妈的腿就在这里治了，我们不送大城市了，这里的治疗质量完全没有问题！"

至2022年，嘉兴全域已建成"15分钟医疗卫生服务圈"，基层首诊率达七成以上，大多数患者都不用进城。

在城乡教育均等化方面，嘉兴的答卷也令人满意。早在2013年，嘉兴所有的县（市、区）就都被教育部评为国家义务教育发展基本均

2010年10月，桐乡市洲泉镇社区卫生服务中心（沈莹摄，桐乡市档案馆提供）

衡县（市、区）。尤其是海盐县，成了义务教育优质均衡发展的"全国样板"。充满自信的海盐县教育局局长这样对我介绍："我们全县已率先实现了义务教育的零择校、零择班、零择座、零指定，并且，我们在招生过程中不举行任何形式的入学考试，百分百就近划片入学，确保人民群众上学不求人。"

嘉兴还借助数字科技，掀起了一场"公共服务均等化"革命：以城市大脑为支撑，为全体居民提供多样、均等、便捷的社会服务。只要接入"数字社会入口"，幼有所育、学有所教、劳有所得、住有所居、文有所化、体有所健、游有所乐、病有所医、老有所养、弱有所扶、行有所畅、事有所便，社会事业十二大领域样样齐备。

那天听嘉善大云镇缪家村的村民缪瑞林讲了一番朴实的话，我很有感慨。他说："先来说说我的住。其实啊，我们住得比城里人更好，村里家家洋房，四层楼，比城里人住得宽敞吧？从行的方面讲呢，也便捷。经过我们村的公交线路就有6条，我家旁边200米，就有公交线直达嘉兴，也可以直达平湖、嘉善。医疗方面呢，也方便得很。我儿子博士毕业以后，到我们嘉善中医院，办了一个博士工作站，为四邻八乡服务，就是为了让老百姓不出门不出县，就能享受到上海大医院的医疗资源。再说我妈，她今年九十六岁了，一直跟我说，做梦都想不到农民能够拿到这么多的养老金。说起我们村的养老呢，是全覆盖，女的五十岁，男的六十岁，全部进入养老体系。所以我们这三代人，同时享受到了新农村的富裕生活，你说我们开心不开心？"

很明显，在嘉兴，"城里人"与"乡下人"的经济界限与生活界限，已很难划清。

现在来说嘉兴推进新型城镇化建设重点抓的第二个方面，那就是努力建设网络型田园城市。

　　嘉兴要求各区域的城镇化建设应各具特色，每一个乡镇的发展都要有自己比较清晰的功能定位。譬如，海盐就发展以现代农业为支撑的城镇化，桐乡就发展以旅游业为主的城镇化，都须最大限度地发挥自身优势。

　　嘉兴市秀洲区王江泾镇在这方面就做得很出彩。这些年，这个历史上的丝绸重镇在自己120多平方公里的版图上，精心打造"中国织造名镇""江南湿地新城""浙北商贸重镇"三张名片，从当年的纺织业"一枝独秀"，实现了目前智能家居产业的"青出于蓝"，成绩骄人。现在，这个镇子的生气勃勃的智能家居产业园，集聚了像"麒盛科技""顾家家居"这样的智能家居生产配套企业近40家，正全力发展睡眠智能家居、睡眠医疗器械、智能可穿戴设备等智能制造产业，已是"中国睡谷"的重点打造区域。2022年，这个镇的地区生产总值已达106亿元。

秀洲区王江泾镇智能家居产业园（秀洲区档案馆、秀洲区委宣传部提供）

　　同时，这个现代化的经济重镇，又抓住"千亩水荡""万顷良田"的水乡神韵，打造自己的古桥、古河、古街、古庵特色文化，着力发展运河古镇旅游，形成了江南网船会、荷花节、音乐会、渔文化节等"运河之韵"系列节庆活动矩阵，文化名头越来越响。我曾经走过这个镇子的号称"江南灶画村"的古塘村，惊讶于那些灶头画也能把一个村子红红火火地托举起来。那些精美的灶头画原先只画在家家户户的灶头上，灶头的灶身、烟箱、烟囱、灶山壁、灶门墙上都有图案、文字、花边；而现在，这些精美的图画与文字上了全村几乎所有的白墙，方形的或者弯曲形的，花花绿绿的，把一个村庄衬托得特别喜庆。而传统灶头画所习惯呈现的财神、天官、和合二仙、赵云救阿斗、刘关张三结义，也扩展成为更具精神内涵的梅兰竹菊、松鹤金鱼、龙舟竞渡、彩凤飞天，仿佛整个村庄都成了体现百姓丰足生活的幸福灶头。那天，我一路行走，不仅染了一身灶头画的浓墨重彩，还兴致勃勃地对这个村子颇有声名的"民星艺术团"进行了访谈，知道

秀洲区王江泾镇古塘村灶头画（秀洲区档案馆、秀洲区委宣传部提供）

了这个艺术团阵容强大，不仅有"博爱"越剧队、儿童"非遗"文化传承队、书法队、七彩舞蹈队，而且还有"巧手"厨娘队、"尚古"绣娘队。这些活跃的队伍在各种文化活动中大显身手，深受村民们的喜爱，都说"民星"不输明星。

王江泾镇还有一个村子，也如古塘村一样极具特色。我走在这个村子里，一身的七彩便简约成水墨两色了。这个村子便是号称"水墨洪典"的洪典村，一眼望去，粉墙黛瓦、疏密有致。全村2000多亩荷花在白天是醉人的"接天莲叶无穷碧，映日荷花别样红"，在夜晚便是水墨似的"荷塘月色"，看也心旷神怡，走也心旷神怡，美得动人心魄。

当然更美的，还是洪典村人的"心灵美"。在村委会办公楼的展示墙上，我忽然看见了"最美洪典人"吴菊萍的形象。这位"最美洪典人"，也是"最美杭州人"。她就是那位奋不顾身向前奔跑用双手接

秀洲区王江泾镇洪典村荷塘（秀洲区档案馆、秀洲区委宣传部提供）

住坠楼女童的英雄，就是传颂于我们杭州人民之口的"最美妈妈"。吴菊萍在2011年金秋举行的第三届全国道德模范评选中，荣获"全国见义勇为模范"称号。记得当年，在吴菊萍冲向坠楼女童的第十天，我曾激动万分地写过一首题为《最美的湖泊，最美的妈妈》的诗，诗是这样写的："最美的湖泊旁边，总是结出一些最美的故事。这一回，不是雨中断桥，也不是情意绵绵的万松书院，而是一双向空中紧急伸出的手臂。这双手臂使一枚风中的落叶，又回到生命的常青树上。包扎那只断成三截的左臂的，是中国的连绵不绝的电波，和连绵不绝的通栏标题。许多妈妈哭了，为属于自己的这个伟大的称呼骄傲；许多孩子哭了，为自己的妈妈和陌生的妈妈；许多中国人，在心灵深处哭了，爱，在这个国家，没有骨折！记忆中，有无数这样的时刻，有人冲向火车，有人冲向惊马，有人冲向开裂的冰河；此刻，刚刚'申遗'成功的杭州西湖，又有人冲向坠落于十楼的陌生孩子——'非物质文化遗产'的又一粒晶莹的水珠，就这样，久久地流淌在我们脸上。现在，昏迷十天的小妞妞，已经喊出了一声'妈妈'，而懂事之后，她，会知道这个词更厚重的含义。现在，夹住三十一岁的吴菊萍左臂的，是杉树皮做的小夹板；那片静静的七月的杉树林，继续被中国五千年文明的微风，吹拂着。作为在西子湖畔长大的人，我有理由为这个湖泊自豪。2011年，走过柳浪闻莺，我会惊喜于听到一阵叽叽喳喳的'妈妈'；船行三潭印月，我会感动于看见，一片如此深情的——绿萍！"这位奋不顾人的救人英雄，会让全国人民更深刻地记住王江泾镇的这个水墨画似的洪典村，并且知道，这幅高雅的水墨画，绝不是只体现在宣纸上，只体现在视觉中的。

"先有王江泾，后有嘉兴城"是嘉兴自古的民谣，现在，王江泾镇让这句民谣具备了当之无愧的当代形象，为自己描画出了由"镇"到"城"的美丽画卷，无论是物质层面，还是精神层面。

嘉兴的"美丽乡村"建设，实施的是"全域秀美"创建，不是一花独放，而是春花烂漫。作为引领，8个美丽城镇的省级样板率先推出，然后，190个美丽乡村建设项目先后开建，再然后，整个水乡，花团锦簇。在设计方面，嘉兴的朋友笑着说：我们有不少项目都是以"世界眼光、国际标准"的规划来做的，嘉兴需要非同寻常的美丽。

嘉兴的各级政府为创建"美丽乡村"，出台了一系列的激励政策，譬如对成功创建农业农村部标准化示范基地、省级休闲农业标准化示范基地，以及乡村旅游示范基地的主体，发放可观的奖励。目前，生机勃勃的乡村旅游几乎已在嘉兴全域兴起，水乡处处是绿浪翻滚、繁花盛开的美景。许多农民笑着说，都已经认不得自己的家了，推出家门就像走进公园，就像歌子唱的，家乡没有一处不是"桃花盛开的地方"。

嘉兴推进新型城镇化建设重点抓的第三个方面，就是加快农民的"市民化"。

也就是说，农民居住于城镇，但并不放弃土地，身份也不一定是城里人，而是享受种种城镇便利条件的农民。政府为达成这个目标，提出了相应的一系列改革措施，即：深化户籍制度改革，畅通农民进城落户的渠道和体制机制；深化农村集体产权制度、土地制度等综合改革，增加农民财产性收入，让农民"带权进城"。海盐在这方面，率先做了有益的探索，建立了现代农村产权制度，建立了城乡一体化产权流通市场。一系列的法规与政策完全解除了农民进城的后顾之忧，同时增加了农民的财产性收入，农民对此赞扬声一片。

　　在城中村的改造方面，嘉兴也坚持了高标准。2019年，嘉兴做出"决不把城中村、筒子楼、拎马桶、断头河带入全面小康"之承诺，之后仅用时十个月，就使1600多户居民告别"筒子楼"生活，兴高采烈地搬入新居，成了名副其实的"城里人"，中心城区"城中村"全部清零。2019—2021年，嘉兴共完成500多个老旧小区改造，惠及16万户50多万人。

南湖区桂苑社区改造前（嘉兴市档案馆提供）

南湖区桂苑社区改造后（嘉兴市档案馆提供）

这样的嬗变自然是令人振奋的：城市像美丽乡村，乡村像美丽城市，城乡概念由于处处美丽而得以模糊。

这种神奇的模糊，正在导致二元概念变成一元。

显然，嘉兴推进新型城镇化建设的思路与经验，尽见智慧。他们精心写就了一篇颇具华彩的"共富"文章。

嘉兴市统计局的局长，就对我满面笑容地介绍：这些年来，嘉兴各地区的发展，可以说是齐头并进的，大家都走在了前面，已经没有弱区、弱县。给你看一组数据：2020年，我们嘉兴各区县的城镇居民人均可支配收入最高值，仅为最低值的1.16倍；农村居民人均可支配收入最高值，仅为最低值的1.08倍；我们嘉兴全域7个县（市、区），已全部入列"中国城乡统筹百佳县市"的前40位，人均GDP全部突破10万元大关；5个县（市）的财政总收入，全超了百亿元！

我对统计局局长说，这组统计数据有点震撼。

再看一组有关嘉兴城乡人民"共富"的统计数据吧：2020年，嘉兴农村居民人均居住面积达73.46平方米，户均拥有家用汽车0.75辆，计算机0.88台；供电、供水、供网城乡一体，农村公路密度浙江第一，率先在全国实现"村村通公交"，城乡公交2元一票制。

据2020年统计，嘉兴人均GDP为10.2万元，是世界平均水平的1.44倍，超过世界银行高收入经济体标准；城乡居民恩格尔系数分别为26.7%、28.2%，属"富足水平"；人均预期寿命被联合国人类发展指数视为衡量生活质量的重要指标，而嘉兴已达82.82岁，全球前十名的国家或地区仅有4个高于嘉兴。

透过这些实实在在的统计数据，完全可以说，嘉兴城乡人民共富的幸福生活，已经十分饱满地呈现在大家面前了。

令人高兴的是，建党一百周年之际，嘉兴又出台了《嘉兴市新型城镇化发展"十四五"规划》。这是一份指导城镇化进一步健康发展的宏观性、战略性、基础性规划。嘉兴在深化城乡融合试验改革这一课题上，提出了促进城乡一体化发展的"转型提质六大工程"。这六大工程分别是：农业科技创新驱动提速工程、产业发展平台能级提升工程、数字乡村全域示范工程、农民建房"一件事"深化工程、新一轮"强村富民"升级工程、低收入农户收入倍增工程。

这些工程的内容以及更深层次的内涵，我这里就不再一一展开，总之，城乡融合的"新社会形态"将呈现新的"嘉兴样本"，这个样本有着激动人心的面貌：这是效率与公平、发展与共享有机统一的富裕图景，是全域一体、全面提升、全民富裕的均衡图景，是彰显人文之美、生态之美、和谐之美的文明图景，是城乡群众真实可感的幸福图景。

我们满怀信心地期待着更多、更鲜活的嘉兴实践和嘉兴经验，我们深信这些实践与经验都具有强大的生命力，能有效地将嘉兴乡村的锦绣与嘉兴城市的繁荣融合在一起，让嘉兴人民的幸福指数上升到新的水平。

可以说，这里体现的，就是中国共产党人的"组织"的力量。

事业的成功，是靠组织的。

嘉兴更为灿烂的城镇化美景已是呼之欲出，这块滋润的土地已经越来越像诗歌了，甚至就是一首奇瑰的朦胧诗，城乡界限十分幸福地模糊了。

读这样的朦胧诗，很有如痴如醉之感。

我的发言题目是《一封"嘉"书》

嘉兴每年都要在上海召开一场颇有规模的"嘉兴城市推介会"，这当然是嘉兴依据"接轨大上海，融入长三角，推进一体化"发展战略所采取的一个重要举措。在建党百年的前一年，嘉兴市"长三角一体化发展办公室"的一位负责人打电话到杭州，跟我说：明年就是建党百年，我们非常重视今年上海的"嘉兴城市推介会"，希望你能参与这次推介会。我问为什么要我参与，电话里说：你目前虽居杭州，但你是嘉兴改革开放的一位重要见证人，是嘉兴变化的目击者。再说，三十年前上海电影制片厂摄制了由你担纲编剧的反映中共建党历程的电影《开天辟地》，这也是中共建党史第一次在我们国内以文艺形式进行表达，这部影片当时在全国都有重要影响。所以我们希望你在这一届的"嘉兴城市推介会"上发个言，讲讲你心目中的嘉兴，讲讲你在嘉兴进行的重大题材文艺创作如何由上海给予了推进。我们相信，这样的发言对于上海各界是会产生影响的。而且这一次，我们将安排你第一个发言，作为嘉兴发展见证人，相信你的发言一定能产生先声夺人的效果。

我想了想，答应了。

我义不容辞。

推介我的第二故乡嘉兴，我自当充满热情，而且这种热情，应该说，也是发自心底的。

一个月后，在气势宏伟的上海国际会议中心报告厅里，我第一个走上主席台，面对上海市的各位领导、各位将公司总部设在浦东与浦西的中外企业家、各中外媒体记者与评论家、一大批长枪短炮似的新闻摄影器材，谈了我心目中的嘉兴，嘉兴的过往、嘉兴的未来，以及我内心对嘉兴的深情。

我发言的题目是《一封"嘉"书——2020上海·嘉兴城市推介大会上的家常话》，内容是这样的：

我有时候会问我自己，你的血管，是不是经常涌动着大运河的波浪？你的心脏，是不是跳动着南湖橹声的节奏？

我叫黄亚洲，我是半个嘉兴人，从二十岁起到嘉兴地区生活与工作，四十岁才回到杭州。我的文学生涯就是从风景如画的嘉兴起步的。曾经，走在一个又一个古镇的青石板路上，在白菊花的摇曳之中，在莲藕与芦苇的芬芳之间，我耳边会响起桐乡的茅盾与丰子恺的教诲，我会听见海宁的王国维、徐志摩、金庸的絮语，从嘉善走出的剧作家顾锡东甚至做了我的老师。在这片有着五千年文明史的充满灵性的土地上，我发表了平生第一首诗歌、第一篇小说、第一个电影剧本、第一个电视剧剧本。三十年前，我在担任嘉兴市首届作家协会主席期间，首次将中国共产党的建党历程写成电影剧本《开天辟地》，被上海电影制片厂搬上了银幕。之后，我写作了反映上海一百年历史的电视剧剧本《上海沧桑》，由上影厂著名女导演黄蜀芹搬上了荧屏；之后又写下了电影剧本《邓小平·1928》，也由上影集团拍成了电影；前些年，还写下了电影剧本《毛泽东在上海1924》，由上海著名导演吴贻弓的儿子吴天戈拍成了电影。我参与编剧的电视剧《历史转折中的邓小平》也有许多故事发生在上海这个中国最大的都市。我觉得，嘉兴的故事与上海的故事，往往就是同一个故事。我看见，在嘉兴与上海这片水土相依的土地上，所吹过的浩荡的风，往往就是同一阵风；所飘过的绚烂的云，往往就是同一片云。因此，嘉兴的故事与上海的故事一直在我的心间涌动，构成了我文学写作中的无法割舍的历史情怀。

至今，我还担任着嘉兴市文联的名誉主席。我亲眼见证了改革开放之后，嘉兴的种种神奇变化。这块充满希望的热土，日益成为人们的向往之地。嘉兴的城乡一体化建设一直走在全国的前列。目前，数字经济与各项新兴产业的蓬勃发展，正在使嘉兴的面貌日新月异。乌镇、西塘、濮院这些优雅与响亮的热词，已成为旅游王冠上的明珠。而海宁钱江大潮的弄潮儿形象，也正是嘉兴人民拼搏于时代的勇猛象征。

嘉兴，确实是一个解读不完的热门话题。勤善和美为"嘉"、勇猛精进必"兴"。我作为一个嘉兴当代文化发展与嘉兴当代社会建设的见证者，不能不为嘉兴厚重的历史与辉煌的当代自豪，不能不为紧密融合在长三角之中的嘉兴的未来而激动。

神奇的嘉兴是我痴迷的第二故乡，欢迎大家经常到"嘉"看看，看看南湖的船，听听乌镇的戏，走走西塘的街，尝尝平湖的瓜，也挑挑濮院的毛衫、剥剥五芳斋香醇的粽子。相信朋友们在嘉兴走走看看的时候，一定会有特别温馨的回家的感觉。那么，说好了，就让我们一起约定，常回"嘉"看看！

嘉兴，永恒的答案，永恒的课题

我在这次上海的"嘉兴城市推介会"上热情推介了我的第二故乡之后，一直心潮难平。

在驱车离沪回杭途中，我又一次自东至西穿越横亘于沪杭之间的嘉兴大地，满含热泪地一路看着这个由绿树、稻禾、花园、原野、水网、科技园区、古镇、高铁高速水路枢纽与500万意气风发的新、老嘉兴人共同构成的锦绣城市。

嘉兴已经有了飞速发展与共同富裕的答案，但日新月异的嘉兴，却始终是一个启发人们深深思索的现实课题。

不仅浙江人民在思索，全国人民都在思索。

嘉兴为什么是这样的？

为什么是嘉兴？

2021年，在中国共产党成立一百周年之际，我创作的电视剧剧本《中流击水》由中央广播电视总台摄制与播出，我创作的电影剧本《红船》亦已拍摄完成，在全国公映。但我还是想就嘉兴这个永恒的课题，问自己，也求教于亲爱的观众与读者：我作为一名作者，在艰难的红船航线上所细细描绘的奋斗、牺牲、创造、奉献、初心，是不是就是眼下遍布嘉兴城乡的花团锦簇？是不是就是如今绽放在嘉兴人民脸上的舒心笑容？是不是就是浙江这个共富示范区，即将为全国铺开的动人画卷？甚至，是不是就是中国一百年来波澜壮阔地走向富强的一份生动样本？

答案，应该是肯定的。

以数字与图表结构而成的百年史实，正在严谨地为之证明。

那么，我说嘉兴一百年，也就暂且说到这里。

我相信读者与我，此时，都有难以抑制的激动。

合上书本吧，祝福嘉兴吧，抑或，下决心明天就去买机票或者高铁票，亲自走一趟花团锦簇的嘉兴大地吧。

很可能，我明天就在那里迎接你。我在嘉兴市南湖区大桥镇的胥山文化公园内，开设了一个黛瓦白墙的"黄亚洲影视文学园"，我可能就在那里，一边看着美景，一边为你，煮一杯热腾腾的咖啡。

你若有兴趣，我就陪你坐下，再给你简要说说嘉兴这一百年，只要你愿意听。